沈蕉年是个好到不真实的人，很多往事在戎岂的脑子里都已经模糊不清了。但高中时沈蕉年给予他的善意，永远印刻在他的心里，挥之不去。

　　光阴苒苒，一晃经年。幸而，时光如初，你我如故。

几京 —— 著

中原农民出版社
·郑州·

如初如故 CONTENTS

001
Chapter 01
好久不见

036
Chapter 02
仪式感

065
Chapter 03
艺术照

093
Chapter 04
礼物

135
Chapter 05
回江州

172
Chapter 06
和解

211 / Chapter 07
风清江暮平

233 / Extra 02
时光

224 / Extra 01
同学聚会

244 / Extra 03
经年

Cheng Yan × Jiang Muping

Chapter 01
好久不见

　　李思知快四十岁了,但面相十分年轻,留着过肩的乌黑大波浪鬈发,跟成岩坐在一起,几乎看不出年龄差。
　　成岩在画稿,李思知在工作室里坐了有一会儿了。
　　成岩让外面的助理倒两杯水送进来,听到李思知问:"你下周六有空吗?"
　　"怎么了?"成岩抬起头。
　　"请你吃饭哪,这么久没见了。"
　　"就咱俩?"
　　李思知笑了:"就咱俩那多没意思,我还叫了其他人呢。"
　　成岩没立刻回复她,助理毛毛端了两杯水进来,一杯放在李思知面前,李思知说了声"谢谢"。
　　成岩接过助理递过来的水喝了一口。
　　李思知拉了张椅子坐在了他的办公桌前:"小丫头把成品拍给我看了,我很喜欢。"
　　成岩放下水杯:"你喜欢就好。"
　　李思知继续方才的话题:"有没有空啊?"
　　成岩很少参加饭局,如果是别人,他会直接拒绝。可李思知是他曾经的老师，教过他一段时间的美术，虽然只大了他几岁，但对他有知遇之恩。直到现在，成岩还是会称呼她一声"李老师"。

成岩点头道："行。"

李思知笑了笑："到时候联系你。"

江暮平一进院就闻到了浓浓的饭菜香味，院子里放着一张石桌，桌上摆满了菜肴，保姆阿姨端着刚炖好的鱼汤从厨房里走了出来。

"先生回来了。"

江暮平是大学教授，保姆阿姨年纪大了，思想传统，喜欢按照旧时代对老师的尊称称呼他为"先生"。

"蔡姨。"江暮平打了声招呼。

"快去屋里洗洗手，准备吃饭了。"

"今天这么多菜？"江暮平扫了一眼餐桌。

江暮平的父母住在一套四合院里，江暮平走进正房，江母正坐在沙发上看图纸，说："思知今天也过来，说是请画师画了一幅图，要给我们看看。"

"一幅图？"江暮平拎起茶几上的茶壶倒了杯水。

"跟我念叨很久了，今天可算有了回音，说是熟人给画的，她喜欢得不得了。"

江暮平无声地笑了笑，端起茶杯抿了一口茶。

李思知一来就把手机拿到江父、江母面前："怎么样？姨妈、姨父，好不好看？"

江父、江母一把年纪，不懂年轻人的审美，道不出个所以然来。

李思知是画家，对画稿立意的高低最有发言权。李思知的父母在她儿时就出车祸去世了，她的母亲是江母的妹妹，自小由江暮平的父母抚养长大。江父、江母都说："思知喜欢就好。"

江暮平心无旁骛地用着餐，没打算参与他们的讨论。虽然他平时吃饭就是这个状态，今日李思知却有心放大他的存在感。

"暮平，你怎么不说话？"李思知喊他，"评价一下吧。"

江暮平把嘴里的饭咽下去才开口："这是只虎鲸？"

"你看出来了？"李思知的嘴角微微勾了起来。

江暮平夹了一筷子菜："看着像，我挺喜欢虎鲸的。"

"我也喜欢。"

虎鲸是李思知给成岩提的主要元素，除此之外，她还提了很多细致的要求，成岩最终画出来的其实是一幅形和意都很抽象的画作。

"有什么寓意吗？"江暮平颇识时务地问了一句，其实他没那么想知道，就是难得看到李思知劲头这么足，觉得很有意思，不想败了她的兴致。

"自由，有力量。"

江父夸赞道："这个寓意好。"

江暮平今天在父母这里住下，他的房间在西边，东边的是李思知的，两个人大学毕业后没几年就离开了老宅。

李思知进屋的时候，江暮平正在看学生的论文。李思知把手里的咖啡搁在了江暮平的书桌上。

"我晚上不喝咖啡，"江暮平头也不抬地说道，"睡不着。"

"我就是不想让你那么早睡才给你倒了杯咖啡。你说你一个正值青壮年的小伙子，怎么跟个老大爷一样天天到点就睡觉。"李思知看着他，"暮平，这么多年了，你的习惯还是没变。"

"三十五岁已经不是小伙子了。"

"那也不是老大爷。"

"我不爱喝咖啡。"

"行。"李思知不再为难他，把咖啡端起来自己喝了一口，"暮平，下周六有空吗？请你吃饭。"

江暮平抬起了头，架在鼻梁上的镜片在灯光的照射下微微反光。

"不一定有空。"

"有空就来，我喊了挺多人。"

江母听着声音就进来了:"思知,要跟暮平出去吃饭哪?"

"啊,他天天学校、家里两点一线,都没什么机会社交,带他出去认识点儿新朋友。"

江母点了点头,看着江暮平说:"思知说得对。"

江暮平的目光始终没有离开过电脑屏幕,他扶了扶眼镜,抬眸,视线看向他的母亲:"行。"

手里的活是一个很复杂的约稿,手机在手边振动了好一会儿,成岩也没顾得上接,一旁的小徒弟朱宇拿起了成岩的手机,问道:"老师?"

"帮我接一下。"成岩眼睛盯着手里的画稿。

朱宇接通了电话,听电话那头的人说了几句什么,握着手机转述给成岩:"老师,是金老板,他说他那边刚到了一批新酒,让你一会儿上他那儿去。"

"告诉他我晚上有事,没空。"成岩简短地说道。

"好。"

手里的稿子画好后,成岩进了休息室。没多久,他的手机又响了起来。他打开衣柜,接通电话直接切换到了免提。

来电的还是刚才那位"金老板",金海辛。

"你晚上有什么事啊,我约你你都不赏脸。咱俩都多久没见了,我刚下飞机。"

成岩换了身衣服,对着穿衣镜理了理头发,说:"我真有事,已经提前跟人约好了,不能爽约。"

"约了人?你谈对象了?"

"没有。"

"那你是……"

"有饭局。"

金海辛"啧"了一声:"我平时约你吃饭,十回有九回都约不出来，你这么难约的一个人，谁的面子那么大，分分钟就约到你了？"

成岩拿着手机走进洗手间，把手机放在洗手台上，仔细地洗起手来，说："我以前的老师组的局，不想驳她的情。"

成岩拾掇了一番后就出发了。

李思知订的是一家西餐厅，成岩是第一个来的。没多久李思知就来了，走过来跟他打了声招呼："来这么早啊。"

成岩心道，晚来肯定要被行注目礼，他最怕这个。

夏日昼长，虽然已是傍晚，但窗外的天色仍旧是亮的，餐厅里回荡着低缓的大提琴曲，李思知叫来服务生。

"女士，您需要点餐吗？"

李思知说："我们先点酒。"

她知道成岩爱喝酒，就问他："有什么想喝的？"

成岩手指着进门的地方，问服务生："我刚刚看到那边的展柜里放着酒，是对外出售的吗？"

"是的，先生。"

成岩对李思知说："挑展柜里的吧。"

李思知笑道："你去，你是行家。"

服务生说："好的，先生，请您随我来。"

展柜里陈列的都是好酒，价格昂贵，主要是用来撑场面的，来用餐的客人一般不会挑选展柜里的酒。

服务生戴着白色手套，从展柜里拿出了几瓶酒，一一为成岩介绍。

成岩挑了很久，最后选定了一瓶价格稍贵一些的酒，服务生脸上终于有了发自内心的笑容。他挑酒的当口，李思知的朋友陆陆续续都到了。

"这瓶酒我单独付钱。"成岩对服务生说。

"好的。"

服务生将酒递到了他的手中："先生，您还需要再看看吗？"

成岩一手握着酒瓶的瓶颈，一手托住瓶底，心不在焉地摇了摇头，心思全在那瓶红酒上。

除了江暮平,其他人都到了。李思知左等右等都等不到,就给他打了通电话。

江暮平学校临时有会,晚到了十分钟,进餐厅的时候手机正好响了起来。

成岩闻声转了下头,看到不远处有个穿着白色衬衫的男人举着手机朝这边缓缓走来。

男人戴了一副无框的椭圆眼镜,穿着衬衫,打着领带,穿着很正式,想来是刚刚从会场赶过来。

男人的发色很黑,额前的发丝挡住了眉毛,看上去很柔软。乌黑的头发衬得他的面孔十分白皙。他不仅高大,气质还很纯净。

成岩一眼就认出了江暮平,但并不确定对方有没有认出他。

江暮平走到了成岩面前,手里的手机还在响个不停。

成岩抱着酒瓶跟江暮平四目相对,不知怎么的,他忽然觉得有些尴尬,便移开视线,避开了对方的目光。

一旁的服务生问成岩:"先生,我帮您把酒醒一下?"

"嗯。"成岩把酒递给服务生。

"暮平,"李思知在餐桌那边挥了挥手,"这儿呢。"

江暮平回了一下头,趁这么一会儿工夫,成岩赶紧回到了位置上,随后江暮平也过来了。众人在座位上坐定,李思知笑道:"菜品我都定了,一会儿你们看看还想吃什么,再点。"

江暮平和成岩是最后入座的,李思知跟她的朋友们介绍道:"这个戴眼镜的是我表弟,江暮平。这位大帅哥是我以前的学生,成岩。"

成岩跟众人打了招呼,感觉到旁边江暮平的目光一直停留在自己身上,不自在地喝了几口水。

"我觉得你很眼熟。"江暮平低声说。

成岩一时间没说话。

江暮平沉默片刻,问道:"不记得我了?"

成岩转过头，看着他说："怎么可能。"

江暮平是他高中时期的班长，这么优秀的一个人，他怎么可能会忘记？

江暮平安静地坐了很久，脸上并没有任何多余的情绪，只是微勾了一下嘴角，说了句："好久不见。"

成岩抿了抿嘴，低声道："好久不见。"

"你是不是第一眼就认出我了？"江暮平问他。

"嗯。"

"还装作不认识我？"

成岩低头切牛排，不知道该怎么解释，干脆就不说话。

此刻的气氛有些微妙。

沉默了半响，成岩说："我以为你认不出我。"他的嗓音很低哑，是那种带着磁性的烟嗓，与他本人白净的相貌有些违和。

江暮平侧过头望了成岩一眼。其实他已经快忘记成岩当年的模样了，毕竟连张照片都没有留存。

江暮平变了很多，但成岩好像还是当初那个样子，看久了，记忆总会涌上来。

成岩穿了件浅色系的短款夹克，穿衣风格透着青春与活泼，头发烫过，微卷，有点儿长，浅棕色，撩开露出了额头。整个人看上去像是精心打扮过的，会让人产生他十分重视这场饭局的感觉。

"我第一眼确实没认出你。"江暮平承认道。

成岩看着显小，明明跟江暮平同龄，面相看上去却比江暮平小。

服务生将醒好的酒送了过来，准备往江暮平的酒杯里倒，江暮平抬手挡了一下："谢谢，我不用。"

"你不喝酒？"成岩端着酒杯犹豫了一下。

"嗯，我不太会喝。"

除了江暮平和成岩，其他人都是旧相识，众人各聊各的，又有李思知调动气氛，相谈甚欢，只有江暮平和成岩没说话。他们两个人各自沉默着,直到成岩说了一句:"没想到还能再见,好巧。"

江暮平看了他一眼,淡淡地笑了一下:"嗯,好巧。"

江暮平问成岩:"李思知是你的老师?"

"是。"

江暮平有些好奇,李思知只比他大了三岁,怎么会当过成岩的老师?

成岩解释道:"是美术老师。那个时候她刚大学毕业没多久,自己办了一个美术辅导班。"

江暮平有了点儿印象,李思知是在国内读的大学,大学期间一直勤工俭学,没再问江父、江母要过一分钱。大学毕业后她确实提过要自己创业,但是没两年就出国深造了。

"我跟她学过一年多的美术。"成岩说。

最开始的时候,成岩交不起学费,免费给李思知当模特抵学费,做了半年的模特。

总而言之,李思知对成岩有恩,是成岩的艺术启蒙老师。

"你,"江暮平由此联想到了成岩的工作,"那个时候已经是画师了?"

成岩跟江暮平同龄,如此推算,当年的成岩应该是二十岁左右。

成岩摇摇头,叉了一小块牛排塞进嘴里,低着头说:"那会儿还是学徒,画得不好。"

江暮平"嗯"了一声,心不在焉地看向盛着红酒的高脚杯。

他高三那一年,成岩从学校消失了。

成岩当年去哪儿了?后来又怎么样了?以他跟成岩现在的关系,他似乎没有必要刨根问底。

成岩抬眸看了一眼江暮平,有些好奇江暮平这样的人会喜欢和哪种性格的人来往。

成岩在心里纠结了一会儿对江暮平的称呼,选了自己认为比较合适的那一个:"江老师,李老师说你在学校教书。"

江暮平拿起杯子喝了一口水，"嗯"了一声。他放下了杯子，有些好奇："你喜欢画画吗？"

"画画不是我的爱好，我靠它赚钱。"

成岩的坦诚让江暮平感受到了一丝莫名其妙的酷劲儿。他看到成岩拿金属小勺舀了一勺甜品，吃了甜品的成岩眼睛变得有些弯弯的，酷劲儿也消失了。

这场饭局结束得很早，李思知的朋友要去唱歌，成岩和江暮平对这项娱乐活动都没什么兴趣，就没去。

江暮平和成岩站在餐厅门口，成岩的身上散发出淡淡的酒香。

他们曾经是高中同学，因为一场饭局重逢，可不论是聊过去还是聊当下，好像都聊不开。而且当年，他们离彼此的世界都很远，都称不上熟悉，更遑论有共同话题。

"你开车来的吗？"江暮平问道。

"没有，我打车来的。"成岩拿出了手机，准备叫车。

"我送你回去。"

"不用了，我打车。"

成岩低着头，手机屏幕的光打在他的脸上，他有些迟缓地眨了一下眼睛。

江暮平看着他微红的脸颊，抬起手捂住了他的手机屏幕，说："我送你。"

成岩抬起头看了他一眼，眼神很清澈，不像是醉了，江暮平猜他可能喝酒上脸。

成岩过了半晌才开口："麻烦你了。"

上车后，江暮平系好安全带，问成岩："你家在哪里？"

"我不回家，回工作室。"

江暮平转头看了他一眼。成岩懒洋洋地半合着眼睛："西甲路34号，麻烦你了。"

成岩在车上眯了一会儿，睁眼时已经到了熟悉的街道。江暮平的车在工作室前缓缓停下,现在时间不算晚,工作室依旧灯火通明。

"谢谢。"成岩解开了安全带。

江暮平朝窗外看了一眼:"这是你工作的地方?"

"嗯。"成岩下了车,走到了江暮平那边。

江暮平打开车窗,抬起头望着他:"这么晚了还要工作吗?"

"不工作,我喝酒了。"成岩的音色真的很低哑,喝了酒之后更甚。他微微低垂脑袋,垂眸看着江暮平,耷拉在耳侧的鬓发滑落到了额前。

"那怎么还回这儿?"

"我这几天住工作室。"成岩的左手食指轻轻地搭在车门把手上,"路上小心。"

"老师?"

身后传来朱宇的声音,成岩转过了头。

"你不是和人吃饭去了嘛,怎么……"朱宇说着走了过来,忽然停下,上半身往旁边歪了一下,看到了车里的人。

江暮平朝朱宇点了一下头,朱宇愣了愣,然后笑着挥了挥手:"你好。"

朱宇走到成岩的身边,闻到了一阵不浓不淡的酒味:"老师,你喝酒了啊?"

"喝了。"

朱宇看了看江暮平,又看了看成岩,心道:这小酒都喝上了,怎么这么快就回来了?

成岩转过身对江暮平说:"那我先进去了。"

"好。"

成岩想说再见,又觉得他们好像不会再见,于是什么也没说。

他转身往工作室走去,进门时顺手将口袋里的便笺扔进了门口的垃圾桶,便笺上面写了江暮平的名字,还有江暮平的手机号码。

工作室一共有六个人,三个徒弟、两个助理,加上成岩这个老板。

朱宇最晚来工作室,但跟成岩的关系最近,主要是因为朱宇的性格比较活泼,讨人喜欢。

成岩今天去赴饭局的事,他是知道的。

"老师,刚才那个人是你今天饭局上认识的新朋友?"

成岩进了休息室,脱下外套躺在了沙发上:"小宇,给我倒杯水。"

"好。"朱宇连忙给成岩倒了杯水,拉了张小板凳在沙发旁边坐下。

朱宇"嘿嘿"笑了两声:"那他是干吗的?"

成岩起身喝了口水:"大学老师。"

"文化人啊。"

朱宇是从外地来的,家里不富裕,父母去世得早,有个生病卧榻的奶奶要照顾,没有上过大学。对大学的憧憬让他对知识分子有种本能的钦羡。

"他人挺好,还送你回来。"朱宇说,"你们的饭局怎么结束得这么早啊?"

"他们去唱歌了,我不会唱,就先回来了。"

朱宇笑道:"就你们俩跑了?"

成岩"嗯"了一声。

这两天江暮平回他父母家回得有点儿勤,他一进院门,迎接他的就是表姐李思知的问题。

"你这几天怎么回家回得这么勤?"

李思知正坐在院里的石桌前,桌上摆着一瓶清酒和一只精巧的酒杯,杯里斟了小半杯酒。

江暮平进屋放了包,听到李思知在外头喊他陪她喝点儿酒。

九月的夜晚还有些热意,江母切了一盘西瓜,让江暮平端到院里去跟李思知一块儿吃。

江暮平把水果盘搁在了石桌上,他的领带已经解去了,领口的纽扣解开了一颗,袖子也松松地挽到了手腕上方。

011

"你要回来住了？"李思知拿起一块西瓜咬了一口，"怎么最近天天有空回来？"

江暮平也拿了一块："最近隔壁人家在装修，太吵了，我回家躲躲清净。"

李思知端起酒杯，忽然停下，想起那个饭局，问："你觉得成岩这个人怎么样？"

江暮平把西瓜皮扔进脚边的垃圾桶，手上有汁水，他抽了张纸巾慢慢地擦拭："姐，你当过他的老师？"

"行啊，都聊到这个了啊。"李思知笑道，"我教过他画画，那个时候他还小呢，就二十岁左右吧。"

"他那个时候没在上学吗？"江暮平抬头看着李思知。

"没有。"李思知似乎察觉到了什么，"暮平，你问这些干什么？"

"他是我的高中同学。"

李思知吃了一惊："真的啊，这么有缘？"

"我也觉得很不可思议。"江暮平说，"我跟他已经快二十年没见了。"

"这都能相遇，该是怎样的缘分！江教授，你觉得呢？"

江暮平看了她一眼，李思知这么希望他跟成岩成为朋友，足见她对成岩的印象有多好。他没发表什么意见，于是李思知追着问他和成岩聊得怎么样。

江暮平回答说："我们俩就见了一面，能聊得怎么样。"

"你不知道有个词叫'一见如故'吗？"李思知说。

江暮平将小臂搭在石桌上，另一只手拿着西瓜，很慢地咬着。

李思知："所以呢，你是什么想法？你想和他交朋友吗？"

"我没什么想法，顺其自然吧。"

自那次见面之后，江暮平和成岩便没再联系。成岩把江暮平的联系方式扔进垃圾桶，就没抱有能跟江暮平进一步结交的想法，江暮平则是因为学校刚开学不久,大事小事积压,忙得根本顾不上去管工作以外的事。

直到今天江暮平才闲了下来,所以心情也不错,心情一不错,就想点名。

江暮平的课一向座无虚席,他点名也是偶尔,而且每次都是挑着点。

今天心情好,江暮平进教室还多说了两句与课堂无关的玩笑话。倒数第二排有两个位子空着,有个位子上放了一捧鲜红的玫瑰,江暮平看到了,将教案往讲台上一搁,翻开教案漫不经心地说:"今天不是情人节吧。"

学生们明白他的意思,纷纷转过头看那捧花,讲台底下传来大家的笑声。

等同学们笑声渐止,江暮平简短道:"点个名。"

江暮平抽出压在教案下的名单:"老规矩,跳着点,请假的先把请假条交给我。"

江暮平的课一般没人请假,很多学生甚至还会提早来抢占前排的位子。没有收到请假条,江暮平直接开始点名。

"包明辉。"

"到。"

"曹雪。"

"到。"

"房瑜言。"

"到。"

"康铭。"

无人应答。

江暮平抬起头:"康铭。"

依旧没有人回应。

江暮平低头在名单上画了一道,继续点名:"林为径。"

教室里一片寂静。江暮平这回连第二遍都懒得喊，直接记下了名字。

"教授！"前排有学生举手站了起来，"林为径去医务室了，康铭送他去的。"

"怎么了？"

"我也不太清楚……"那个学生指了指那两张空着的座位，还有桌上的花，"那捧花是有人送给林为径的，他好像花粉过敏，没一会儿就喘得特别厉害。我来得早，看到康铭送他去医务室了。"

江暮平眉心微蹙："喘得很厉害？"

"对。"学生点了点头。

江暮平合上教案："大家先自习，我一会儿过来。"

按摩师的手劲儿很大，每一下都按到了穴位上，成岩趴在理疗床上，舒服得睡着了。

猝然响起的手机铃声把成岩惊醒了，成岩迷迷糊糊地睁开眼皮，有些不耐烦地拿过了手机，按摩师手上的动作也随之放轻了。

成岩看了一眼屏幕，是个陌生号码。

"喂，你好。"

"请问是成岩先生吗？"

"哪位？"

"我是北城大学的校医，你是林为径同学的哥哥吗？"

成岩抬手示意按摩师停下，支起上半身坐了起来："我是，林为径怎么了？"

"他的哮喘病犯了，你现在方便来一趟学校吗？"

"我知道了，谢谢。"

成岩起身说道："师傅，今天不按了。"

"行，下回再给你补上。"按摩的老师傅关心道，"怎么了？是出什么事了？"

"我弟弟。"成岩急匆匆地换上衣服,"他身体不太好,在学校犯病了。"

"哎哟,那得快点儿过去。"

让成岩庆幸的是,北城大学离他按摩的地方不远,成岩很快就赶到了。

林为径的哮喘是小时候落下的病根儿,不是急性病,平时很少出现特别严重的情况。这是校医第一次打电话给成岩,成岩的心一路上都是悬着的。

学校的医务室设施很完备,规模抵得上小镇上的卫生院,成岩被校医领着找到了林为径休息的病房。

虚惊一场。

看到林为径好好地躺在病床上,成岩一直悬着的心才重新落了回去。

林为径的情况看上去并没有成岩想象得那么糟糕,只是嘴唇有点儿发白。对见惯弟弟犯病的成岩来说,校医的那通电话有点儿小题大做了,而且校医第一时间联系的人不应该是他。

林为径本来在跟同学说话,忽然抬起头往门外看了一眼,弯着眼睛笑了笑:"哥。"

成岩板着脸,表情有些严肃:"怎么回事?"

"犯病。"林为径可怜得像只小狗,就差给他屁股上安条尾巴了。

"怎么犯的?"

成岩一副兴师问罪的架势,康铭见氛围有些凝重,立马解释:"哥哥,有人给林为径送了花,他好像花粉过敏。"

成岩"嗯"了一声:"他有哮喘,接触到花粉会犯病。"

"哥。"林为径喊成岩。

成岩"嗯"了一声。

"你刚刚在工作?"

"没有。"成岩猜应该是自己看上去火气很大,林为径才会有这样的疑问,而且林为径擅长装可怜,每次还都能成功。

成岩知道一定是林为径把自己的手机号码告诉了校医。于情于理林为径都应该联系自己的第一监护人——养父母,可他还是选择了联系成岩。林为径是故意的,他和成岩很久没见过面了。

成岩仍然维持着不冷不热的神情,走过去用手捂住了林为径的心脏,皱着眉问:"胸闷吗?"

林为径很乖地摇了摇头。

"没带药?"

"带了。"

康铭说:"他带了的,我就是有点儿担心再出什么事,才把他带到医务室来的。"

成岩转头看向康铭:"谢谢你。"

"谢什么啊,应该的。"

"江教授,你怎么来了?林为径?他没事,在里面休息呢。"

校医的声音从屋外传了进来,康铭转过了头,看到来人,恭敬地打了声招呼:"江教授。"

江暮平点了点头,看了一眼躺在病床上的林为径。

成岩的手离开了林为径的心口,他慢慢地转过身来,看着门口愣了愣。

江暮平将目光从林为径身上转向成岩,与成岩对视了一眼。

成岩下意识地舔了舔干燥的嘴唇,一时间叫不出江暮平的名字。

江暮平换了一件黑色与暗红色相间的格子衬衫,还系了一条同色系的领带。

江暮平开口:"成岩,又见面了。"

成岩看到江暮平向他们走了过来,虽然他的大脑正处于死机状态,但出于潜意识的反应,朝江暮平点了点头,动作有些许僵硬。

大学老师大多记不全本班学生的名字,更不用说像江暮平这种又带硕博研究生,又教本科生的教授。他对林为径的长相有印象,但在此之前还叫不出对方的名字,于是确认了一下:"林为径?"

林为径点了点头:"江教授。"

"你患有哮喘?"江暮平问道。

"是的。"

"现在感觉怎么样?"

"我已经好多了。不好意思,还麻烦您跑一趟。"

"没事就好。"江暮平转过来看向成岩,成岩已经退到了一边。

林为径也看向成岩:"哥……你跟教授认识?"

"认识。"

林为径有些惊喜:"你们怎么认识的啊?"

"问那么多干什么?"成岩回避他的问题,随后抬眸看了江暮平一眼。

"朋友介绍认识的。"

成岩微微侧过脸去,不知道为什么江暮平要这样说。

成岩知道,以林为径的性子,事后怕是又要追着他问东问西了。

江暮平还要回去给学生上课,不能久留,只是过来瞧一瞧林为径的情况。他对林为径说:"我还得回去上课,不多留,你身体不舒服,最好还是回家休息。"

"好的,教授,我让我哥带我回家。"林为径见缝插针,顺势赖上了他哥,"麻烦您给我批个假。"

江暮平点头:"行,我先走了。"

江暮平经过成岩的时候停了一下,专门说了句:"先走了。"

"再见"两个字成岩还是没有说出口,他动了动嘴唇,无声地点了点头。

康铭回教室上课,林为径如愿以偿地跟他哥一起回家了。

林为径刚上车就憋不住了:"哥,你跟江教授很熟吗?"

成岩没回答他,忽然问:"为什么不留你爸妈的电话?"

林为径的兴奋劲儿被浇灭了一半,他不太高兴地说:"你是我哥,

017

我不能留你的电话吗?"

"今天恰好赶上我手里没活,我手里要是有活呢?"

林为径沉默了半晌,低声说:"你就是不想来。"

"是,我就是不想来。"成岩用他那低哑的嗓音说着有些伤人的话,"陪你长大,养了你十几年的不是我,是你现在的父母,你有什么事应该先告诉他们——"

林为径打断了他的话:"我不想跟你聊这个。"

成岩不再说话,握着方向盘的手微微收紧。

林为径发现成岩正在往养父母家的方向开,便说:"我想去你的工作室。"

成岩不想让氛围变得更凝重,语气柔和了些:"我送你回家休息。"

"工作室也能休息啊,我感觉挺好的,没有什么地方不舒服。"

"那里人多。"

"哥……"

成岩有些无奈,妥协了:"随便你吧。"

林为径的脸上立刻有了笑意。林为径是个软硬不吃的人,是成岩的软肋,成岩永远拿他没辙。

气氛一缓和,林为径又捡起了方才的话题:"哥,你跟我们教授很熟吗?"

"不熟。"成岩觉得他问的是废话,熟人能是他俩刚才那种状态嘛,尴尬得简直想遁地。

成岩平视前方开着车,漫不经心地问道:"他是教授?"

"嗯,我们院里最年轻的正教授。"

成岩只知道江暮平是老师,并不知道他是大学教授,江暮平本人也没提过这个。

"他……是教什么的?"

林为径说:"哥,你连他教的什么都不知道?"

成岩无言以对。

林为径转过头,试探性地问了一句:"我是什么专业的你总该知道吧?"

成岩冷漠道:"不知道。"

林为径哑然失笑,知道成岩是故意的,并不生气。

"我学的是法学,你说江教授能教我什么?"林为径说,"刑法,他教刑法。"

"我准备考他的研究生。"林为径又说。

成岩"嗯"了一声:"你努力。"

"哥,谁介绍你们认识的啊?"

"以前教过我画画的老师,她是江……江教授的表姐。"

"那江教授的表姐挺有眼光。"林为径小嘴很甜,变着花样地夸成岩,"哥,你俩有共同话题吗?"

"没有。"成岩干脆地说道。

"啊?"林为径的脸垮了下来,"这么肯定?"

成岩忽然觉得自己跟林为径有代沟。林为径年纪小,或许正因如此,他的问题才带着幼稚的傻气。

"你为什么会觉得我会跟一个只见过一面的人兴趣相投?"

"我不是那个意思……就是,"林为径不知道该如何表达自己的意思,"我们院里有很多学生喜欢江教授,我指的是欣赏、崇拜,我以为你至少会很欣赏他。"

"很欣赏。"

"哥,江教授人很好的,我觉得你们可以试着接触接触。"

"我跟他不适合做朋友。"

车子不知不觉已经到了工作室。林为径下了车,隔着车窗看着成岩:"不试试怎么知道不合适?哥,你总喜欢自说自话,我最讨厌你这样——"

成岩反问道:"你看不出来江教授没兴趣跟我做朋友吗?"

林为径愣了一下。

019

"我跟他见面是半个月前的事,今天之前我们从没联系过,也没有见过面。"

成岩下了车,锁上了车门,朝工作室走去,挖苦林为径:"才成年几年啊,就来指导你哥怎么交朋友了。"

林为径跟了上去,急于为自己正名:"我上幼儿园的时候可是有一帮小朋友抢着跟我做朋友呢。"

成岩低笑一声:"你幼儿园的时候长得跟个黑土豆似的,谁想跟你做朋友,真是瞎话张嘴就来。"

成岩很少在林为径面前笑,他一笑林为径就跟着乐:"你瞎说,我上幼儿园的时候好看着呢。知道我今天为什么犯病吗?那是因为有人给我送了花。知道这意味着什么吗?很明显了吧。"

朱宇从里屋走了出来:"老师。"

林为径脸上的笑意瞬间消失,朱宇跟他打了声招呼:"林哥。"

林为径硬邦邦地"嗯"了一声。

朱宇乖巧地笑着:"好久没见,今天怎么过来了?"

"想来就来了。"

朱宇"哦"了一声,看向成岩:"老师,有个从津市过来的客户,他说今天约了您,三点。"

"嗯,我知道。"

"自己待着吧。"成岩交代林为径,"累了就去我的休息室休息,记得脱衣服,不许穿裤子上床。"

"知道了。"

"林哥要喝水吗?"朱宇问林为径。

"不用了,谢谢。"

朱宇拿着卡通样式的小水壶给柜台上的盆栽浇水,林为径双手抱臂看着他,淡淡地问:"你不是学徒吗,为什么成天做些助理干的杂活?"

"这些花都是老师养的,很娇气,要好好养。"

林为径走到了他身后:"你就是这么讨好我哥的?"

朱宇愣了愣，转过头来，盯着林为径看了几秒，忽然"扑哧"一笑："我说你怎么老对我摆着一张臭脸呢，我还以为哪里得罪你了。"

林为径撇了撇嘴角，眉毛微微皱了起来。

朱宇转过身去喃喃自语："怎么念过书的人还这么傻兮兮的。"

林为径一掌拍在柜台上："你嘀嘀咕咕说什么呢？"

"林哥，"朱宇背对着林为径继续浇着花，"老师是你哥，不是我哥。"

朱宇跟着成岩学画画有一年多了，虽然还算个新人，但很有天赋，颇得成岩的赏识。

林为径为人和善，唯独对朱宇态度冷淡，每次来工作室都要跟朱宇"摆谱"。朱宇一头雾水，一直想不通到底哪里得罪了这位兄台。

成岩很照顾朱宇，明眼人都能看出来他对待朱宇甚至好过对林为径这个亲弟弟，仿佛朱宇才是他一母同胞的兄弟。

林为径不待见朱宇确实有这方面的原因，但这不是主要原因。

他不是小孩儿了，不会因为哥哥偏爱外人多一点儿就使小性子。他是觉得朱宇这个人品行有问题。

林为径曾在北城大学里见过朱宇，当时，朱宇跟林为径的一个同专业的学妹走在一起。林为径和那位学妹同在一个辩论社团里，他印象中那个学妹是有男朋友的。社团里有社员向学妹打听朱宇的情况，学妹却对此缄口不言。

自那以后，林为径便对朱宇有了偏见。

要是他们关系单纯，学妹为什么避而不答呢？

有了先入为主的印象，再加上哥哥的偏爱，林为径越发看不上朱宇了，心里直接给他贴上了"谄媚"的标签。

李思知很久没来成岩的工作室了，今天突然造访，还带了一位想约稿的朋友。

今天的天空灰蒙蒙的，空气也很潮湿，像是要下雨。

办公室里,成岩拿着铅笔在画客户的约稿,窗外响起一声闷雷,他停下了手里的动作,往窗外看了一眼。

成岩听到有人敲门:"进。"

毛毛推开门:"成老师,李老师来了。"

李思知从毛毛身后走了出来,后面跟着一位很年轻的女士。

"好多天没来,还好小姑娘没把我给忘了。"李思知笑呵呵地看着毛毛,"小美女,谢谢你给我'开后门'。"

李思知朝成岩走了过去:"在忙吗?"

成岩放下了笔:"在画客户的约稿。"

"之前跟你提的想约稿的朋友,"李思知指了指后面的人,"今天我带她过来了。"

"有什么要求你跟他提。"李思知对朋友说。

成岩整理着桌上的草稿,说:"我的图,个人风格很重,你可以先看看再做决定。"成岩喊来毛毛:"把相册给她看一下。"

李思知的朋友坐在沙发上,翻开了相册,里面都是成岩的作品。她似乎不太喜欢这种风格,翻到一半喃喃道:"这风格好像不太适合我。"

她抬起头,看着成岩笑道:"我喜欢柔和一点儿的,这些都太酷、太硬了。"

成岩说:"我们这儿有画师的风格是那种柔和风的。"

"我觉得你给李思知画的那个就很好,很温柔呀。"

成岩听出了她的言外之意,人家就是挑中了他,不想换别人。

"那你想好画什么了吗?"成岩问,"主题、想表达的情感,或者想要哪些元素。"

朋友听晕了:"这么复杂啊。"

成岩有点儿头痛。他最怕遇上这种脑子一热就来约图的客户。早些年成岩还缺钱的时候,什么活都接,现在有底气了,又有技术傍身,变得有些挑剔。

他并不是只接那种复杂的活,简单的也会接,他只是不喜欢接那些根本不知道自己想要什么的人的约稿。

"原创的就是这么复杂。"成岩说,"你先想一想要画什么。"

李思知都听不下去了:"我说大宝贝,你总得告诉他你想要什么样的,他才能给你画稿啊。"

朋友愣了一下,说:"我想一想。"

大约五分钟后,朋友有了想法:"那画个鲸吧。座头鲸怎么样?"

成岩说:"你自行决定。"

"那就它吧。"

"这么草率?"李思知笑。

"画好要多久啊?"朋友问成岩。

"你这个画好得三四天。"

"这么快?"朋友有点儿惊讶。

"你留个联系方式,到时候我会通知你来工作室看稿。"

"能不能用微信发给我呀?我过几天要去外地出趟差,可能没时间过来。"

成岩摇了摇头:"这个不行,必须你本人亲自到工作室来看。"

"为什么啊?"

李思知解释说:"防泄图的,规矩。"

成岩说:"没时间就等出完差再过来。"

江暮平办公室的门被敲响了,他正在阅读文献,头也不抬地说:"请进。"

进门的是林为径,他喊了声"教授",走到了办公桌前。

"这是我之前没交的论文。"林为径把论文放在了桌上。

这声音有些耳熟,江暮平抬起了脑袋。他屈着食指,用指关节抵着镜片下方,轻轻扶了一下眼镜。

江暮平放下了文件,拿起了林为径的论文。

"您布置论文那天我生病回家休息了,这是我后来补的。"

江暮平"嗯"了一声，又放下了那篇论文，沉思了一会儿，一直没说话。

林为径猜不准他是什么意思，迟疑地问了一句："那……教授，我先出去了？"

"你先等一会儿。"

林为径迟疑地站住了脚。

"我想问你点儿事情。"江暮平说。

"嗯，您问。"

"你哥叫成岩？"

"是。"听江暮平聊起成岩，林为径来劲了。

"他是你的亲哥哥吗？为什么你们俩的姓不一样？各自随的父姓和母姓？"

林为径说："教授，成岩是我的亲哥，我以前叫成径。"

江暮平看着他，似乎在等他继续往下说。

"您想听我哥的事啊？"林为径反问道。

江暮平告诉他："成岩是我的高中同学。"

林为径有些诧异。

"所以我很在意他离开学校后到底发生了什么事。他之后没再继续念书了吗？"

林为径的五指微微收紧："嗯。"

成岩是在高三开学初离开学校的。在江暮平久远的记忆中，成岩的成绩是很优异的。

成岩性格有些孤僻，所以在班里的存在感很低。江暮平记得他脾气不太好。

江暮平没有再继续问下去，他看得出林为径的情绪有变。可林为径继续说道："我本名叫成径，后来被现在的父母收养，就跟着他们姓了，改成了现在的名字。我妈去世得早，家里没有经济来源，我哥就辍学了，吃过很多苦。那个时候我年纪还小，不太记事。"

养不起林为径，成岩只能把他交给其他人，让他跟别人姓。

江暮平无言地注视着林为径。

林为径静立片刻，忽然叹了一口气，坦言道："其实好多事我都记得，但是我不想提，我哥会难受。"

那么深刻的回忆，他怎么可能轻易忘记。

江暮平放在桌上的手机振了起来，来电显示是李思知，他拿起来接通了。

"喂？"

"暮平，你要下班了吧？"

江暮平低头看了一眼腕表："嗯。"

"外边下雨了，我没开车。你今天不是回姨妈那儿嘛，捎我一段。"

"你在哪儿？"

"我给你发定位。"

江暮平挂了电话。

"教授，我先走了。"

"嗯，外面下雨了，带伞没？"

林为径摇了摇头。

江暮平指了指门口的伞桶："用我的伞吧。"

"您不用吗？"

"我不用。"

"谢谢您，我改天给您还回来。"

江暮平跟着李思知的定位来到了熟悉的街道，他往回翻聊天记录的时候才发现李思知所在的地址是成岩的工作室。

江暮平好不容易才找到了一个车位。

雨淅淅沥沥地下着，他顶着细密的雨走进了工作室。

"您好，请问有预约吗？"助理走过来问了一句。

江暮平揩去睫毛上沾到的雨水，说："没有。"

"是要约稿吗？"助理又问。

"不是,我找人。"

"您找哪位?"

工作室有两层,江暮平往里面看了一眼,一个熟悉的身影从一层的一个办公室里走了出来,然后走进了旁边的卫生间。

"我等人。"江暮平侧头对助理说。

"好的,那您先在沙发上坐一会儿。"

江暮平在沙发上坐了下来,少顷,卫生间里的人走了出来。

成岩的脸庞被水打湿了,额前的鬓发捋了上去,眉毛上挂着水珠。他走到办公室门口的落地盆栽前,甩了甩手,将手上的水洒在了绿油油的叶片上。可能是余光瞥见了这边的身影,他倏然转头朝江暮平的方向看了过来。

在江暮平的眼里,成岩的状态有些烦躁,连神情都透着局促感。

成岩冲江暮平点了一下头,嘴角很敷衍地翘了一下,有些许笑意。

江暮平知道,成岩吃过很多苦,比他身边的任何一个人都要珍惜生活的馈赠。

成岩走到江暮平面前:"你……怎么过来了?"

"李思知让我过来接她。"

成岩转头往窗外看了一眼,雨势越来越大了。

从这个角度,江暮平能看到成岩下巴上挂着的水珠随着成岩转头的动作往下滴落。

成岩的脸还未干透,江暮平从西裤的口袋里摸出了一块米色手帕,递给成岩。

江暮平手帕的颜色跟他的衬衫是同色系的,同时成岩发现江暮平又换了一条领带,休闲款式,跟他今天的衬衫很相配。

成岩走神的瞬间在想:江暮平到底有多少条不同款式的领带?

成岩犹豫了片刻,心想不接反而显得不够坦荡,于是伸手,努力摆出自然的姿态,接下了手帕。

"谢谢。"成岩用手帕轻轻拍了拍湿润的脸。

他把手帕捏在手里，考虑是把手帕洗了还给江暮平，还是重新买一条还给对方。

可是哪种做法都显得有一些忸怩，是以，成岩更烦躁了。

工作室的墙壁上挂了很多大幅的照片，风格接近，一看就是出自同一人之手。

"这些都是你画的吗？"江暮平看着墙上的照片问成岩。

"对。"

成岩的作品个人风格很明显，有大量的几何线条，而且江暮平发现成岩很喜欢用水做元素。几乎每幅作品都有"水"的痕迹。

"李思知呢？"江暮平问成岩。

成岩仍旧捏着那块手帕，说："在看画稿。"

两个人说话间，李思知跟她的朋友从办公室走了出来。

"暮平。"李思知喊了一声。

成岩问她："画稿需要改吗？"

"不用改了，她很满意。"李思知说。

窗外的雨越发密集，李思知催促江暮平赶紧回家。

成岩突然叫住了准备离开的李思知："老师……"

"怎么了？"

成岩踌躇了一会儿。李思知最近在北城有个画展，成岩想去看看，但是没有弄到邀请函，他想问李思知能不能给他开个"后门"，但是又觉得不太好意思，最终还是摇了摇头："没什么。"

"有事你说啊。"

"没事，不是什么大事。"

李思知撑着成岩给她的伞先跑进了车里。

江暮平在门口与成岩道别，两个人站在门檐下，江暮平朝成岩伸出了手，主动向他要回自己的手帕。

成岩捏着手帕不给他："脏了，我买条新的还给你。"

"不用，我喜欢用旧的。"

"我给你买条新的吧。"成岩恳切道。

"成岩。"江暮平叫他的名字。

成岩看着江暮平,面色有些为难。

江暮平看了一眼被他紧紧攥在手里的手帕,说:"这手帕上有我的名字。"

成岩这才看了一眼手帕,手帕一角果然绣了一个"平"字。他立马把手帕还给了江暮平。

"我走了。"江暮平把叠好的手帕放进了口袋里,转身走进了雨中,留下成岩一人站在原地发呆。

江暮平和李思知一起回江家吃了顿饭,临走前,李思知给他递了个东西。

"什么?"江暮平接过东西看了一眼——是两张画展的邀请函,邀请函上标注着李思知的笔名"Si"。

"你的画展?"

"下个星期六。"

"为什么给我两张?"

李思知用食指在邀请函上轻轻叩了几下:"这是最后两张,我本来要给成岩的,结果忘了。我这几天很忙,你帮我把这个给成岩吧,到时记得跟成岩一块儿去看。"

江暮平抬头看了她一眼。

"知道了。"江暮平说了这么一句,坐进了车里。李思知隔着车窗面带笑容地跟他挥了挥手。

江暮平把邀请函塞进了车上的暗格里。

十分钟后,汽车缓缓驶进小区地下车库,江暮平把车停在了车位上,在车里静静地坐了一会儿。

他拿起那两张邀请函看了一眼,拿出手机,拨通了成岩的号码。

成岩刚洗好澡,走出卫生间听到手机在响,来电显示的号码有些眼熟，他按下了接通键。

"喂？"

"还没睡吗？"

成岩微怔，抓着毛巾在床上坐了下来，答道："还没。"

"下周六李思知有个画展，她邀请你去看。我这边有两张邀请函，你想去吗？"

"想。"成岩回答说。

江暮平的工作时间没有成岩那么自由，虽然是周六，学校里还是有很多事要忙，两个人约好下午四点半去画展。成岩提前来到了北城大学，把车停在学校的南门门口，坐在车里等江暮平。

成岩没有江暮平的微信，便给他发了条信息，说自己在北城大学南门等他。

江暮平是院里最年轻的正教授，也正因为年轻，所以事也多。成岩收到江暮平的短信回复，说是他临时有个短会，会迟一些过来。

江暮平："抱歉。"

成岩："没事，我等你。"

江暮平："你上来。"

成岩："嗯？"

江暮平："不要在门口等，去我的办公室。"

成岩还没来得及拒绝，江暮平已经把办公室的具体位置发了过来，还附带了一条信息："不知道会要开多久，你先过来。"

一直在车里待着也不是个事，成岩想了想，还是下了车。

北城大学占地面积很大，南门靠近法学院，成岩向路过的学生稍微打听了下，很快就找到了法学院大楼。

江暮平的办公室大门紧闭，成岩敲了敲门，里面没人回应，于是他在门口站了一会儿。

有老师抱着资料路过，成岩眼巴巴地跟人家对上眼，那老师蓦地停下,问了一句:"同学,你是来做什么的?"

成岩心想,自己可能是看上去太可疑了才会引起路人注意,又想自己看上去也不至于这么显小吧。他低头看了一眼自己今天的穿衣打扮——浅灰色立领衬衫,黑色西裤,并没有学生的气质。

成岩这么想着,对方却把他当成了找不到老师的糊涂学生,接着问道:"是不是找哪个老师?"

成岩顺嘴说:"找江教授。"

那老师笑了起来,指了指他身后的门:"不就是这间办公室吗?"

成岩最终还是推门进去了。江暮平的办公室里面只有一张桌子,桌前摆了一张皮质的黑色沙发。屋里开着空调,很凉爽。

成岩本来想找个地方坐下,可是唯一能坐的那张沙发上堆满了资料,一沓沓,整整齐齐,又满满当当。还有个能坐的地方——江暮平的办公椅,但随便坐在别人办公的地方,总归是不太礼貌,是以,成岩决定站着。

江暮平的办公室里没有任何绿植,但房间里的空气很清新。他应该是不抽烟的,不像成岩,工作的地方总萦绕着烟草味。

成岩站了十来分钟,腿也酸了,心想自己还不如在车里等着。他终于还是在江暮平的办公椅上坐下来了。

成岩只坐了小半张椅子,腰板挺得直直的,拿着手机玩。没多久,外面有人敲门,成岩没作声,想要营造屋里没人的假象。

谁知外面的人敲了几下就推门进来了:"教授?"

成岩握着手机抬起了头,跟站在门口的年轻学生对视了一眼。

那学生表情一滞,忽而眉头微微蹙了起来,眼神里有质问的意味:"你是干什么的?"

成岩收起了手机,仍旧坐着:"我在等江教授。"

"你怎么随便坐教授的位子?"学生捧着一沓资料走了进来,颇有主人的架势。

成岩不喜欢这人装腔作势的态度,但还是礼貌性地解释了一句:

"沙发上都是东西，没有坐的地方。"

"那也不能随随便便坐在教授的座位上，"学生表情严肃，质问道，"你怎么还不起来？"

学生咄咄逼人的语气让成岩的脸色冷了下来。

"江教授呢？办公室里没人，你怎么能随便进来？"

"我让他待在这儿的。"

江暮平的声音从后面传了过来，成岩的视线越过学生望向门口。

学生转过了头，恭敬地喊道："教授。"

"什么事？"江暮平走了过来，手里拿着文件，看向成岩，看到成岩有些僵硬地坐在位子上。

"您之前跟我说的那两则案例，我有一些不理解的地方……"

江暮平把文件放在桌上，垂眸看着坐在椅子上的成岩。

"改天吧。"江暮平顺手拿起成岩手边的杯子。

"我现在没时间。"江暮平喝了一口水，对学生说。

学生看了一眼成岩，又把视线移向江暮平："那我改天再来找您，打扰了。"

成岩一直坐在江暮平的座位上，那个学生离开的时候，神情越发疑惑，可到底也没再说什么。

成岩站了起来，立刻解释："沙发上都是资料，我没地方坐，才坐这里的。"

江暮平"嗯"了一声，问："怎么这么拘谨？他只是我的学生。"

"我知道。"成岩心道：我是因为你来了才拘谨的。

"你的学生气势挺足的。"

江暮平听出他的言外之意，笑道："你长得显小，他拿你当学生了。"

"感觉他很维护你。"成岩看着江暮平，"这孩子很崇拜你吧。"

江暮平脸上没什么表情，语气近乎漠然："可能吧。"

江暮平看了一眼腕表，说："稍微等我一会儿，我去换件衣服。"

"你这件不是挺好的吗？"成岩把江暮平从头到脚飞快地打量了一眼，随口说道。

"李思知不喜欢我穿衬衫，到时候一定会说我败她的兴致。"

成岩面露迷茫："为什么？"

江暮平微微一笑："她是个怪人。"

江暮平换了件休闲T恤，整个人看上去年轻了不少。成岩的车留在了北城大学的南门口，他坐江暮平的车一同前往画展。

傍晚时分，参观画展的人已经不多了，他们到了也没有看到李思知的身影。成岩做事很专注，他径自欣赏了一会儿画作，回过神来的时候发现江暮平已经不见了。

两个人全程没什么交流，只静静地品鉴着，你看你喜欢的，我看我喜欢的，就这么走散了。

成岩找到江暮平的时候，李思知就在江暮平身旁，他们低声聊着天，悠然地看向墙上挂的某一幅画。

成岩能隐隐约约听到他们的谈话声。

"还以为你不会来呢。"

"没必要浪费一张邀请函。"

逛完画展后，江暮平本来要送成岩回学校去取车，成岩对他说："你能不能先送我回工作室拿个东西？到时候我就不回工作室了，直接从学校开车回家。"

"好。"

这是江暮平第三次来成岩的工作室，工作室的门是半透明的，里面的助理小姑娘看到车，立刻探着脑袋往外面看。

成岩关门下车，听到后面有人喊他，嗓音低沉，有几分老态："小岩。"

成岩循声转过头，看到来人喊了一声："林叔。"

江暮平侧目看了一眼后视镜，后视镜里映出半截男人的身子。

"最近还好吗？"林建民的脸上依旧是那种客套的笑容。

成岩说:"挺好的,您身体怎么样?"

"好着呢,我来这边办事,正好过来看看你。"林建民看了一眼坐在车里的人,"这是……"

"我朋友。"成岩说,"他是阿径的老师,江教授。"

林建民有些惊讶:"真的啊。"他急忙走到窗前,冲车里的江暮平连连点头:"江老师你好,我是林为径的爸爸。"

江暮平点了一下头:"您好。"

成岩问林建民:"林叔……您来这儿是有什么事吗?"

"啊?"林建民很快转过头来,"没事,我就是顺道过来看看你。"

林建民又把头转了回去:"江老师,我们阿径平时在学校表现还好吧?"

大学不是高中,这问题江暮平不知道该怎么回答,照实说道:"我是他的任课老师,平时给他们上课的时间不多,不太了解林为径的情况。"他顿了片刻,补充道,"他之前交给我一篇论文,挺有想法的。"

"是吗?"林建民露出骄傲的笑容,"这孩子从小学习上的事就没让我们操过心。他当初说要考城大,要学法律,说考真的就考上了,我跟他妈真的是一点儿心都没操过……"

林建民喋喋不休地说着,话题总离不开林为径。其实他面对成岩的时候并没有这么健谈,是江暮平打开了他的话匣子。

可是江暮平并未多言,只是默默地听着,于是林建民也就渐渐地收敛了起来,不再没完没了地东拉西扯了。

"我耽搁您做事了吧?"

江暮平摇了摇头。

"不打扰您了,您忙。"林建民转身对成岩说:"小岩,我先走了。"

"嗯,您保重身体。"

成岩进工作室拿了东西,回到了江暮平的车上。江暮平启动了车子,朝北城大学的方向驶去。

半道上,江暮平问:"林为径的父亲?"

033

"嗯。"

"养父？"

成岩转头看了江暮平一眼。

"林为径告诉我的，"江暮平说，"不过抱歉，是我主动向他问起的。"

"为什么问这个？"

"好奇，好奇你高三的时候为什么突然消失了。"

成岩的心里五味杂陈。原来江暮平还记得他是高三的时候离开学校的。江暮平关于成岩这个人的记忆，似乎要比成岩自己想象的更多一点儿。

"我辍学了。"成岩的语调很平，嗓音依旧是低哑的。

江暮平轻轻"嗯"了一声："能告诉我怎么了吗？"

"班长。"成岩突然这么喊道，把两个人都拉回了多年前的那个夏天。

那时高二刚开学，成岩从外地转到了江暮平的学校。他在那里只度过了一段很短暂的时间。

"干什么？"江暮平笑了一下。

"我记得我以前是这么叫你的。"

"嗯，我以为你不知道我的名字。"江暮平顿了顿，又说，"你从来没叫过我的名字。"

成岩不想告诉江暮平，其实他是不敢叫，甚至不敢跟江暮平多说话。

他那个时候真的很自卑，借着自卑之名也无形中伤害了很多人。

成岩的生父是个滥赌成性的酒鬼。成岩的童年是在无数次的搬家中度过的。他居无定所，跟着只会忍气吞声的母亲四处漂泊，一次次地从一座城市搬到另一座城市。

可惜他可怜的母亲直到死都没有摆脱他的父亲。

成岩的生父是喝酒喝死的，死后留下一堆债务，把成岩母亲硬生生压垮了。

成岩很平静地道出过往:"我妈生病走了,家里没有经济来源,我上不起学,就退学了。"

成岩高中时的成绩不错,虽然性格有缺陷,但学习很刻苦。他一直想摆脱现状,想改变自己的命运,可是他母亲没有给他这个机会。

跟江暮平重逢后,他时常会想,如果当初好好地念完了高中,幸运的话,再考上一个不错的大学,他的人生是不是会离江暮平这样优秀的人更近一点儿,他最青春的那段时光是不是会更难忘一点儿?

"后来我养我弟养了两年,养不起了,就把他送到了他现在的父母家。"成岩的喉结动了一下,转头看向窗外,"他倒是不怨我。"

成岩的语气轻飘飘的,听上去漫不经心,却字字沉重。

"他没理由怨你。"江暮平开口道,"那样的境况下,把他送到有能力抚养他的家庭是最好的选择。"

江暮平听到成岩的呼吸声有些加重。

成岩沉默了很久,仍旧看着窗外:"如果当初供得起他上学,我一定不会让他姓林。"

Chapter 02
仪式感

星期六的上午，无课，江暮平起得比平时晚了些，他的助教准时给他打了通电话。

"喂？"江暮平拉开了窗帘，窗外的阳光就这样猝不及防地照了进来，刺得他眯起了眼睛。

"教授，您起了吗？"

"起了。"江暮平的嗓音有些哑。

"上午九点的辩论赛您别忘了啊。"助教在电话里说，"您收拾好了联系我，我去接您。"

江暮平踩着拖鞋走出了卧室，说："你先去吧，一会儿我自己过去。"

"好，那一会儿见。"

今天市里有一场辩论赛，江暮平作为北城大学法学院刑法学教授，被主办方邀请去当嘉宾。因为参赛选手中有北城大学的学生，所以江暮平没有谢绝。

江暮平洗了个澡，随后发现电动剃须刀好像是坏了，充了一夜的电仍旧启动不了。江暮平一边想着回来的时候要去买个新的，一边从柜子里翻出了许久不用的手动剃须刀。

江暮平太久没用手动的，手生，没留神在下巴上划了一道小口子，血在白色的剃须泡沫里洇开来。江暮平忍着隐隐的刺痛感刮干净了残留的胡茬儿，然后将脸上的泡沫洗干净。

江暮平抬起下巴照了照镜子，伤口在下颌的位置，不显眼。

早餐依旧是一杯温开水和几片全麦面包，不好吃，但江暮平也没有其他更好的选择。他做饭不怎么好吃，也不爱逛超市，对每日三餐的要求是"熟了就行"。

面包放了有些日子了，有些干硬，江暮平灌了好几口水，才勉强咽下。临走前，江暮平打开衣柜，挑了好一会儿才选了一条满意的领带。

林为径周六要参加一场市级辩论赛，他早早通知了成岩，希望成岩能够到场。成岩当面拒绝，背地里却又悄悄地去了。

成岩到的时候，参赛的辩手已经在台上坐定，林为径就在其中，穿了件黑色西装，面容俊朗，看上去很有精神。成岩猫着腰在后排找了个位子。

主持人走上舞台，开始介绍辩论赛的规则和邀请到的评委、嘉宾等人。成岩心不在焉地听了一会儿，忽然从主持人的话里捕捉到了一条信息——江暮平也来了。

他看见坐在嘉宾席上的男人在主持人介绍后站了起来，侧过身，朝观众席微微欠了欠身子。

无框眼镜、高挺的鼻梁、薄唇，那侧颜，的的确确是江暮平。

台下响起热烈的掌声，摄影师举着相机跑到江暮平面前"咔咔咔"地连拍了数张照片。

江暮平是嘉宾，不是评委，所以全程都没什么存在感。但是，成岩的注意力却被他吸引了过去，时不时地瞟向江暮平坐的地方。

江暮平坐得板正，腰杆挺直，目光很专注地望着台上。他一只手里握着一支钢笔，另一只手放松地搭在桌上，偶尔低头记录着什么。

最终，北城大学辩论队获得了胜利，林为径还荣获了"优秀辩手"的称号。

不知道是不是主办方故意安排的，虽然嘉宾里有比江暮平资格更老的前辈在，但给北城大学辩论队颁奖的任务还是落到了江暮平这个年轻教授的手里。

江暮平颁奖时，脸上没什么表情。林为径的笑容十分灿烂，拍照的时候还特意挨紧了江暮平。

只因为成岩在这儿多逗留了一会儿，退场的时候就被林为径发现了。

那时林为径正在跟江暮平复盘刚才的辩论，余光一瞥，就看到了一个熟悉的身影——成岩的发型太扎眼了，长得也扎眼，明星似的，让人一眼就能看到他。

林为径挥手喊了一声："哥！"

江暮平转头看向了成岩，成岩的目光则被江暮平的领带吸引住了。成岩现在已经形成了条件反射，每次跟江暮平见面总是忍不住先去看他的领带。

在成岩的印象中，江暮平没系过相同的领带，今天也不例外。领带的颜色很寻常，只是款式和纹理上会有细微的不同，但成岩每次都能发现。

林为径抱着证书跑到了成岩面前："你不是说有事不来了吗？"

"我临时又有空了。"成岩面不改色地说。他看了一眼江暮平，江暮平好像要走过来打招呼。

成岩在江暮平距离他两米远的时候看到了江暮平下巴上的划痕。

"下巴怎么了？"成岩问。

"嗯？"江暮平没反应过来。

成岩指了指下巴，问："刮胡子刮破了吗？"

江暮平用拇指指腹碰了碰那道细口子，点头："嗯。"

成岩并不那么健谈，只好说点儿没什么意义的废话："电动的方便一点儿。"

"坏了,所以才用的手动的。"

会场内喧嚣熙攘,成岩隐隐约约听到人群中有人在喊林为径。

"阿径!阿径!"

林建民夫妇从退潮似的人流中挤了过来,林建民的手里捧着花束,夫妻俩红光满面,只是看到成岩的时候,表情有些不自然。

"爸,妈,你们怎么赶过来了?"

"当然是过来看你比赛的。"林建民在他的脑袋上轻轻地拍了一掌,把那束包得有些粗糙的花塞进他的怀里,"你妈给你买的花。"

林为径有哮喘,不能接触花粉,林母给他买的是一束棉花,白花花、毛茸茸的,很可爱。

林为径的表情还有些茫然,他接过花后脸上渐渐浮现出笑容:"谢谢爸妈。"

林母的视线移向成岩:"成岩。"

成岩礼貌道:"林姨。"

林母略略点头:"你也来了。"

林建民赶忙跟林母介绍江暮平:"淑清,这是阿径的老师,江教授。"

林母戴了一副老式眼镜,言行举止也流露出几分文雅,很有知识分子的派头:"江教授,你好。"

"您好。"江暮平从她与成岩讲话的神情中察觉到了几分疏离。林建民夫妇对待成岩的态度很像,客气有礼,但总有种疏远感。而且林母比林父更甚,似乎不愿多跟成岩说上几句话。

当然,也不排除林母本来就沉默寡言的可能。

"我拿了奖金,今天请大家吃饭!"林为径举着手里的红包宣布道,"教授,您跟我们一块儿吧。"

林母率先阻止:"有点儿钱你就乱花,存着,当生活费。"

"一顿饭花不了多少钱。"

"妈来请。"

江暮平摇头："不用了，谢谢。"

成岩收到了好多条信息，低下头正看手机，听到林为径的养母温和的声音："成岩，你呢？"

成岩抬起头来，几乎是下意识地摇了摇头："我有事，不去了。"

林为径没说什么，只是盯着成岩，眉心微蹙着，只一会儿，他的眉头就舒展开来，用那种埋怨的口吻说："你怎么又有事啊？"

"你以为我是你啊。"成岩不客气地回了一句。

"我每天的行程也很满的好吗？！"林为径夯毛了。

"行了，走吧。"林母挽住了林为径的胳膊，"一会儿想吃什么？"

她挽着林为径往前走去，倏地一顿，像是突然间才想起来要跟成岩道别似的，转过头说："成岩，我们先走了。"她朝江暮平点了一下头："江教授，再见。"

"再见。"

林建民拍了拍成岩的肩膀，然后跟了过去。

他们走进了人流中，朝着会场的出口有说有笑地走去。江暮平看到林为径的养母始终紧紧地挽着她儿子的胳膊，看到林建民用他那只宽厚又粗糙的手在林为径的头上用力地揉了几下。

江暮平教过那么多学生，见过了太多人，不至于看不出林建民夫妇对成岩潜意识里的排斥。他明白，那种排斥不是单方面的，成岩也不愿意主动亲近他们。

成岩盯着人流看了几秒，江暮平不知道他在看什么，或许是林为径，或许什么也没看。

江暮平没有为成岩感到难过，只是忽然觉得下巴上的伤口又痛了起来。

"成岩。"

"嗯？"成岩侧过头来。

"你想不想跟我合租？"江暮平最近被邻居家装修的噪声吵得头

疼，想换个地方住，正好缺一个合租的室友。

成岩怔了怔。"江暮平……"成岩难以置信地看着他。

成岩额前的鬈发盖在了他纤长的睫毛上，随着他眨动的眼睛飞速颤动。

江暮平说："我不是在跟你开玩笑。"

"我……我能考虑一下吗？"成岩像被当头打了一闷棍似的，思维有些混乱。

"能。"江暮平回答说。

成岩低下了头，好像是在考虑。可他并没有考虑多久就给出了答复。

他仍然低着头："嗯……好。"

辩论赛的会场人声嘈杂，成岩身边来来往往经过了很多人，江暮平的声音淹没在喧闹的人声中，朦朦胧胧的，有点儿不真实。

成岩后来回想起当时的情状，一度以为是自己听错了，再不然就是记忆出现了偏差。

他们没有继续谈下去，江暮平被他的助教喊走了。

"到时候再联系。"江暮平对成岩说。成岩点了点头。

江暮平提出合租这件事对成岩的冲击力太大，以致成岩干什么事都是心不在焉的，后来干脆推掉了所有的活，早早地回家了。

成岩难得早睡，睡得也不安稳，半夜醒来倒了小半杯红酒，看了一眼手机——十二点半，江暮平没给他打电话，也没有发信息。

成岩端着酒杯在沙发上坐了下来，心里莫名其妙地焦躁。

如果收不到江暮平的消息，他恐怕一整晚都要睡不着了。

沉不住气的成岩还是给江暮平打了通电话。

电话响了两秒就被成岩挂了。他将酒杯里的酒一饮而尽，想了想，还是决定等天亮了再联系江暮平，不想打扰对方休息。

成岩起身去厨房洗酒杯，手机忽然响了起来，他低头一看，是江暮平的来电。

成岩把酒杯放在了茶几上，接通了电话。

江暮平的声音压得很低，听上去有些疲惫："成岩，怎么了？"

"是不是吵醒你了？"

"没有，我还没睡。"江暮平合上电脑，摘下眼镜揉了揉眉心。

"我以为你睡了……"

"还有些东西没写完。"

不知是不是酒精的缘故，成岩觉得身上生出了一阵热意。他将空调温度调低了一些，又往酒杯里倒了点儿酒。

"江教授，有些事想跟你确认一下。"

"你说。"

"你今天是提过合租的事，对吗？"

电话里传来很轻的笑声："是。你不是答应了吗？难道又后悔了？"

"我是怕你后悔。"

成岩不知道江暮平忽然间提出合租的原因，也不明白自己为什么会答应。

"江教授，你不了解我。"成岩说。

江暮平说："现在就可以了解。"

成岩想说可以改日当面细谈，可转念一想，自己的履历和身世像一张白纸一样乏善可陈，所以还是决定在这个难以入眠的夜晚拉近一点儿与江暮平的距离。

"我父母很早就去世了，只有个不跟我姓的弟弟。我高中没毕业，没什么文化，"成岩顿了一下，提了一下他认为最重要的一点，"还有……我抽烟。"

成岩断定江暮平不抽烟。成岩知道抽烟不好，但戒烟对他来说太困难了。

江暮平有那么几秒没说话，成岩猜他的理智应该是回来了。

"合租的事，"成岩说，"你可以再考虑一下。"

"今天在辩论赛会场的时候我已经考虑过了。"江暮平重新戴上眼镜,走出了书房,"抽烟——"

"我戒不了。"成岩率先说,"戒过很多次了,没戒成。"

江暮平一副老师的口吻:"那是你对自己的要求不够严格。"

成岩现在很怀疑江暮平可能要因为抽烟的问题放弃合租了。

可是江暮平的包容度很高:"我知道你抽烟,合租之后我会监督你慢慢改掉这个习惯。"

成岩没想到江暮平都已经在考虑合租以后的计划了,心情好像没那么焦躁了。

两个人交流了一番各自的经济状况和租房预算。总体来看,成岩比江暮平要宽裕一点儿。

江暮平摘掉了腕表,看到时间已经不早了,说:"很晚了,你是不是该睡觉了?"

成岩含含糊糊地"嗯"了一声。

江暮平早就察觉到他语速有点儿慢,便问:"你是不是喝酒了?"

"喝了一点儿。"成岩揉了揉有些酸涩的眼睛,"我睡不着。"

"为什么睡不着?"

"因为你说要跟我合租。"成岩感觉睡意渐渐上来了,声音懒懒的,"江教授,我有点儿困了。"

"睡吧。"

成岩没喝醉,但酒意总能催逼着人说些不过脑子的话:"睡醒之后你还会不会跟我合租?"

"会的。"江暮平的声音里藏着浅浅的笑意。

成岩把酒杯洗干净倒扣在杯橱里,往卧室走去。

这两天,江暮平特意抽空回了趟家。吃完晚饭,李思知坐在沙发上看电视,江暮平从厨房端了杯水,走到李思知身旁坐了下来。

"我打算跟成岩合租。"

李思知刚捏起的一片凤梨掉进了果盘里。她甚是诧异:"你说什么？真的假的啊？"

"真的。"

江暮平的爸妈在阳台上喝茶,听到了江暮平跟李思知说的话。

"暮平,你要跟谁合租啊?"江母问道。

"成岩,姐之前介绍给我认识的那位画师。他是我以前的高中同学。"江暮平问他爸妈的想法,"爸妈,你们觉得怎么样?"

江父、江母自然是没什么意见,江暮平从小性子就独,换种生活状态没什么不好。

这天,成岩正在办公室里干活,忽然听到朱宇在外头喊他:"老师。"

成岩没理,朱宇敲了敲门,小声说:"老师,那个教授来了。"

成岩转过头,朱宇又说:"姓江,江教授。"

成岩看了朱宇一眼,嗓音沉沉的:"他人呢?"

朱宇仍旧笑着:"他在外面等着呢。"

"你让他再等我十分钟,很快。"成岩吩咐着,手上动作不停,很稳地勾着线条。

"好嘞。"

成岩把后续的工作都交给了助理,摘下口罩,稍微理了理有些乱掉的头发,走出了办公室。

江暮平坐在沙发上看手机。成岩走过去:"怎么来这儿了?"

江暮平起身走到成岩面前说:"最近有时间吗?我爸妈想跟你见一面。"

成岩愣了愣:"你跟他们说了合租的事情了?"

"嗯,跟李思知说的时候被他们听到了。"

"去我的办公室说。"

成岩把办公室的门掩上了,嘈杂的声音被阻隔在门外。

"他们想请你一起吃顿便饭。"

成岩恍惚地点了点头，问："你爸妈喜欢什么？"

"不用买东西，他们什么都不缺。"

"这是礼节。"

成岩所言在理，江暮平笑了一下："我也不知道他们喜欢什么。"

"你这儿子当的……"成岩忍不住笑了，"你爸平时喜欢喝酒吗？"

"我爸不喝酒，他是医生，一直都禁酒。我妈睡前喜欢喝点儿。"

成岩点了一下头："那我给你爸买点儿茶叶？他爱喝茶吗？"

"行。"

"你带林为径去吗？他们说你也可以把弟弟一起带去。"

成岩摇头。

江暮平大概能猜到为什么成岩对林为径总是一副不冷不热的态度。朱宇跟林为径长得有几分相似，性格也很像，成岩待他比待林为径更亲近。这些都是明面上能看出来的，至于成岩到底是怎么想的，只有他自己知道。

"我没资格跟林家人讨价还价，也不想介入他们现在的生活。"

林家夫妻俩对林为径很好，对成岩也很客气，正因为如此，成岩才更不愿意涉足林为径的人生。对林氏夫妻来说，他始终都是一个外人，没有人会希望一个外人来分走他们孩子的爱。

"你总这样，对他不公平。"江暮平说。

成岩抬头看着他。

"我觉得他什么都知道，他是个好孩子。"

成岩低下了头，深呼了一口气，眼睛忽然发酸："可我不是个好哥哥。"

江暮平很轻地拍了拍他的脑袋："坏哥哥是不会供养他读到大学的。"

学生的家庭信息江暮平如果想了解，是可以拿到一手资料的。

据江暮平了解，林为径的养父母家经济情况并不好，母亲是小学教师，早年因为生病早早地辞职了，此后再也没工作过。父亲是厨师，收入并不高。林为径从初中到高中，上的都是当地知名的民办学校，林父赚的那点儿钱，除去平时给林母治病的开销，所剩无几，供林为径上这些学校几乎是不可能的。

这期间有谁一直默默为林为径提供资金支持，自然不言而喻。

成岩的神情有些不自然："见伯父伯母，我需不需要去换个发型？现在这样感觉有点儿不正经。"

成岩现在的形象确实容易给人一种不正经的印象，主要还是因为他长得好，也喜欢捯饬自己，看上去就像那种不务正业的浪子。

"没事。"江暮平说，"我爸妈没那么死板。"

"嗯。"成岩终于放松了下来。

成岩最终还是叫上了林为径。自从跟江暮平聊过之后，江暮平那句"对他不公平"总是在成岩的脑海中挥之不去。

他忽然发现自己好像一直如此，以爱之名做着一些伤害至亲的事情。年少时，他怕林为径无法拥有一个完整的家庭而把林为径推出自己的人生；如今，作为亲哥哥，他待林为径反而比从前更加疏远。

林为径从来没有怪过他什么，反而一直在为他的愧疚感买单。

江暮平说得对，林为径什么都知道，他是个好孩子，是成岩最爱也最放不下的弟弟。

当得知自己要赴的饭局是江暮平教授组的时，林为径足足有一分钟没有说话。

"哥，你没喝醉吧？是我在做梦，还是你在说梦话？"

成岩耐着性子："你没做梦，我也没喝醉。我跟你讲的都是真的。周六记得穿得得体一点儿，我去学校接你。"

"好的！"林为径一口答应。

饭局最终定在江暮平家里，成岩和林为径提前到了。江暮平来得晚，他到时桌子上的菜都摆满了，整桌人就等他一人。

江母埋怨道："怎么来得这么晚？约好六点，你看看现在都几点了,还让人家等你。"

江暮平低头看了一眼腕表:"六点十分。"他又看向成岩,成岩也看着他。

成岩今天穿了件烟灰色的衬衫,浅棕色的鬈发精心打理过。他难得穿得这么正式,衬得相貌更加清秀了。

江暮平对成岩说:"不好意思,每次都让你等我。"

成岩立刻摇了摇头。

李思知在一旁为江暮平说话:"姨妈,暮平学校里事情多您又不是不知道,评了正教授后从来就没准点下过班。"

江暮平脱下外套挂好,扫了一眼餐桌,成岩旁边有个位子空着,不知道是不是特意给他留的。江暮平走过去在成岩的旁边坐了下来。

林为径坐在成岩右边,隔着成岩跟江暮平打了声招呼:"江教授。"

手边的高脚杯里盛着柠檬水,江暮平很自然地拿起杯子喝了一口水,说:"今天很帅。"

林为径"嘿嘿"笑了笑:"我哥让我穿得体点儿。"

长辈们不由得笑了起来。

江暮平端着杯子,看着他爸妈和李思知:"应该都介绍过了吧?"

"介绍过了。"林为径接了一句,嗓音响亮。

江母接着方才的话题继续聊,问成岩:"小成家里还有其他的亲戚吗?"

"有个姨妈,不过离得比较远,她住在乡下老家。"

"这样啊。"

江暮平的父母都是高知分子,跟人闲聊时都很儒雅有礼,完全不会让人觉得不自在。

这顿饭吃得愉快又轻松。饭局结束后成岩送林为径回学校,林为径忽然问成岩:"哥,你给江教授准备乔迁礼物了吗?"

成岩愣了愣:"还没,怎么了?"

"不是江教授跟你提出合租的嘛,新生活新面貌嘛,你总得表示一下，仪式感懂不懂？"

林为径提了之后，成岩就把这件事放在心上了，还特意向金海辛咨询有没有相熟的袖扣设计师。

"干什么，送人？"

"嗯。"

金海辛挺纳闷："买个袖扣还要找专门的设计师啊？"

"送的对象比较讲究，我想送他最好的。"

"行，回头我帮你问问。"

江暮平难得来教师餐厅用餐，对面坐着助教周老师。江暮平的目光不经意地往他的衣服上掠了一眼，然后下午周老师进教授办公室交材料的时候，就被江暮平喊住了。

"周老师。"

周老师应道："有什么事吗，江教授？"

周老师是个年轻时髦的青年男教师，每天的穿搭都很讲究，那一丝不苟的精致劲儿跟成岩有点儿像。江暮平将钢笔的笔帽盖上，抬眸，视线落在周老师的领口的胸针上。

江暮平收回目光，看着周老师："你的胸针很漂亮，是哪个牌子的？"

周老师愣了愣，低头看了一眼别在领口的胸针，笑道："我这个胸针是定制的，之前托在意大利的朋友找设计师设计的。"

"设计师在意大利？"

"是啊。"

"定制的话，大概需要多长时间？"

"我记得我当时等了两个多月。"

江暮平若有所思道："有点儿太久了。"

成岩和江暮平新租的房子离北城大学和成岩的工作室都很近，江暮平把房子的备用钥匙给了成岩，让他先去看看需要添置哪些东西。房子是装修好的，只是还没有配备家具。

成岩安排好工作后去了趟出租屋。

这房子比成岩自己住的房子要大很多，屋里的装修风格很素，乍一看像流水线的样板房，仔细观察其实可以看出来是精心设计过的。成岩没去过江暮平现在住的地方，不过他猜那里的装修风格应该和这边的差不多，清清冷冷的，是江暮平的风格。

成岩进各个房间看了看，一间主卧，一间客卧，还有一间应该是书房。成岩走到书房门前轻轻拧动了门把。

门缝里透出一点儿光来，房门打开后成岩愣了一下，书房里没关灯，书桌上趴着一个人。

成岩握着门把愣了一会儿，然后轻手轻脚地走了进去。

江暮平侧着脸趴在桌上，脑袋枕在小臂上，右手手指弯曲，放松地搭在桌面上。他的眼镜放在他的手边，眼镜底下压着一本厚厚的书。

江暮平呼吸均匀，后背随着呼吸的频率缓慢地起伏。

成岩凑近了弯腰看了一眼书上的内容，都是英文，满眼的单词看得他头痛。江暮平的手指动了一下，成岩很快转过头。

江暮平醒了，但眼睛没有聚焦，微眯着，看到一个模糊的身影，眉心微微皱了起来。

"成岩？"江暮平的嗓音有些嘶哑，眉心忽然舒展开来了。

江暮平坐起了身，把眼镜戴上，眼神逐渐变得清明。

成岩赶紧站了起来，尴尬地余光乱瞥，去看书架上摆的那些书。

过了好一会儿成岩才想起来问江暮平："你怎么会在这儿？"

"来这边查点儿资料。我把一些书先搬到了这里。"

成岩环顾四周，发现这间书房四面墙都做成了嵌入式的书墙，墙面里满满当当地摆上了书。

江暮平的手机突然响起来，来电人是江母。

江暮平开了免提，江母的声音在安静的书房里回荡着："暮平，这周六把成岩喊家里来吃饭吧。"

江暮平笑道："又吃啊？"

"怎么了？我待见他，就愿意跟他一块儿聊天，记得喊他啊。"

江暮平说："小岩在我旁边呢，您跟他说。"

江母愣了愣，笑了："真烦你……小岩呀，你觉得行吗？那天有空吗？"

"有的。"

这是成岩第二次到江暮平的父母家里吃饭，体验感跟第一次一样好。离开的时候，两个人并肩走在幽长的巷子里，江暮平说："下周我出差，三天左右，这些天有空的话，你可以把旧家里的东西搬到新租的房里去了。"

"你的呢？要我帮你一起搬过去吗？我找个搬家师傅。"

"好。"江暮平说，"150706，门锁的密码。"

几天后，成岩第一次去江暮平住的地方。毫不意外，这里的装修风格和新房无差，十分素净。江暮平的私人物品成岩没敢动，联系搬家公司先把大件的东西打包搬走了，搬了两天。

由于这几天一直在江暮平家里监工，成岩推掉了很多单子，第三天还是不清净，一上午不停地在接电话。其实这些天成岩一直没精力去管工作上的事，回绝了很多画稿的预约，工作室的微信和微博已经被客户的信息轰炸了好几天。

成岩刚挂完一个客户的电话，就听到搬家师傅问他："小伙子，那书房里那么多书要搬吗？"

成岩想了想，说："暂时先不搬吧。"

"好嘞。"

"你好……"

有声音从门外传了进来，成岩转过头去，看到门外站着一个年轻男人，男人戴一副眼镜，有点儿眼熟。

"有什么事吗？"成岩问道。

"江教授不在家吗？"男人神情有些疑惑，往屋里看了看，搬家师傅搬着东西走到门口，他赶忙往旁边让了让。

成岩想起来了，这个人是之前他在江暮平的办公室见到的那个学生，好像是江暮平带的博士生。

"江教授不在家。"成岩说。

那人自顾自地进了屋，成岩有点儿不高兴，眉心微蹙了一下。

"这……是怎么回事？"

成岩问道："你是哪位？"

"我是江教授的学生。"那人盯着成岩打量片刻，眼睛一点点眯人，"是你……"

"名字。"成岩的脸上没什么表情。

那人注视了成岩一会儿，表情不那么好看，但还是乖乖回答："廖凡柯。"

廖凡柯环顾四周："这到底是怎么回事？江教授呢，他不在家吗？"

"你找他有事？"

廖凡柯下巴微仰，扶了一下眼镜："江教授是我的博导。"

成岩觉得这个学生有点儿傲慢，又有点儿自我，回回对待自己态度都不太客气。不过成岩不跟孩子一般见识。

"江教授出差了，不在家。"

"你怎么会在这儿？现在又是什么情况？搬家吗？"

成岩没提江暮平跟他合租的事："嗯，他要搬家了。"

"搬去哪儿了？"

"这个你问他吧。"

把廖凡柯打发走后，成岩把江暮平家里简单地收拾了一下，搬家师傅一趟一趟的，踩得地砖上都是干泥，屋子里乱得一塌糊涂。

成岩把地扫了一下，扫完后又拖了一遍。他点了外卖，吃完躺在沙发上迷迷糊糊地睡着了。

"成岩，成岩。"从很远的地方传来了江暮平的声音，成岩把脑袋往沙发缝里缩了一下，偏了偏头，缓缓地睁开了眼睛。

"成岩。"

江暮平的面容和声音渐渐清晰，成岩哑着嗓子"嗯"了一声，声音带着刚睡醒的慵懒。

"别在这儿睡，会感冒的。"

成岩坐起了身，垂着脑袋醒了会儿神："我就眯了一会儿。你回来了。"

"嗯，我回来了。"

江暮平手里拿着一个丝绒质地的礼物盒。他打开盒子，里面是一枚羽毛样式的碎钻胸针。

"这是我送你的乔迁礼物，看你有一件衬衫上面的印花是羽毛形状的，搭配这个胸针应该很合适。"

成岩笑了，有点儿无奈："其实我也给你准备了乔迁礼物。你等我一下。"

成岩拿出了给江暮平定制的袖扣，也是羽毛样式的。

江暮平看到那两枚精巧的羽毛袖扣，脸上挂着浅浅笑意："你是不是很喜欢羽毛这个元素？"

成岩点头："最近是挺喜欢的。"

两个人互相交换礼物，仪式感拉满了。

"谢谢江教授的礼物。"

"也谢谢成老板的礼物。"

新租的房子的家具陆陆续续地配备好了，房子空了几天后江暮平和成岩才正式住进去。

江暮平第一天来到新家才发现门口挂上了红灯笼，估计是自家老太太的杰作，家里的窗户上也贴了红色的窗花。

除了传统的灯笼和窗花，屋子里还飘浮着一些彩色的氢气球，这倒是不像老太太的手笔。

门铃声响了一声,江暮平走去开门。

站在门外的是快递员,手里抱着包裹,问:"请问是成岩先生吗?您的快递,麻烦签收一下。"

江暮平在单子上签下了成岩的名字,接下了快递。

没隔多长时间,门铃又响了起来,又是快递员,送来的还是成岩的快递。

江暮平在回家后的两个小时之内收到了成岩的七八个快递。

成岩打来了电话,江暮平接通了电话,站在一堆包裹中。

"江教授,你到家了吗?"

"到了。"

"我今天要晚点儿回去,晚上还有几个客户。"

"嗯。"

"你吃晚饭了吗?"

"在学校吃了工作餐。"

"不好吃吧……"

"还可以。"

江暮平垂眸看着地上的那些包裹:"阿岩,家里有很多你的快递。"

"都是一些生活用品。"成岩说,"江教授,你帮我拆了吧。"

"嗯,好。"

江暮平在客厅拆了十几分钟的快递,成岩今天一天收到的快递都抵得上他半年收的了。江教授不怎么在网上买东西,不太理解网购的乐趣。成岩买了一些洗漱用品:洗发水、沐浴乳、洗面奶、男士护肤品……还都是国外直邮的,瓶瓶罐罐的特别讲究。

这么心疼自己,所以成岩皮肤那么好,长得那么显嫩不是没有理由的。

江暮平轻轻哼笑了一声。

除了护肤品,成岩还买了两支带卡通图案的电动牙刷,一个是皮卡丘的图案，一个是杰尼龟的图案。成岩之前提过他给他们俩一人买了一支电动牙刷。江暮平盯着那两支卡通电动牙刷看了很久，不确定哪一款才是自己的。

他拍了两张照片，发给了成岩，问："小乌龟和小耗子，哪个是我的？"

收到江暮平消息的成岩这才想起自己前几天脑子一热买了两款非常幼稚的电动牙刷，一方面感到轻微"社死"，一方面又觉得江暮平讲话的语气有点儿可爱。

成岩回答："随你，你喜欢哪个就用哪个。"

江暮平又回："小乌龟。"

成岩回道："好的。"还发了一个"杰尼龟戴着墨镜"的表情包。

江暮平的表情库里没有什么可爱的表情包，他回了一个"谢谢"的表情。

江暮平的心情变得很不错。

成岩十点多才到家。客厅里的灯关着，家里很安静，江暮平可能是睡了。

成岩打开客厅的灯，不自觉地放轻了步伐。这是他第一天住进新家，有好多东西还没来得及准备，比如睡衣。而且他的衣服刚从旧家搬过来，还没有顾得上归置。

成岩从装衣服的箱子里随便挑了一件 T 恤，走进了卫生间。

他刚进卫生间就看到了洗脸池边的瓶瓶罐罐，江暮平已经帮他把他网购的洗漱用品整齐地摆好了。

江暮平没成岩那么讲究，洗漱用品很少。成岩洗澡的时候用了江暮平的洗发水，挤出来的时候是一股柑橘味，可是头发吹干后又变成了雪松的味道。

成岩穿了一件 T 恤和短裤走出了卫生间，准备再去装衣服的箱子里翻一翻，看看能不能找到睡觉穿的居家裤。

江暮平从书房里出来倒水的时候，看到有个人蹲在玄关，脑袋埋在收纳箱里闷头翻着什么。

成岩终于翻到了能穿的裤子,转身的时候发现江暮平拿着杯子站在客厅。他愣了一下,看到江暮平抬起眼睛看向了他。

江暮平穿了一件看上去质地很柔软的睡衣,戴着眼镜,头发半干,气质有些慵懒。

成岩手里抓着裤子:"我以为你睡了。"

"没有。"江暮平走到厨房倒了杯水,"我在书房。"

江暮平把水杯放在餐桌上,走到了成岩面前:"家里温度不高,你穿成这样不冷吗?"

"我刚刚在找睡裤。"

"家里的气球是你弄的吗?"江暮平问道。

成岩点了点头:"明天处理掉。"

"不需要处理,挺好看的。我先回书房了。"

"嗯。"

江暮平说:"我睡在客房,主卧留给你。"

"不好吧,要不你睡主卧?"

江暮平转过身看着他:"没事。"

成岩上学的时候没人理他,只有江暮平愿意理他。可那个时候成岩又不愿意跟江暮平那样的好学生打交道,于是习惯了背地里悄悄观察江暮平,表面上却摆着一张冷脸,对江暮平很不客气。

成岩观察过江暮平做卷子时的背影,观察过他在文艺会演上弹钢琴的样子。成岩从未设想过江暮平会成为他的合租室友,这种感觉太难以言喻了。

翌日,成岩醒得很早,把滞留在玄关的好几箱衣服搬进了衣帽间。他们租的房子,衣帽间占了单独的一个房间,里面有很多放衣服的柜子。江暮平的衣服已经归置好了。成岩打开衣柜,发现里面齐齐整整地挂着不同色系的衬衫,强迫症一般,还是按照颜色的渐变程度排列的。

成岩的脑海中忽然浮现出江暮平的书房里的那些书，也是按照颜色渐变的深浅摆放的。

江暮平的衣服基本都是衬衫，还有一些是冬季的长款大衣，休闲风的衣服很少，棉衣也没有几件。虽然衣服种类单一，但数量倒是挺多的，那些衬衫和大衣在色系和款式上都有着细微差别。

成岩打开了旁边的柜子，这个柜子里放的也是江暮平的东西，是江暮平专门用来收纳领带的。

成岩傻眼了。

好家伙，柜子里挂满了不同款式的领带。

他很难不怀疑江暮平有收集领带的癖好。

江暮平的衣物并不太多，至少比起成岩的是小巫见大巫。留给成岩的柜子很多，成岩打算等有空了再慢慢整理衣服，便先去做早餐了。

成岩不知道江暮平的口味，拣着冰箱里现有的食材简单做了顿早餐。

早餐做好后成岩就去衣帽间换衣服了，与此同时，江暮平也起床了。

江暮平走出客房的时候就闻到了一股香味，餐桌上摆着早餐，摆盘很精致，温热的牛奶飘散着热气。

江暮平去卫生间洗漱了一番，走进衣帽间的时候，成岩已经换好了衣服。

"我给你做了早餐。"成岩说。

"我看到了，谢谢。"江暮平打开衣柜挑衣服，偏头看了成岩一眼，"你起得这么早。"

"想着要做早餐呢。你的衬衫好多啊。"

江暮平从衣柜里挑了一件烟灰色的衬衫，说："每天早上挑衣服很麻烦，衬衫比较方便。"

成岩轻笑了一声，合着是因为这个。

"而且我平时不怎么逛街，不常买衣服。"

成岩心想：不常买衣服，领带倒是买得挺多。

成岩虽然只是搬去了新租的房子，但还是有点儿讲究地给工作室的同事们发了乔迁红包。他早上一进工作室就收到了同事们的祝福。

毛毛敲了敲门："成老师，有个小帅哥找你，说是之前跟你约好的。"

"姓时吗？"

"是的。"

"你让他进来吧。"

"好。"

毛毛把顾客带了进来。

"时引先生是吗？"

"啊。"那人眼睛笑得弯弯的，"我之前跟您联系过。"

"坐吧。"

成岩把相册递给时引："这里面是我的一些作品，你可以先看一下。"

"您的作品我早就看过了，很喜欢您的风格，我就要那样的。"

成岩收起了相册："那你说一下你的要求。"

"我的要求可能会比较抽象。"时引笑了笑。

"你说。"

"'惟江上之清风，与山间之明月。'我想以这两句为主题约一幅作品。"

很浪漫。

成岩点了点头："可以的。你喜欢什么元素？"

"您自由发挥呗，我相信您的水平。"

成岩低着头在笔记本上做好备忘录："我这儿的规矩是稿定了就不能换了，只能小修。"

"那多给钱呢？"

"也不行,你想换掉整幅图,这单生意就作废了。我们这里不接受没有契约精神的客户。"

"懂了。"

下课铃响,江暮平合上讲义:"下课吧。"

学生们一哄而散,口袋里的手机振动起来,江暮平摸出手机接通了电话,走到了人流稀少的地方。

来电的是位老朋友,邵远东。

"暮平,我回国了。"

"出差吗?"路过的学生跟江暮平打招呼,江暮平点头示意。

"不,久居。我辞了那边的工作,准备回国发展了。"邵远东说,"我已经回来有一段时间了,一直在处理工作交接的事,这两天刚空下来。我约了几个朋友,最近准备去国外滑雪,你去不去?"

"我要上课。"

"你可以请假。"邵远东意味深长地说,"都是我回国后认识的朋友,给你介绍几个新朋友。"

"谢谢,不过不用了,"江暮平拒绝了他的好意,"我这两天跟我室友约好了去郊外钓鱼,没空去滑雪。"

"室友?"邵远东有些凌乱,"什么室友?"

江暮平沉默片刻,说:"这个人你应该认识。"

"谁?"

"成岩。"

江暮平走进了办公室,手机贴在耳边许久没有听到声音,他猜邵远东可能是真的不记得了。

"成岩,我们的高中同学。"江暮平提醒道,"高二跟你打过架的那个。"

经江暮平这么一提醒,邵远东的记忆立刻被唤醒:"是他?!"

"当年好像是你先去招惹他的吧。"

"都多少年前的事了，谁还记得。"邵远东仔细回想了一下高中时期的成岩，"他那臭脾气，你能跟他合租？"

半晌后，邵远东似乎是把江暮平跟成岩合租这件事好好地消化了，问："他还好吗？我记得他高三就转走了啊，现在在干吗？你们怎么就成室友了？什么时候碰见的？"

江暮平简短地回答："前段时间李思知介绍我们认识的，那时正好我缺个能聊到一起去的室友。"

"你真让我大开眼界。"邵远东有些疑惑，"成岩那种人，你们之间有共同话题吗？"

"邵远东！"江暮平的声音冷了下来。

"抱歉，是我冒犯了。"邵远东话锋一转，"有机会一起吃顿饭吧，我请客。"

"再说吧。"

邵远东叹了一口气："你知道我这个人心直口快，海涵一下？"

江暮平沉默良久才开口："不管怎样，他现在是我的朋友。"

"抱歉，那你们什么时候跟我这个老同学吃顿饭？"

"有机会再说，他挺忙的。"

"他现在在做什么？"

"画师。"

"酷啊。"

江暮平挂了电话，打算去工作室接成岩一起回家，走出办公室的时候发现林为径背着书包站在外面。

林为径挥了挥手，说："教授，您去找我哥吗？"林为径挨着江暮平一起走。

江暮平"嗯"了一声，转头问他："你也去？"

"嗯。"林为径用力地点了点头，眼巴巴地望着江暮平，"您能捎我一段吗？"

江暮平应道："当然可以。"

林为径显得很开心。

到了工作室,林为径无视朱宇,直接跟助理毛毛说话:"毛毛,我哥呢?"

"我不知道啊。"毛毛条件反射地转过头去问朱宇:"小宇,成老师呢?"

"老师出去买东西了。"朱宇看着江暮平礼貌地笑了笑,"江老师,今天很帅啊。"

江暮平笑了一下:"谢谢。"

成岩去了趟超市,买了一些生活必需品,还买了很多"储备粮"和饮料。在超市服务台留下送货地址后,他又去了一趟家居馆,挑选了一些很精美的餐具。

之前一个人住的时候总顾不上精致,如今成岩亢奋得恨不得把所有看着赏心悦目的餐具全部买回家。

成岩拿起了展柜上的一只七彩锤纹玻璃杯,导购走过来介绍道:"先生,这只杯子是由知名设计师制作而成的,如果两只一起购买,可以打八折。"

成岩不认识这个设计师,只单纯觉得这个杯子好看,问导购:"你们这里负责送货到家吗?"

"购买额需要满一万元呢。"

"我刚刚挑的东西都让另一个导购帮我打了单子了,麻烦你帮我算一下。"

"好的,我去看一下。那这款杯子……"

"两只都要。"

导购微笑道:"好。"

成岩一会儿还打算去趟花店,新家装修风格太素了,他想摆些鲜花点缀一下。

成岩继续逛着,手机忽然响了起来。他放下手中的餐盘,接通电话:"怎么了,小宇?"

"老师,我帮人问问,您去哪儿买东西了啊?什么时候回来?"

成岩有些疑惑:"帮人问?帮谁啊?"

转瞬间,电话那头换了个声音,比朱宇低沉很多:"阿岩。"

成岩握着手机愣了愣:"教授?"

"你在哪儿?"

成岩的手指在木质的柜架上蹭了蹭:"我来家居馆买点儿餐具。"

电话那边安静了一会儿,成岩听到电话里传来了其他人的声音:"你开着免提?"

"朱宇开的。"

成岩听到朱宇"啊"了一声:"江老师,您这就把我给卖了啊。"

电话里瞬间没了杂音,江暮平的声音变得格外清晰:"免提我关掉了。你在哪个家居馆?我去接你。"

"不用了,我一会儿还得去买点儿别的东西。你在工作室吗?"

"嗯。"

"我买完东西就过去。"

"不用,我去找你。"

"好吧。"

成岩报了家居馆的名字。

导购拿着订货单走了过来,红光满面地说:"先生,您的购买额达到规定数额了,我们今天就为您安排送货。"

"好的,谢谢。"

"请问这边有花店吗?"

"有的,就在家居馆旁边,不算远,但走过去也要七八分钟。"

"谢谢。"

家居馆门口没有位置停车,江暮平只能把车停在马路对面。他给成岩打了通电话:"阿岩,我在马路对面。"

"嗯,"成岩抬头看了一眼红绿灯,绿灯亮了,他跟着人群踏上斑马线,"我过来了。"

江暮平放下手机抬起头,在人群的最后看到了成岩。

成岩怀里抱着五颜六色的鲜花,好像是看到江暮平了,他单手捧花,笑着朝马路对面挥了挥手。

成岩穿的是早晨换上的那件雾蓝色的毛衣,深沉又温柔,鲜花把他的脸庞衬得更有光彩。

成岩抱着一捧花上了车,车内一瞬间花香四溢。江暮平看了一眼他怀里五颜六色的鲜花,问:"怎么买这么多花?"

"想摆在家里。"成岩看着江暮平,"你对花粉不过敏吧?"

"不过敏。"

等成岩系好安全带后,江暮平发动车子,听到成岩问他:"你用的什么香水?好香。"

"我不用香水,"江暮平低头嗅了嗅,"可能是洗衣液的味道。"

说到洗衣液,成岩猛然间想起昨晚自己好像习惯性地将脏衣服扔进了衣篓里,但是忘了洗。于是一到家,成岩第一时间去看衣篓,空的。他看了一眼阳台,发现自己的衣服已经被洗过了,还被晾起来了。

先不说江暮平帮他把脏衣服放进洗衣机,光江暮平给他晒衣服这事就够让成岩觉得不好意思的。

把林为径送到林家之后,成岩一直都是一个人生活,独立惯了,没吃过别人做的饭,没穿过别人洗的衣服,也没人帮他晒过衣服。

成岩把目光从阳台上收回来,去卫生间找了个水桶,装了点儿水,然后把花插进了桶里。他在超市买的东西送货到家了,江暮平拎了进来:"买了这么多东西?"

"冰箱里什么都没有,买点儿存货把它填满。"成岩犹豫了一会儿,开口问,"江教授,我的衣服是你帮忙洗的?"

"嗯,怎么了?"

"下回还是我自己来吧……脏的。"

成岩好像总是不习惯别人的善意。江暮平看着他:"没事,顺手而已。"

门铃声将他们的对话打断,成岩走过去开门,门外是家居馆的派送员。

"成岩先生吗?这些是您在'十檐'订的货,麻烦您签收一下。"

花瓶到了,成岩把水桶里的花拣出来分批插进了花瓶里,然后把插了花的花瓶分别摆在了客厅、餐厅和玄关。

他们的新家变得有一丝丝不同,充满了生气。

成岩买了很多漂亮的餐具,样式非常可爱,看着让人赏心悦目。他哼着小曲把餐具洗得干干净净,一丝不苟地擦干后放进了橱柜。

晚餐仍然是成岩做的,在江暮平把巴掌大的土豆削成鸡蛋大小之后,成岩决定不把做饭这项艰巨的任务交给江暮平。

成岩忍不住想笑:"江教授,这么多年你是吃什么长大的?"

"吃我自己做的难吃的饭。"江暮平一本正经又有些幽默地说。

成岩笑得肩膀抖起来,没有声音,但背影看上去很快活。江暮平也跟着笑了笑。

晚饭吃得和谐,江暮平洗完澡就进客房了,还跟成岩说了"晚安"。

成岩在客厅赶工,准备连夜把时引那张图赶出来。跟江暮平遇到以来,他从没在江暮平跟前抽过烟,这会儿忍不住了,点了一根咬进嘴里,轻轻吸了一口。

夜里,江暮平起夜,推开房门闻到了空气中弥漫的淡淡的烟味。客厅的灯亮着,成岩趴在茶几前,嘴里咬着一根烟,低头在纸上画图,面目沉静,神情很专注。

成岩注意力太过集中,以至于直到江暮平走到跟前,他的余光才见了个隐约的身影。成岩微微抬眸,没个防备,猛地呛了口烟,咳嗽起来。

江暮平帮他倒了杯水。

"这么晚还在工作?"江暮平很随意地问。

"有个图要赶。"成岩把抽了一半的烟摁进烟灰缸里熄灭,"我去开个窗,通通风。"

成岩开了窗,喝了一口水。

江暮平在沙发上坐了下来,看了一眼成岩画的图,然后目光流转到了成岩的香烟上。

"不好意思,你不喜欢烟味吧?"成岩舔了一下湿润的嘴唇,"我以后不会在你面前抽烟了。"

"在我面前抽和背着我抽,好像没什么区别。"

成岩有些为难:"江教授……我真的戒不了,顶多少抽点儿。"

成岩烟龄很长,虽然现在他抽得没以前那么凶,但完全戒掉是不可能的。

"我肯定不在你跟前抽,好不好?"成岩跟他商量。

江暮平倒不是介意香烟的味道,只是担心成岩的身体健康。

"能不能给我一根烟?"江暮平问成岩。

成岩愣了愣,从烟盒里抽出一根烟递给江暮平。

江暮平接过烟,两指夹着,拿起烟盒旁边的打火机,点燃了烟,在成岩茫然的目光下把烟含进了嘴里。

成岩有些诧异地看着他。

江暮平轻轻咬着烟,两片薄唇微微一抿,吸了一口,然后有些失神地盯着手中的烟,低声道:"原来是这种味道。"

"第一次抽烟吗?"成岩问。

"嗯,"江暮平往绵羊烟灰缸里抖了抖烟灰,"我爸是医生,平时对我们的身体健康管理挺严的,我家里没人抽烟。"

成岩半开玩笑道:"那你还挺有这方面的天赋的,我第一次抽的时候呛得眼泪都流出来了。"

江暮平手里的烟已经燃到了一半,成岩问他:"不抽了吗?"

江暮平垂眸看了一眼烟:"不抽了,我不喜欢这个味道。"

成岩:"我以后尽可能不在家里抽烟了。"

Chapter 03
艺术照

江暮平给成岩来电的时候，成岩正在办公室抽烟，他停下手里的活，把手机拿到耳边。

"喂？"

"阿岩，这周六晚上有时间吗？"

成岩望着天花板回忆了一下这两天的工作安排，说："有的，怎么了？"

"周六晚上有个聚会，在我伯父家里，你也跟我一起去吧。"

"聚会？"

"嗯，就是和家人一起吃饭聊天。每年年底之前他们都会组织，算是我们家的传统吧。"

"你们家里氛围真好。"

"阿岩。"

成岩声音懒懒的："嗯？"

"你在抽烟？"

"嗯。"

"这你都能知道。"成岩嘟囔了一句。

"你的呼吸很慢，跟平时不一样。"

成岩把烟头摁在烟灰缸里："我已经把烟掐了。"

江暮平"嗯"了一声。

门外有人敲门，毛毛进来说："成老师，那位姓时的先生来了。"

成岩点了一下头，对着电话说："我有客户过来了，先挂了。"

"嗯。"

成岩放下手机对毛毛说："领他去会客室。"

"好的。"

成岩从抽屉里拿出一盒糖果，拆开一颗柠檬味的塞进了嘴里，嚼着糖果走出了办公室。

周六转眼就到了。

江暮平的祖父、祖母一共有三个儿女，江暮平的父亲是次子，江父还有一个哥哥和一个妹妹。组织这次聚餐的就是江父的哥哥，也就是江暮平的伯父。

江暮平家里是书香世家，姑妈也是医生，伯父以前从政，前两年刚刚退休。

面对一水儿的高知分子，成岩自然是有些压力的。

不过江暮平告诉他，他家亲朋好友多，除了伯父和姑妈，还有一堆远亲，不需要过于紧张。

天冷了，江暮平换上了他的大衣，内搭了一件高领的米色毛衣。他站在伯父家门口，背对着成岩，手里拿着一束花，按了按门铃。

开门的是伯父的妻子，她温婉地笑了笑："来了。"

"晚上好。"江暮平把花递给她。

"谢谢。"伯母接过花束，看了一眼江暮平身后的人："成岩？"

成岩"嗯"了一声："伯母好。"

"你好，快进屋吧。"

江暮平他们来得不早不晚，李思知跟她朋友已经到了一会儿，这会儿正跟伯父的女儿江芮坐在沙发上聊天。江暮平的伯父还有个小儿子,现在在国外念书。

江暮平附耳跟成岩介绍那些亲戚,抬眼看到李思知朝他们挥了挥手。

江芮看到成岩时直接说了一句:"我的天,这小帅哥真帅啊。"

"帅吧!他叫成岩。"李思知神情骄矜,微微挑眉。

江芮笑着跟成岩打了声招呼:"你好啊,成岩。我叫江芮,是江暮平的堂姐。"

"你好。"成岩微微笑了一下。

"快坐吧,我去给你们倒饮料。成岩,你要喝什么?"

"我喝水就好。"

江芮看着江暮平,心领神会:"红茶,对吧?"

江暮平点了点头。

"成岩,"李思知看了一眼成岩的头发,"你怎么把头发剪了?"

"之前的发型留挺久了,腻了。"

"剪了头发真显小,不过我还是喜欢你以前那个发型。"李思知突然想到了什么,"你们俩想拍艺术照吗?给你们推荐一家摄影馆,我前段时间跟我朋友去拍了几组照片,他们那儿的主题都挺有意思的,拍出来的效果也很好。"

江暮平有点儿感兴趣:"多有意思?"

"回头我把照片发给你看。"

江暮平的父母比他们来得晚,二老来了之后其他亲友也陆陆续续到了。

吃饭时大家都各聊各的,吃完饭,江家老一辈的人聚在客厅喝茶聊天,其他人去院子里烧烤。

江芮的小儿子特别黏江暮平,迈着两条小短腿跟在江暮平后头要抱抱。江暮平抱他就跟抱玩偶似的,兜着腋下一提就把小孩儿抱了起来。

小孩儿搂着他的脖子奶声奶气地喊舅舅,因为有小孩儿黏着,江暮平一直没机会跟成岩说话。江芮的儿子是个小话痨，话密得不行，一个劲儿地跟江暮平叨叨。

江暮平抱着孩子看了一眼被一堆亲戚围着、笑得有些僵硬的成岩。成岩抬起眼睛，目光往江暮平的方向掠了一眼。

成岩表情茫然，显然不在状态，但撞上江暮平的目光后，却朝他微微挑了一下眉。

"圆圆。"江暮平喊外甥的小名。

"怎么啦，舅舅？"

"舅舅想去找阿岩叔叔玩，圆圆可以给舅舅放一会儿假吗？"

小外甥看了一眼成岩的方向，很懂事地点了点头："那你跟阿岩叔叔玩好了，要回来找我。"

江暮平亲了亲他肉乎乎的脸蛋，蹲下来把他放到了地上。

江暮平被小孩儿缠了太久，回过头的时候成岩已经不在了。江暮平走过去问了问，那些亲戚说成岩跟李思知一块儿去厨房准备肉串了。

"你快坐下来吃吧，"说话的是伯母的外甥女，"这边有好多烤好的。"

"你们吃吧。"江暮平准备去打个电话，拿着手机往外走去。

"暮平，你去哪儿啊？"

"我打个电话。"

这通电话是打给摄影馆的。

成岩被李思知喊去厨房穿烤串。李思知走在他前面，冷声冷气地说："最烦跟那些人在一起了，叽叽喳喳的，一刻也不消停。你也被问烦了吧？少理那些人，越理他们越来劲。"

李思知打开冰箱从里面拿了两罐可乐，扔了一罐给成岩。成岩接住可乐。

"不是说穿肉串吗？"成岩问。

"不穿，"李思知拉开易拉环，"我带你过来躲清净的，你还真想给他们穿肉串啊?"

"多少穿点儿吧。"成岩拿了一把金属扦子,"不然不好交差。"

李思知倚在料理台上:"我就是烦外面那些人,那几个都不是江家正儿八经的亲戚。江家都是厚道人,那些人脸皮厚,自个儿上赶着来,伯父他们也不能把人往外赶。

"他们中间哪一个没给暮平介绍过对象?谁不想跟我姨父家攀亲哪,介绍的都是自己的亲戚。"

成岩边听她吐槽边穿烤串,李思知推了他一下:"差不多得了,少穿点儿。"

成岩说:"就这点儿了,多了不穿了。"

几分钟后,李思知喝着可乐在厨房看视频,成岩端着穿好的烤串往院子走去。

院子里的谈话声传到了成岩的耳朵里。

"是啊,我当时听到的时候都不信呢。你说江家夫妇俩都想什么呢,怎么会让他来参加今天的聚会?"说话的阿姨眉飞色舞,又义愤填膺。

有人应她:"而且你瞧瞧他那个长相,我估摸着人也不老实,不是说跟暮平一样的年纪吗,我怎么看都不像啊,穿得跟个明星似的,花里胡哨的,一身的轻浮劲儿。"

他们越来越肆无忌惮,连音量都不自觉升高了。

"好像连大学都没考上……"

"你指望他能有多少文化……"

再后来的话成岩没有听到,他把餐盘搁在玄关的置物柜上,转身走进了屋里。

成岩从左边的楼梯上了楼,一楼跟二楼的交接处有一扇巨大的窗户。成岩在那里站住脚,从兜里摸出了烟。

他倚在窗边抽了会儿烟,心想要是被那些人知道自己还抽烟,不知道他们又会有怎样一番说辞。

他觉得自己的脾气真是改了很多，可能真的是年纪大了，不会像年轻的时候那样沉不住气。

成岩对着窗外喷了几口烟，忽然瞥见了江暮平的身影。他看到江暮平走到烤架前拿起几串烤串，嘴唇小幅度地张合，不知道在说什么。

那些亲戚讨论的闲话也被江暮平听到了些，他们聊得太忘我，以至于望见江暮平走过来的时候纷纷吃了一惊。

他们聊到了成岩不体面的工作，聊到了成岩搬不上台面的学历……

江暮平的表情没什么变化，他若无其事地往餐盘里放了几串烤串，说话的语调很平和："我不把学历作为衡量一个人优不优秀的准绳，也不把文化程度高不高作为衡量一个人有没有素质的标准。毕竟有的人念了那么多书，文化程度那么高，还是会吃饱了撑的在背地里对别人评头论足。"

众人哑然。

江暮平转过身来："成岩是我的朋友，如果再让我听到一次你们在背后这样议论他，我不会再让各位进江家的门。"

看到江暮平，成岩抽完烟就匆匆忙忙地跑下楼，卷着一身烟味。

两个人在门口碰个正着。

"去哪儿了？"江暮平问成岩。

成岩喘着气："我……"

"抽烟了？"江暮平眉头轻皱，摘下了眼镜，刚才被烧烤的油烟熏了一会儿，镜片上沾了一点儿油腻。

成岩没说话。

江暮平不戴眼镜看着他，手里拎着眼镜，准备一会儿去厨房洗镜片。他看了一眼玄关置物柜上的餐盘，跟成岩突然抽烟这件事联系到一起，立马就推测到了事情原委。

"你是不是听到什么乱七八糟的话了？"江暮平的眉头越蹙越紧。

"听到了，"成岩抿了抿嘴，"所以我借烟消愁啊。"

江暮平被他气笑了："谁跟你说抽烟的事，你每次都耍赖皮。"

"不要理他们。"江暮平说。

"我没理。"成岩端起了餐盘,虽然刚才生气,但烤串还是要拿过去的。不能用小人的方式对付小人,不然显得自己多不大气。

成岩问江暮平:"家里有没有口香糖什么的?"

"怎么了?"

"我刚才抽烟了,你不是说你爸不喜欢家里人抽烟吗?我想去去味。"

江暮平从口袋里摸出了一颗糖,这是刚才小外甥塞在他的兜里的。

"没有口香糖,只有糖。"

江暮平戴上了眼镜,拆开糖的包装纸,将糖摊在手心。

成岩拿走他手心里的粉色糖塞进嘴里。

"我去洗眼镜。"江暮平说。

"谢谢江教授。"成岩咬着糖,心情不错地说。

成岩不知道刚才江暮平跟那些人聊了些什么,他端着烤串回到院子里的时候,所有人都缄默不语,看他的表情也有些不自然,有的人甚至刻意躲避他的目光,不敢看他。

成岩给他们送烤串,不跟他们一般见识,但并不代表他愿意继续堆笑着应付这些在背后嚼他舌根的人。

当然,为了江暮平的体面,他给足了这些人面子。

北城已经在秋叶遍地的萧条中不着痕迹地入冬了,最近不知道是不是临近期末,江暮平好像特别忙,每天都加班。

成岩忙完了手里的活,跟金海辛约了晚上做个全身推拿。

画图这工作很折磨身子骨,画复杂的图案时,一坐动辄小半天,画好稿子后全身上下的骨头都是僵的。成岩心疼自己,每隔一段时间就要去一趟按摩店。

他有固定的私人推拿师,是个大爷。因为这大爷年纪不小,成岩不放心老人家来回奔波,不让他到家里按摩,每次都是自己去店里找他。

那家按摩店就是那位大爷开的,他是老板,平时不给人按摩,只有成岩这一个固定的客人。

一来成岩很舍得在保养自己的身体上花钱,给的钱很多;二来大爷跟成岩有眼缘,两个人第一次见面就相谈甚欢。

店里连前台工作人员都是男的,模样挺周正。他微笑着对成岩说:"老板去外面办事了,他让您等他一会儿,他马上就回来。"

"我今天带了个朋友,麻烦给他找个技术好点儿的师傅。"

"没问题。"

金海辛补充道:"找个帅点儿的。"

"帅的技术可能就没那么好了。"前台小哥善意地提醒,"我们这边年纪大一点儿的师傅技术会更娴熟一点儿,都是金牌推拿师。"

"我的身子没成老板那么金贵,"金海辛笑了笑,"对按摩技术要求不高,只想要个养眼的。"

前台小哥僵着一张脸:"好的,我这边给您安排。对了,先生,我们这边是会员制的。"

金海辛指了指成岩:"挂他的账。"

前台小哥看了一眼成岩,成岩点了点头。

按摩店老板没一会儿就回来了,成岩和金海辛被安排在了一间房。

"怎么感觉你好久没过来了。"按摩店的老板姓曹,成岩平时喊他老曹。

成岩闭着眼睛趴在床上:"最近有点儿忙。"

"忙什么呢?"

金海辛接茬道:"忙搬家呢。"

"搬家了?"老曹问,"怎么突然搬家了?"

"跟朋友一起租的房子。"

"哪个朋友啊?"老曹八卦,"干什么的啊?"

"大学里教书的。"

金海辛再次接茬:"教授。"

"行啊,文化人啊。"老曹心直口快,"你怎么跟个教书先生一起租起房子来了?能有话聊吗?"

成岩懒懒地笑着,老曹的推拿技术很老到,边说话边按摩,手上的力度还是均匀有力。成岩的肌肉变得很放松,没多久便睡着了。

手机铃声响了起来,把成岩吵醒了。

"小成,你的电话。"老曹空出一只手帮他把手机拿过来。

成岩懒洋洋地接过手机:"你好,哪位?"

"先生,您好,您之前在我们这边预订了一组艺术照——"

成岩很困,便有些不耐烦,对方话没说完,他就说:"不好意思,你打错了。"

"不是江暮平先生吗?"

成岩睁开了眼睛。

"你是哪位?"

"我这边是蕴蓝摄影馆的,之前江暮平先生在我们这边预订了艺术照,他预留了两个联系方式,第一个手机号没有人接听,请问您是?"

"我是他的朋友。"

旁边三位纷纷看向他。

"请问您贵姓?"

"成。"

"是这样的,成先生,江先生之前在我们公司预订了艺术照的拍摄,这边需要你们来现场选一下照片的主题,还要试穿一下拍照要穿的衣服。您看您和江先生什么时候有时间?"

"我知道了,我需要先跟他商量一下。"

"好的,麻烦到时候提前联系我们。"

"嗯。"

对方正要挂断电话,成岩像是刚回过神来似的,忽然又问:"你等一下,你确定是江暮平预订的?"

"是啊,"对方笑了起来,"电话号码总不会搞错的,江先生上个星期给我们公司打的电话,订金都付了。"

"尾款呢?"

"这个需要两位选定艺术照的主题后才能定价呢。"

"麻烦到时候把尾款记在我的账上。"

"好的。"

电话挂断,金海辛调侃了一句:"成老板豪气啊。"

成岩没说什么,不知道是老曹按摩按得太舒服,还是摄影公司的这通电话把他给整蒙了,他现在头有点儿晕。

成岩和江暮平抽空去了趟摄影馆。

摄影馆业务挺繁忙的,能看到不少人在咨询拍照的事,大多是很年轻的面孔。这家摄影馆名气很大,拍摄需要预约。

由于江暮平提前打了电话,他们到时大厅有人出来接待。

店员把他们领到了接待室,把样板相册拿给他们:"这些是我们店里推出的一些主题套餐,两位看一下喜欢哪种风格的。"

江暮平示意店员把相册给成岩。

成岩讷讷地接下。他第一次拍这个,没什么经验,毫无头绪,便问店员:"你有什么推荐的吗?"

"一般正装照都是必选的,然后再选两三套自己喜欢的风格。当然了,最终还是看您喜欢哪种,我们说的都是参考性的意见,您可以先看看相册里的照片。"

这家摄影馆的拍摄风格特色很鲜明,传统的艺术照追求唯美和意境,而这家摄影馆似乎更注重表达个性。

成岩是画师,学过美术,画这么多年图,有很深的艺术功底,眼光有些挑剔,默默筛掉了很多风格的套餐。有一组街头复古风主题的照片倒是让他眼前一亮,但是不符合江教授高贵文雅的气质和他教师的身份。

成岩在街头复古风的那部分多看了两眼,江暮平立刻就察觉到了,低声问:"喜欢这个?"

成岩点了点头。

江暮平"嗯"了一声:"继续看。"

"你也看看。"成岩把相册给他。

"我听你的。"

其实看了那么多,江暮平就中意穿正装的那一套,最规矩,最传统,但也最得他心。

他们最后选了三套主题。

因为江暮平平时要上课,所以他们决定抽三个周末的时间去拍艺术照。

第一个周末拍的是外景,街头复古风格的。江暮平和成岩一大早就被摄影馆的工作人员叫到了店里,化了妆,换了衣服,然后坐车前往拍摄地。

拍摄地是一条复古风浓重的巷子,街道两旁都是废弃的店面,墙面墙漆剥落,生锈的卷帘门上布满了涂鸦。不知道这里是人工打造的拍摄地,还是以前遗留下来的老街,很多店铺门口挂着延伸到街面上的露天门牌,门牌上写的都是繁体字,有种老街的韵味。

成岩有些好奇,问摄影师:"师傅,这边是搭出来的景,还是真的老街?"

摄影师边调试设备边说:"以前是条老街,后来这边征地拆迁,能搬的住户全都搬走了,不过后来也不知道怎么回事,一直没人过来拆,时间久了,这里就废了。"

天气寒冷,摄影师朝手心哈了两口气,拿起相机招呼道:"咱赶紧的吧,争取早点儿结束。"

大冷天穿夏装拍照实在遭罪,好在今天阳光明媚,照在身上的时候也有一些暖意。

成岩和江暮平脱下了大衣,里面穿了街头复古风的宽松 T 恤。

江暮平看了一眼成岩。不得不说,成岩确实很适合这种风格,短短的发茬，青春的面孔，既有少年感，又不失野性。

摄影师走过来给成岩递了个滑板："两位老板，咱快开始吧，这么冷的天，你俩怎么受得住的呀？"

"我不会玩滑板。"成岩说。

"没事，不用你玩，这就是个道具。"摄影师又往成岩的脑袋上戴了一顶棒球帽。

江暮平说："我觉得帽子有点儿累赘，不戴更有感觉。"

摄影师闻言摘掉了成岩的帽子，走到一米外瞧了瞧，点了点头："确实。"

摄影师找了个矮墙，让江暮平站上去，问了句："江先生，会抽烟吗？"

"不会。"

"那就装装样子，一会儿给你点根烟，你就蹲在围墙上用手夹着就成。"摄影师给他们指导站位，"成先生就站在墙边，踩着滑板，不用刻意摆造型，放松站着就行。"

好在两个人颜值比较能打，怎么拍都不翻车。

一周以后，第二组照片在高中校园里进行拍摄。

成岩穿着宽松的校服，衬衫外面套了一件浅色的毛线背心，领口系了一条领带。

成岩记得他上高中的时候穿的校服也是衬衫配西裤，但款式比较刻板，板型也没那么好看。

江暮平的身材不像成岩那样清瘦，成岩穿高中校服很合适，江暮平穿就有种哥哥偷穿弟弟的校服的违和感。

和摄影总监讨论了一番后，江暮平的身份最终变成了老师。

经过上一次拍摄的磨合，这次他们和摄影师配合默契。

摄影师拍了几组满意的照片，结束后成岩就和江暮平一起回了家。

第三个周末，他们去拍了一组正装照。两个人穿着西服被摄影师指导动作拍了几个小时，拍完后二人就离开了摄影馆。

成岩醒得很早。

自从跟江暮平合租以后,他的作息时间变得很奇怪,晚上他还是很晚睡,早上却醒得很早。

成岩去卫生间洗漱,然后把昨天的换洗衣服收进了衣篓里,抱着衣篓去阳台洗衣服。

门铃声响了,成岩放下衣篓,走去开门。

江暮平的母亲来了。

成岩顿了顿,喊了一声:"伯母。"

"哎。"

成岩给江母拿了一双干净的拖鞋。

"起来得还挺早,"江母换上拖鞋,拎着餐盒走了进来,笑盈盈的,"给你们带了早餐。"

"您怎么过来了?"

"你们合租之后我就没来过,今天休息,我特意给你们做了早餐。"江母四下扫了几眼,看到各处的花瓶里插满了鲜花,笑意更浓,"还摆上花了,你买的?"

"嗯。"

"好看。"江母把早饭拎进厨房,"你比暮平会过日子。暮平还没起?"

"他今天上午好像没课。"

江母把早饭从餐盒里拿出来,分装在餐盘里,扭头看了一眼成岩,问:"你们昨天是不是去拍艺术照了?"

"对。"

江母笑得欣慰:"挺好的。照片什么时候出来?"

"不知道,要等那边通知。"

"到时候记得给我看看。"

"嗯。"

成岩走进厨房想帮忙,江母摆了摆手:"都是现成的,我在家就弄

077

好了,不用你帮忙,我自己来。你去喊暮平起床吧。"

"现在还早。"

"一会儿早饭就该凉了。"江母拿了两双筷子,"按时吃早饭是我们家的规矩,他以前都是这么过来的。"

江家的教育理念应该是张弛有度,成岩原以为江暮平是在无限的爱意中长大的,没承想他的父母对他要求还挺严格。

成岩不想那么早叫醒他,便对江母说:"伯母,反正今天上午没课,您就让他多睡一会儿呗。"

江母笑了起来:"行,让他睡。来,你先吃。"

"我先去把衣服洗了。"成岩说着往阳台走去,把衣篓里的脏衣服拿出来一件件扔进洗衣桶。

客房门忽然开了,成岩和江母转过身,在他俩的注目下,江暮平眯着眼睛从客房里走了出来。

江暮平的眼镜遗落在客房,他眯着眼睛看了一眼江母,开口的时候嗓音有些沙哑:"妈?"

"小岩说你今天没课,怎么不多睡会儿?"餐桌边,江母问江暮平。

"有些资料要去图书馆查,我等会儿要去趟学校。"

江母给成岩添了点儿粥,问:"小岩今天休息吗?"

"不休息,"成岩接过粥,"一会儿就去工作室了。"

江母点了点头,又问:"今天晚上有空吗?来家里吃晚饭。"

"我晚上有个客人,可能会晚。"

"没事,你忙你的。"说完,江母看向江暮平:"暮平,你晚上过来吧。"

江暮平"嗯"了一声。

"伯母,我晚上尽量赶过去。"成岩说。

成岩提前完成了工作,晚上这顿饭还是赶上了。

吃完饭,又聊了会儿天,时间有点儿晚了,江母就让成岩在江家住下。

成岩有些为难:"不用了吧,多麻烦,我连换洗衣服都没带。"

"穿暮平的,衣服都有。"江母笑容慈祥,"你就睡他的房间,他的房间大,床也大。"

江暮平听到江母吩咐他:"一会儿给成岩找些能穿的衣服。"

"我的衣服大,他穿不合身。"

"冬天的衣服大点儿就大点儿,里面多穿件秋衣。"

成岩一向要风度不要温度,爱臭美,冬天从来不穿超过三件的衣服。他干笑了一声:"伯母,我不穿秋衣。"

"这个天不穿秋衣怎么行?"

"我不冷。"

"还是要穿的,不然等老了的时候,一身的病。"

"嗯。"

收拾好餐桌,江暮平被江母叫到了厨房帮忙。江母看着江暮平洗碗,成岩在外厅看电视。

江暮平看出来她有话要问,慢条斯理地洗着碗,问:"怎么了?"

"你……"江母压低了音量,"合租到现在,跟小岩处得怎么样?没闹什么矛盾吧?"

江暮平笑了一声:"在您眼里,您儿子就是这么难相处的一个人?"

"你头一次跟别人合租,我这不是怕你适应不了嘛。"

"成岩很好,生活习惯好,性格也好,我跟他闹不了矛盾。您放一百个心。"

江母点了点头:"那就好。"

江母走过去把江暮平挤开,接过了他手里的碗继续擦,把江暮平往外赶:"去给小岩找衣服。"

江暮平的房间很大,床靠窗,屋里的一切家具都是老式的,古朴又精致,很有质感。

房间里很干净,家具一尘不染,连窗户都十分透亮,应该是经常有人打扫。

书架不算太大，上面摆满了书，有一些书脊是崭新的，但其中也夹杂着几本破旧泛黄的。

江暮平的睡衣成岩穿上去松松垮垮的。

成岩躺进被窝里的时候，江暮平在另外一间卫生间里洗好了澡，进门后随手在书架上抽了一本书。

成岩往旁边让了让，江暮平拿着书掀开被子躺了进去，被窝里很温暖。

他们中间隔着一点儿距离，成岩靠窗贴墙，拿着手机玩单机游戏。江暮平靠床坐着，打开了床头灯，翻开书。

他凝神看了两页，忽然感觉有人靠了过来。

江暮平略微侧眸，余光扫到成岩探过来的脑袋。他瞥见成岩看着书页愣了一下，茫然片刻眉头轻轻皱了起来。

江暮平的手指搭在书缝中间，微微点了两下，成岩注意到他走神，偏头看了他一眼。

"打扰到你了？"成岩小声问。

"没有。"

"这是什么文？不是英文吧？"

"拉丁文。"江暮平说。

"你还看得懂拉丁文？"

"学过一段时间。"

成岩不想打扰江暮平看书，转过身去，塞上无线耳机，继续玩手机。

江暮平今天看书的兴致不高，他只是睡前习惯性地从书架上抽一本书来看。这是他从小养成的习惯，印刻在身体的记忆里。

江暮平有些心浮气躁。他已经很久没看过拉丁文了，看两行就走神，于是把书放在了床头柜上。

"你在玩什么？"江暮平看着成岩的后脑勺问了一句。

成岩戴着耳机没听到。他玩得心无旁骛，连江暮平靠过来都没发现。

直到感觉到江暮平的目光，成岩才摘下耳机："你不看了？"

"你在玩什么？"

"随便玩的，"成岩手里拿着一只耳机，"种菜的。"

"好玩吗？"

"还行，打发时间。你要玩吗？还挺有意思的。"成岩的说话声有些低哑，他长了这样一张娃娃脸，却有着与之不太相配的烟嗓。

"你的嗓子一直都是这样吗？"

成岩青春期的时候发育得比同龄人晚。江暮平记得高中的时候，同龄的男生都恢复正常音色了，成岩还是那种粗哑的嗓音，可能是变声期还没过。

那个时候成岩很少开口说话，每次一开口就是冷腔冷调的低哑嗓音，江暮平印象很深刻。

"天生的。"成岩挑了挑眉，"是不是觉得我这嗓子听起来像个糙汉？"

江暮平摇头："不会，很有特色。"

江父很晚才回来。傍晚时分锦兴路发生了重大交通事故，急诊科忙得不可开交，需要院长坐镇。

江父看到西边偏房的灯亮着，问江母："暮平回来了？"

江母："小岩也来了，时间太晚了，就在这儿住下了。"

屋里，成岩教江暮平玩了会儿钓鱼，还教他偷菜。

江暮平玩得正在兴头上，成岩却有点儿困了，眯着眼睛打了个哈欠。

"困了？"江暮平问他。

"这游戏太无聊了。"

"你刚刚还说有意思来着。"

"玩多了就没意思了，"成岩撑着脑袋有点儿迷糊地笑着，"没想到江教授也深陷其中。"

江暮平摁熄屏幕，关了床头灯。

大灯也关掉之后，房间陷入了黑暗，成岩的手轻轻抚摸着窗台边缘。

"江教授。"成岩用那种低哑的嗓音喊江暮平。

江暮平"嗯"了一声。

"你小时候就是在这里生活的吗？"

"嗯。"

"我们认识的时候，也是吗？"

"是。"

"你现在还弹钢琴吗？"

江暮平微微侧过头，窗外的月光落在了成岩的鼻尖上。

"很久没弹过了。"

成岩没说话，睁着眼睛看天花板。

"成岩，你那个时候去哪儿了？"

成岩转过头来："去了别的城市。"

"哪里？"

"不记得了，去了很多。"成岩翻了个身，"后来兜兜转转，又回到了这座城市。"

他们久久不语，慢慢地睡着了。

第二天，成岩穿了江暮平的衣服，一件江暮平大学时期穿过的纯白的羽绒服，款式不过时，但尺码对成岩而言稍微有点儿大。

这件衣服已经是江暮平的所有衣服中尺码最小的了。

成岩忽然很想知道大学时期的江暮平是什么样的。

江暮平昨天晚上是乘地铁过来的，一大早成岩开车送他去学校。成岩把车停在办公楼底下，江暮平下了车，站在车窗前跟成岩说再见。

成岩按下车窗，在江暮平的父母家里憋着没说的话，现在才说出口："你大学的时候是不是经常穿这件衣服？"

江暮平哼笑了一声,没说话。

"江教授,早啊。"身后有老师跟江暮平打招呼。

江暮平转过身:"早。"

那位老师往车里看了一眼,还以为成岩是学生。

"江教授,这是你的学生吗?这里可不让学生停车,"她对成岩说:"同学,赶紧把车开走,这里是专门给教师停车的地方。"

"李老师,他不是学生。"江暮平解释道,"他是我的朋友,送我来学校的。"

李老师明显愣了一下:"您朋友?"

"是的。"

李老师跟江暮平寒暄了几句就离开了,两个人继续刚才的话题。

"你高中的时候就很喜欢穿白色的衣服。"成岩说。

"我妈喜欢,都是她给我买的。"

蕴蓝摄影馆的工作效率很高,没多久他们就通知江暮平去拿艺术照了。当初照片拍出来的时候,江暮平和成岩跟摄影馆那边一起商量着挑出了要制作成相册的照片。所有照片中效果最让人满意的是那张江暮平蹲在墙上抽烟、低头看着成岩的照片。

两个人一致同意把那张照片做成了大相框。江暮平找了个安装师傅,把这张照片挂在了客厅。

邵远东在国内工作的事尘埃落定之后,联系江暮平的次数变多了,还给江暮平打电话说要到他家做客。

"没人招待你。"江暮平不留情面地说。

"你不要太无情。"邵远东控诉,"我就是想去看看你的新家,顺便看看我们的老同学。你先别告诉成岩我是谁,我看他多久能认出我来,你就说我是你的朋友。"

邵远东跟江暮平约了个时间,江暮平回家告知了成岩,并且转头就把邵远东卖了。

"是我们高中的同学。"

"谁啊?"

"邵远东。"

成岩面露迷惑,好像对这个人没什么印象。

"不记得了?"

成岩点头。

不记得也罢,反正并不是什么愉快的记忆。邵远东高中的时候跟成岩不对付。成岩寡言阴沉,学习成绩好,但浑身写满了生人勿近。他虽然在班里没什么存在感,但因为确实长得好看,被不少女生关注。

邵远东当年还是个不着调的"二世祖",从成岩转学来的第一天就看成岩不顺眼,还找过成岩的麻烦。

成岩并不知道来家里做客的是这个冤家,前一天还特意去买了一些鲜花装饰屋子。

邵远东太久没有吃火锅了,所以指定要吃火锅。

邵远东到的时候,成岩还在加班,江暮平接待了他。

客厅的艺术照让邵远东眼前一亮。

"这照片挺酷。"邵远东走近了仔细瞧了瞧,"成岩感觉没怎么变哪,他怎么都不老的?"

"你现在抽烟了?"邵远东问。

"没有。"

邵远东看了一眼照片上的江暮平:"你爸要是看见你把这张照片挂在客厅……"

江暮平确实也考虑到了这个问题,可谁让他也最满意这一张照片呢。

江暮平暂时还没考虑要怎么应付他爸那边,反正自从他从家里搬出来后,他爸去看他的次数屈指可数,估计也不太会来这边。

"你们怎么会拍这样的照片?"

"成岩选的。"

邵远东赞赏道:"很酷。"

他也是第一次见识江暮平穿这种风格的衣服,感觉很新鲜。

邵远东的目光从江暮平身上移到成岩身上,成岩的五官变化不大,但是精神、气质变了很多:高中的时候是个阴郁的帅哥,眼神总是很阴沉;而现在,照片上的人虽然嘴角还是紧抿着,向下撇出一个桀骜的弧度,但眼神很明亮。

"成岩现在是画师?"

"嗯。"

职业也挺酷。

成岩倒了杯水,拿起桌上的手机看了一眼。江暮平可能是怕打扰到他工作,没有给他打电话,只发了一条信息,在两分钟前。

"邵远东已经到家里了,说想去你的工作室看看。"

成岩喝着水,单手打字,刚打了一个"来"字,江暮平的电话就打了过来。

"工作结束了?"江暮平在电话那头问。

成岩哑着嗓子说:"还没,还有个小图。他怎么这么早就过来了?"

"闲吧。"

成岩笑了一声。

"你的嗓子怎么这么哑?"

成岩又倒了一杯水,喝了一大口润了润嗓子,然后才开口:"三个小时一口水没喝,喉咙太干了。"

"我们一会儿过去。"

"嗯。"

"他想吃火锅,我等会儿去买食材。"

成岩坐了下来,随口说:"我去买,你不会买。"

电话那头的人沉默了两秒,说:"对我这么不放心?"

成岩愣了愣,然后笑了一下:"倒也没有。"

跟客人约定的时间到了,助理进来通知客人已经在外面等候。

"我继续干活了,先不说了。"

"嗯,我们马上过去。"

江暮平开车带邵远东去了成岩的工作室。

工作室规模不小,两个人一进门就有接待的人:"请问有预约吗?"

前台工作人员晃了一眼才看见邵远东身后的江暮平,笑道:"是江教授啊,你来找成老师吗?"

江暮平"嗯"了一声。

前台工作人员看了一眼邵远东,问:"你呢,是要约稿吗?"

邵远东笑了笑:"我不约稿。"

"他是我的朋友。"江暮平说。

"好的,"前台工作人员把他们领了进去,熟络地跟江暮平说着话,"成老师还在画图,教授,你们先坐一会儿吧。"

江暮平和邵远东在沙发上坐了下来。邵远东环顾四周,发现工作室里有好几个房间,有的房门半开,有的房门紧闭。

"这么多画师呢?"邵远东往屋里探了一眼,"成岩跟别人合伙的?"

"不是,他是老板。"

"这间工作室是他开的?"

"嗯。"

"可以啊,"邵远东在金钱这方面一向嗅觉敏锐,"他八成比你富。"

邵远东站起来四处参观了一下,墙上挂了很多画。

墙上的这些画看起来很高级,艺术感浓烈,线条和构图都十分精细。

总结下来,成岩给人画图肯定价格不菲。

邵远东满脑子的铜臭味。

"成岩平时赚得挺多的吧?"邵远东看了一眼江暮平,"这墙上的作品都是他画的吗?"

"大部分是,有的是别人画的。"

邵远东一瞬间对成岩另眼相看。他没想到成岩竟然是这种高水平的一流画师。

江暮平和邵远东在外面等了一会儿,助理毛毛拎着个纸袋子走了过来。

"江教授,你来啦。"毛毛跟江暮平打了声招呼,然后走进了成岩的办公室。

"成老师,东西我帮您拿回来了。"

成岩头也不抬地"嗯"了一声,说:"江教授就在外面,你帮我给他吧。"

"啊?您送的东西您不亲自给他吗?"

"都一样。"

"好吧。"

毛毛出去后把纸袋交给了江暮平。江暮平接过纸袋,表情疑惑地看着她。

"这是成老师让我给您的。"

江暮平打开纸袋,里面是一件纯白色的高领毛衣,面料柔软,还散发着淡淡的香气。

江暮平抚摸着毛衣,漫不经心地问了一句:"他怎么不自己给我?"

毛毛干笑了一声,解释道:"成老师在忙,让我先把这个给您。"

大约一刻钟后,成岩从办公室里走了出来。

成岩去卫生间洗了个手,走了过来:"久等了。"

成岩态度客气,反应也很平淡,邵远东猜他八成是不记得自己了。

"邵远东。"江暮平介绍道。

邵远东看着成岩笑了笑:"不记得我了吗?"

成岩点了一下头:"记得。"

江暮平提邵远东这个名字,成岩确实没什么印象,但一看到人他就能把名字和人对上号了。

邵远东是江暮平的发小,高中时期与他形影不离。成岩当时一直看不上邵远东，觉得江暮平和邵远东简直一个天上一个地下，一直不明白江暮平为什么会跟这样的人做朋友。

成岩那个时候也很想跟江暮平做朋友，觉得自己不比邵远东差多少，至少他的成绩甩邵远东一大截，可他连跟江暮平主动搭话的勇气都没有……

他没有成为江暮平的朋友，邵远东却仍然很幸运地跟江暮平形影不离。

成岩上高中的时候不爱跟人说话，虽然性格孤僻，但很少与人为敌，却经常跟邵远东发生矛盾。最严重的一次，他记得还跟邵远东打了一架，为此受到了处分。

少年时期的纠葛说来道去无非就是一时冲动，现在的心态肯定跟当初不一样了。

"真的还记得我啊？"邵远东笑了，"还以为你把我忘了呢。"

"我因为你受过处分，忘不了的。"

"陈芝麻烂谷子的事咱们就别提了吧，伤和气。"

"成岩。"邵远东伸出手，"好久不见。"

成岩跟他握了握手："好久不见。"

由于邵远东来得太早，他们三个人便一起去购买火锅食材。

成岩把车停在工作室的停车场，坐江暮平的车一起去超市。江暮平按了一下车钥匙把车解锁，车灯闪了一下后，邵远东打开了副驾驶座的车门。

成岩见邵远东坐进副驾驶座就打开了后车门，坐在车里透过车窗看到江暮平拎着纸袋走到了后座这边。江暮平打开车门，弯腰探进身子来，把装着毛衣的纸袋放在了后座上。

一路上，成岩没怎么说话，安静地看着窗外，也不参与邵远东和江暮平的对话。邵远东觉得成岩还是和以前一样，性格比较沉闷。

江暮平也不是那种外放的性格，邵远东不知道他们平时怎么相处。

这合租生活得多乏味啊。

车停在地下车库里,三个人乘电梯直达超市,成岩问邵远东:"你吃辣吗?"

"能吃,但吃不了太辣的东西。"

成岩点了一下头:"那弄个微辣。"

邵远东久居国外,很多年没跟江暮平见过面了,如今见了面,相谈甚欢。

江暮平从货架上拿了一盒火锅底料,看了看日期。成岩看到后,走过来说:"不买这个。"

"不买吗?"江暮平表情疑惑,"不买怎么做火锅?"

"火锅底料可以自己炒的。"

江暮平"噢"了一声,又把那盒火锅底料放了回去。

"你厨艺这么好?"邵远东挑了一下眉,"连火锅底料都会炒?"

"不难的。"成岩说。

"我记得暮平做饭很难吃,比我在英国吃的东西好不了多少。"邵远东控诉着,扭头一边挑食材一边说,"成岩,你经常自己做饭吧?"

"江教授偶尔也会做。"

邵远东:"你……怎么这么叫他?"

"有什么问题吗?"江暮平问。

"没什么问题。"邵远东耸了耸肩。

过了片刻,成岩主动解释道:"我习惯这么叫他。"

"挺好的,"邵远东笑了笑,"我高兴的时候也这么叫他。"

买完食材他们就回家了,火锅做起来比较方便,炒好底料,把食材洗净切好就能等着下锅了。

邵远东听江暮平说成岩喜欢喝酒,今天来便给他带了一瓶好酒。成岩道了谢,把酒收进了酒柜里。江暮平不喝酒,那一酒柜价格不菲的酒都是成岩的。

成岩自己喝可乐,给江暮平泡了红茶,放凉后加了一片新鲜的柠檬。

成岩问邵远东想喝什么。

"我喝白开水就行，"邵远东问，"你不喝点儿酒吗？"

成岩摇头："明天还要工作。"

成岩站着往锅里下菜，垂眸看着江暮平，问："要帮你调个酱料吗？"

江暮平抬头看他："我自己调。"

"调得好吗？"成岩坐了下来，对江暮平没什么信心。

江暮平调不好。其实他很少吃火锅，吃火锅身上容易沾上味道，他不喜欢。

他们买了很多现成的酱料，江暮平挑了几罐自己觉得喜欢的，拿勺子挖了两勺，搅在一起，其中有豆瓣酱。

江暮平只知道豆瓣酱炒菜能增加风味，不知道单吃齁咸。他夹着煮好的肥牛蘸了一点儿调料，吃进嘴里后脸就绿了。

江暮平呛了一声，侧过头咳了起来。

成岩笑了，这是他今天在邵远东这个外人面前露出的第一个笑容。

江暮平面色微红，接过成岩给他倒的凉水："怎么这么咸？"

"豆瓣酱是炒菜用的。"

"太咸了。"江暮平眉头微皱。

邵远东往锅里下了一片毛肚，嘲笑道："这么聪明的脑子都用来念书了吧，学术上的造诣这么高，生活上怎么就那么费劲呢？"

成岩喝了一口可乐，悄悄地勾起嘴角。

之后的气氛还算融洽，上高中那会儿的事其实他们都记不太清了，毕竟已经过去将近二十年了。不过有些事他们还是印象深刻的，比如成岩的突然消失。

邵远东并不知道成岩年少时期的苦难，只当他是转学走了，随口问道："你当初怎么突然走了？转学了吗？"

"没有，"成岩往碗里捞了一些金针菇，"我辍学了。"

邵远东拿着筷子的手顿了顿，眼底闪过惊色："辍学？"

"没钱上学了。"成岩很平静地解释。

邵远东看了一眼江暮平,不知道该不该继续这个话题。

成岩见他一副想问又很犹豫的神情,主动解释道:"我妈过世得早,没人供养我读书。"

成岩少说了一句——不仅没人供养他念书,他还要供养他的弟弟长大。

邵远东震惊得睁大了眼睛,没再继续这个话题。

邵远东不禁又往江暮平的方向投去一瞥。江暮平必然知道这些。

手机铃声响起,打断了邵远东的思路。

邵远东接通了视频电话,接着传来稚嫩的声音:"爸爸。"

邵远东笑得眼睛弯了起来。

电话里,孩子用英语问邵远东什么时候回家。

邵远东也用英语回复说吃完饭就回去。

"我女儿。"邵远东把手机翻过来给他们看。

手机屏幕上是个黑眼鬈发的小女孩儿,眉眼立体,但是脸肉嘟嘟的。

成岩不由得笑了一下:"混血吗?"

"是,我妻子是外国人。"邵远东又切换成英语跟女儿说:"跟叔叔们打招呼。"

小宝贝挥着小手跟成岩他们打招呼,成岩也冲着屏幕挥了挥手。

邵远东把手机屏幕对着自己,又说了几句便把电话挂了。

成岩不禁感叹:"你都有小孩儿了。"

邵远东笑了起来:"我都三十五岁了,有小孩儿很奇怪吗?"

"帮我调个酱吧。"江暮平手里拿着一个干净的碗碟。成岩嘴角微微翘着,接过碗碟。

"不是不要我调吗?"

"我对自己的认知有误。"

吃完火锅,江暮平负责洗碗。

成岩一个人在阳台上抽烟,听到动静转过身来:"你要走了?"

邵远东在换鞋,抬头看了成岩一眼。成岩手里夹着烟,姿态慵懒地倚靠在窗边。

"嗯,回去带小孩儿了。"邵远东微笑着,"谢谢款待,下回我请你们,我就先走了。"

成岩夹着香烟点了一下头:"路上小心。"

邵远东前脚刚走,江暮平后脚就从厨房走了过来,衣袖挽在手肘处,手是湿的。

成岩掐掉烟丢进垃圾桶,把茶几上的纸袋拿了起来:"你试一试。"他把纸袋递给江暮平。

江暮平用纸巾擦干手,去卧室把毛衣换上。他从卧室里走出来的时候,成岩眼睛一亮。

衣服果然要穿在身上才能看出板型来。

成岩走到江暮平面前:"你喜欢吗?"

江暮平"嗯"了一声。

成岩仰着脑袋,笑了一下:"果然,贵有贵的道理。"

Chapter 04
礼物

　　元旦一过，气温便直线下降，天气越来越寒冷。

　　林为径来到工作室，看见成岩坐在前厅的沙发上，面前的茶几上铺了一张巨大的画纸，铺满整张桌面。成岩俯低身子，正拿着毛笔在纸上画画。

　　林为径没出声，怕打扰到成岩。成岩凝神工作的时候眉头总是微微皱起。

　　林为径在原地站了会儿，成岩忽然抬了抬眼皮。

　　"哥。"林为径咧了咧嘴。

　　成岩放下毛笔，抽了张纸巾擦了擦手。

　　"你继续啊，不用管我，我就是过来看看。"

　　"累了，一会儿再画。"成岩下意识地想去口袋里摸烟，手刚伸进兜里又倏地停住，从里面抽了出来。

　　"这么大一幅画？"

　　"客人约的稿。"

　　"我记得你很久没画过毛笔画了。"

　　成岩笑了笑："钱给得多。"

　　"那得是给了多少啊？"林为径在他身边坐了下来。

成岩钱赚得多，花起来也不眨眼。

成岩看了一眼手表，是放学的时间。

"你是不是放假了？"成岩问林为径。

"对啊，今天刚考完最后一门。"

"已经考完了？江教授呢？他还没下班吗？"

江暮平也该放假了。

"没呢，估计在批卷子。"

朱宇从旁边的屋里走了出来，摘下口罩，看了一眼林为径，出于礼貌，微微笑了一下。

林为径本来绷着一张脸，看到朱宇的客人从朱宇身后探出半张脸后，林为径的表情就变了。

"学长？"那位客人面露惊讶，"你怎么在这儿啊？"

朱宇的客人是林为径的那个有对象的学妹。

林为径本来就因为这件事看朱宇不顺眼，这会儿看见这位学妹跟朱宇站在一起，不知道是该自己尴尬，还是替他们尴尬。

朱宇显然不了解林为径的想法，有点儿茫然："林哥，你们认识吗？"

林为径点了一下头。

"他是我同系的学长。"学妹说。

朱宇"哦"了一声，跟林为径对视着。林为径移开目光，表情漠然。

简单寒暄后，朱宇把女孩儿送出了门，两个人站在门口交谈了一会儿。

成岩拿起毛笔继续画画，林为径的视线在门口的方向停留了一会儿。他不怎么高兴地说："哥，你怎么看得上这种人？"

"嗯？"成岩抬起头，"什么？"

林为径也没有压低音量："我知道你带过的所有徒弟里，你很喜欢朱宇，但你不觉得他这个人人品有问题吗？"

"你……"成岩有点儿蒙,"从哪儿得出这个结论的?"

林为径义愤填膺:"他这个人就是八面玲珑,会来事,你看把你哄得六亲不认的。"

成岩笑了:"六亲不认?"

林为径语气酸溜溜的:"你跟他比跟我亲近,尤其是以前。"

"是我的问题。"成岩虚心认错。

"不说这个,"林为径继续刚才的话题,"你知不知道刚才那女生有男朋友了?朱宇还跟她走得那么近,一点儿分寸感都没有。他是不是想挖墙脚啊?"

成岩愣了愣,往门外看了一眼,继而收回了目光,说:"不确定的事不要乱说,你要真对他有意见,可以直接去问他是不是有这回事。"

林为径被成岩这么一通说,顿时被点醒了。

是啊,明明都还没求证过,他怎么能下意识地就认定朱宇人品不行呢?

"我……这我怎么问得出口?"

成岩看了他一眼:"问不出口,你倒想得出来?都多大了,做事还不动脑子。你这是变相霸凌,知道吗?"

林为径大惊失色:"我没有啊!"

成岩又气又好笑。为什么他这个弟弟都这个年纪了还跟小孩儿似的?

说话间朱宇已经从外面走了进来,往林为径的方向投去一瞥,知道林为径不太喜欢他,便知趣地收回了目光。

朱宇走回了屋里,林为径盯着他清瘦的背影,好一会儿才回过神来。

"哥,怎么办哪?"林为径的脸忽然垮了下来,作为一个跟身边所有人关系都挺不错的"小交际花",他第一次在朱宇这里马失前蹄,"我该怎么跟他重新搞好关系?"

"你主动跟他说两句话就好了,那孩子很好哄。"成岩看了一眼林为径,"一会儿还回学校吗?"

"回。"

天色已暗,江暮平批阅完试卷,正在收拾东西,邮箱收到一封新邮件。江暮平点开邮件,是让他下周一去南城参加学术会议的通知,会议为期四天,需要带一名博士生同行。

正在此时,手机振了一下,江暮平低头看了一眼,是副院长通过学校的官方工作平台发来的消息:"邮件收到了吗?下周一的会议,同行的博士生带廖凡柯吧,他各方面条件都符合。"

江暮平微微皱了皱眉。

敲门声响起。江暮平关掉邮件,说:"请进。"

林为径探了一下头:"教授?"

江暮平抬起头。

"您还没下班吗?"林为径走了进来,手里拎着一个保温罐子。

"我还有点儿事情。你有事吗?"办公室里开了暖气,江暮平脱了外套,单穿了一件纯白色的高领毛衣,浑身透露出一股优雅气息。

林为径把保温罐搁在桌上,拍了拍罐子:"猜猜我是替谁跑腿来的?"

江暮平看了一眼保温罐,又抬眸看向林为径,林为径挑着眉,眼神得意。

"他在忙吗?"

"忙啊。"林为径扶着保温罐,夸大事实,"特意抽空给你做的**晚餐**。"

江暮平笑了笑,不信林为径的鬼话。

"趁热吃吧,教授。"林为径看着江暮平的毛衣,笑道,"教授,这件毛衣是不是我哥给你买的?"

"看得出来?"

"肯定啊,不像你平时的穿衣风格。"

"是他给我买的。"

"教授,我哥的眼光很不错吧?"

江暮平"嗯"了一声。

林为径走后,江暮平接到了副院长的来电。

"徐院长。"

"江教授,会议通知收到了吧?"

"收到了。"

"依你所见,同行的博士生选择廖凡柯,可行吗?"

江暮平不置可否,只能陈述事实:"廖凡柯确实各方面条件都很优秀。"

"那选择他,你应该没有什么异议吧?"

副院长亲自打这通电话,就是来确定廖凡柯这个人选的,何况江暮平也没有拒绝的理由。

"没有。"

"嗯,那就这样定下了,还麻烦你到时候通知到位。辛苦你了。"

"不会。"

江暮平挂断了电话。

廖凡柯确实成绩优异,各方面表现都很突出,选他同行参加会议无可指摘。不过江暮平对此还是有些抵触,倒不是不愿意带廖凡柯夫,只是他一向反感这种靠关系走捷径的行为。

江暮平一共就带了两个博士生,廖凡柯确实是更优秀的那个,但凡副院长没有亲自跟江暮平提这件事,江暮平也不会生出抵触情绪。

江暮平回家前,收到了成岩的信息。成岩不在家,去了江家。于是江暮平直接回了他爸妈的家。

李思知已经回国了,江暮平进门的时候,成岩正跟她在正厅里聊天。

"这么晚才下班啊?"李思知看着从门外走进来的江暮平。

成岩顺着李思知的目光转过头,与江暮平对视了一眼。江暮平手里拎着保温罐。

李思知垂眸看了一眼那个保温罐,问:"什么东西?"

"玉米排骨汤。"江暮平说。

"玉米排骨汤?"李思知嘴角溢出笑意,向成岩投去一瞥,"真的假的?不会是你做的吧,成岩?"

成岩没有否认:"嗯。"

李思知眼神戏谑,夸成岩的话却是真心的:"江暮平跟你合租是捡了个大便宜啊。"

"爸妈呢?"江暮平拿着保温罐走进厨房。

"出去散步了。"成岩跟在他后面。

"这么冷的天还散步。"

"伯父说他最近体重长了。"

江暮平简短地说:"贴冬膘。"成岩低头笑了一声。

成岩没问江暮平排骨汤有没有喝完,也没问他味道怎么样,只是在江暮平打开盖子的时候悄悄往罐子里瞄了一眼,发现里面是空的才心情不错地勾起了嘴角。

"江教授。"

江暮平背对着成岩"嗯"了一声,侧过头来,缓慢地眨了一下眼睛。他的睫毛浓密乌黑,被灯光照耀着,在镜片上投射出浅浅的影子。

成岩沉默许久,拙劣地挑起话题:"你是不是也放寒假了?"

江暮平转过头去,继续洗保温罐。

"算不上寒假,顶多就休个十来天。"江暮平甩了甩罐子里的水,用干净毛巾擦干罐身。

也是,江暮平是老师,又不是学生,更何况还是教授,肯定没那么清闲。

江暮平把洗好的保温罐放在一边,对成岩说:"排骨汤很好喝,谢谢。"

"你什么时候放假?明天吗?"成岩问道。

"嗯。"

两个人走的时候在家门口碰到了散步回来的江父和江母。

"这就要走了?"江母站住脚,埋怨江暮平,"你好歹等到我们回来。是不是放假了?"

"放了。"

"放了就多回来看看,和小岩一起。"

"有什么好看的?"江父在一旁说,"咱俩都这么忙,来了也没人招呼他们。"

"我还不至于忙成那样,倒是你,都快退休了还不消停。"江母看着他俩,说:"别听他的,多来,家里也热闹些。"

成岩笑眯眯地应道:"好的,伯母。"

回家后,洗完澡,江暮平在客厅看书,成岩吹干头发从卫生间里走了出来。

成岩在江暮平身后站了一会儿,由于站的时间有点儿久,江暮平从书本上收回目光,转过头看向他。

"还是那本拉丁文的书吗?"成岩看了一眼他手中的书。

"嗯,带回来看了。"

上次江暮平频频走神,结果这本书只翻了三页,这是他以前从未有过的。因此,他把这本书带了回来,想要"一雪前耻"。

江暮平把头转回去,继续翻阅。

"不去房间看吗?"成岩问。

江暮平摇了摇头:"我在这里看。"

成岩"哦"了一声:"那我先去睡了。"

"嗯。"江暮平的目光停留在书本上,后脑勺对着成岩。

江暮平的发色很黑,发丝看起来也很柔软,刚洗完的头发散发着淡淡的香味。

这本书篇幅不长,江暮平不到两个小时就看了一大半。他看了一眼墙上的时钟,发现时间已经不早,便不再看了。

江暮平摘下眼镜,夹在书页之间,轻轻合上书,回了自己的房间。

翌日上午十点,江暮平还在睡,成岩已经醒了。快递员一大早来送快递,好大一件,是成岩之前在网上买的蒸箱。

箱子是两个快递员一起搬进来的,估计是有点儿沉,他俩直接把箱子放在了茶几上。

"现在就给您安装吗?"快递员问。

成岩走过去:"行。"

成岩给快递师傅拿了两瓶水,递给他们的时候,瞥见压在箱子底下的书角,眉毛微微皱了起来:"师傅,这底下有书,你们怎么不看一下就压上去了?"

"哎哟,不好意思,没注意就放上去了。"快递师傅不好意思地笑了笑,"我现在就给您搬走。"

"麻烦搬到餐厅里去吧。"

说话间,江暮平从房里走了出来,头发有些乱,眼睛微眯着。

"醒了?"成岩看着他。

"嗯。"江暮平看了一眼那两个快递师傅。

"他们是送快递的,"成岩说,"我买的东西到了。"

江暮平走到客厅,眯着眼睛在茶几上扫了几眼,声音带着刚起床的沙哑:"阿岩,你看到我的眼镜了吗?"

"眼镜?"

"我夹在书里了。"

成岩眼睛一瞪,猛地看了一眼被压在箱子底下的书。

"师傅,麻烦您把箱子搬一下。"成岩有点儿着急。

快递师傅赶忙把箱子搬开,成岩把书拿起来的时候,书缝里掉出了细碎的玻璃碎片。

成岩把书打开,发现里面的眼镜片已经碎得七零八落,连镜框都变形了。

快递员脸都绿了:"哎!不好意思,不好意思!"

江暮平把碎片倒进了垃圾桶。

"实在是不好意思,是我们不当心,"快递员小心翼翼地问,"您这眼镜多少钱?"

江暮平这眼镜价格不菲,真要快递师傅赔,估计得抵他们几个月的工资。

可在快递员提出要赔偿的时候,江暮平只随口说了个三位数。

成岩把地上的眼镜碎片收拾掉,问江暮平:"你不戴眼镜看不看得清啊?有备用眼镜吗?"

"有。"

"在哪儿?我去帮你拿。"

"没事,我自己去拿。"江暮平顿了一顿,"我下周一要去外地开会。"

"开会?出差吗?"

"嗯。"

"怎么刚放假就要出差,而且下周一不就是明天吗?"

江暮平"嗯"了一声:"还是要去买一副新的。"

快递师傅麻利地安装好蒸箱便走了。

江暮平洗漱完去书房翻出了封存已久的备用眼镜,从书房里出来的时候,成岩正在捣鼓蒸箱,转头一看,整个人愣住了。

江暮平换了一副黑框眼镜,透着几分学生气,特别减龄。他整个人的气质也变了。

成岩终于明白为什么江暮平要去买一副新的眼镜去参加会议了,这副黑框眼镜确实不适合那样正式的场合。

"阿岩,下午有空吗?"江暮平走进餐厅。

"有,我今天不去店里。"成岩放下手里的说明书,"怎么了?"

"可以陪我去换副眼镜吗?"

"当然可以。"

成岩把早餐端到餐桌上，眼神总是不自觉地往江暮平的眼镜上瞟。

"我换了副眼镜，很新鲜吗？"江暮平逮住他的目光，"你看我好久了。"

成岩点了一下头："新鲜。"顿了顿他又说："也好看。"

江暮平跟相熟的老师打听到了附近比较好的眼镜城，吃了饭，他们便驱车前往。

成岩还是觉得很新鲜。江暮平开车，他坐在副驾驶座上，动辄余光扫过来瞄两眼。

这副黑框眼镜学生气太重了，镜框看上去有些厚重，实在不像江暮平会选的眼镜。

成岩记得江暮平高中的时候就戴眼镜了，是那种最普通的椭圆形镜片的眼镜，镜框是烟灰色的，很细。

成岩不知道为什么有关江暮平的那部分记忆，自己会连这种细节都记得这么清楚。他甚至能回想起，江暮平抬起眼眸，透过薄薄的镜片投来的清冷目光。

那个时候他因为跟邵远东发生冲突被记了处分，班主任让他写一份一千字的检讨交给班长江暮平。他们的班长是班主任最信任的学生，而班主任也不会浪费宝贵的时间去看成岩这份字迹潦草、逻辑不顺的检讨书。

那是成岩第一次与江暮平接触，也是成岩第一次与江暮平长久地对视。可成岩当时的状态很狼狈，嘴角青肿，受了处分，还跟江暮平的好友结下了梁子。

那时的成岩猜班长一定认为眼前这个男生糟糕透了，可班长只是从书包里拿出一瓶活血化瘀的喷剂递给了成岩，然后从他手中抽走了那张皱巴巴的检讨书。

像交换一样，江暮平用药水换走了成岩的检讨书。

成岩早就听闻江暮平的父亲是三甲医院的专家，江暮平随身携带这种消肿喷剂似乎也并不奇怪。

江暮平后来有没有看那份检讨书成岩不知道，但是那瓶喷剂，一直到过期成岩都没有使用过。

"阿岩。"

江暮平的声音让成岩的思绪从遥远的过去飘回了现在。十七岁的江暮平是不会这样喊成岩的。

"嗯？"成岩有些恍惚，"怎么了？"

"你一直在看我。"江暮平说。

"不能看吗？"

江暮平握着方向盘的手顿了顿："你是在看我，还是在看我的眼镜？"

成岩被戳穿了，只好笑着承认："在看你的眼镜。"

"有这么稀奇吗？还是说我戴着很奇怪？"

"就是觉得挺新鲜的。"

"这眼镜是李思知买的，不是我买的。"江暮平说，"我上大学那会儿好像很流行这种黑框眼镜，李思知就买了一副给我。"

成岩有些惊讶："你留到了现在？"

"我的度数上大学之后一直没升过。不过这副眼镜有点儿重，戴着不舒服，我出国后就换了副新的。"江暮平平视着前方的道路，"就是刚才被压坏的那副。"

成岩想起了江暮平上大学时穿的那件白色羽绒服，搭配着一副黑框眼镜……大学时期的江暮平还真是学生气十足。

眼镜城里的眼镜店让人眼花缭乱。这里有很多学生，都是些年轻面孔，背着包，捧着奶茶，熙熙攘攘，欢声笑语。

他们就近选了一家眼镜店，店面挺大，店里的客人也不少。

"您好，要配眼镜吗？"店员迎了上来。

"对。"江暮平说。

"可以先看一下喜欢哪种眼镜框,"店员把他们领到了玻璃展柜前,"这边都是今年非常流行的款式,有很多明星同款,您看看有没有喜欢的?"

江暮平扫了一眼,没有看到合心意的。

店员是专业的,非常擅长察言观色。她从江暮平的眼神中读出他的喜好不是柜子里的这些,便微笑着问:"先生是做什么职业的呢?"

"为什么要问这个?"

"我们可以根据您的职业,给您推荐适合您的眼镜框。您看我们店里的款式这么多,想挑到一个满意的得花一些时间了。"

"老师。"

"您是老师啊?"店员有些惊喜,或许是没见过这种颜值、这种身段的老师。

成岩作为朋友,滋生了点儿炫耀的心理,补充道:"教授。"

店员更来劲了,领着他们往另外一个展柜走,语气有点儿兴奋:"这么年轻就当教授了啊,好厉害。"她给江暮平介绍了一款带有金属眼镜链的眼镜框,说是今年很流行这种复古款式,也很符合江暮平教授的身份。

"这里还有很多款,您看看喜不喜欢?"

江暮平无所谓喜不喜欢,眼镜外形对他而言都一样,只是戴起来舒不舒服的问题。

成岩倒是挺喜欢店员推销的这款。他觉得江暮平戴这种肯定好看得要命,可他也知道,江暮平绝对不会选择这种华而不实的眼镜框。

"太花哨了。"江暮平果然如此说,"有没有那种轻巧一点儿的?分量要轻,最好没有镜框。"

店员有点儿没听懂他的要求:"没有镜框?"

"这样的。"成岩打开手机,从相册里翻出了一张照片,拿给店员看。

店员凑过来,看到照片微微睁大了眼睛,惊讶的目光在江暮平和成岩之间飞快游移。

江暮平也看了一眼照片——是挂在客厅里的那张艺术照。

那组照片虽然是街头风的，但摄影师为了营造出反差感，特意让江暮平戴了眼镜。

成岩按住屏幕放大江暮平眼睛的部位，告诉店员："这种的，只有镜片，没有镜框。"

店员连连点头："我知道了，有的，有的，您随我过来。我们这儿有很多款，您看看喜欢哪种？"

江暮平随店员过去，偏头看到成岩在原地停留了一会儿，目光停留在刚才店员推荐的那款镜框上。

江暮平试了几款，成岩都说好看。后来江暮平让成岩做决定，成岩选了一副，江暮平便测了度数，让店员制作眼镜。

成岩倚在柜台旁边看手机，等待着。

"你喜欢刚才那副有眼镜链的吗？"

成岩抬起眼睛，下意识地舔嘴唇："我觉得你戴那种眼镜应该挺好看的。我能不能看看？"

江暮平说"好"，然后叫来店员，指着那副成岩看了许久的金属链眼镜框，说："麻烦拿给我试试。"

店员把眼镜拿给江暮平，江暮平摘下黑框眼镜，先将金属的眼镜链挂在脖子上，然后将眼镜戴上，抬起眼眸，目光从镜片后面幽幽地投过来。

江暮平用询问的眼神看着成岩。

"好看。"成岩表面淡定。

江暮平摘下眼镜，重新戴上自己的黑框眼镜，并告知店员："这一副也要。"

店员笑得嘴巴都合不上了："我就说这款很适合您，特别好看。"

二十分钟后，店员将制作好的两副眼镜呈到江暮平面前。江暮平换上了那副没有镜框的眼镜，把厚重的黑框眼镜放进了眼镜盒里。

"您慢走。"店员笑靥如花。

江暮平明天就要出差,成岩帮他收拾行李。
"江教授,你要去几天?"成岩把行李箱推到衣帽间。
"教授?"成岩又唤了一声。
江暮平回过神:"四天。"
成岩的手顿了顿:"这么久?"
"还好。"江暮平走过来。他以前还开过长达半个月的学术会议,四天已经算比较正常的了。
江暮平选了四件衬衫、一套西服,还有一件长款呢大衣。
"要不要再带件外套?"成岩问。
"不用了,行李箱里塞不下。"
"可以带两个箱子。"
江暮平笑了一下:"累。"
成岩把一个小巧的便携加湿器装进收纳袋,递给了江暮平,又问:"带领带吗?"
江暮平说:"带四条。"
"啊?"成岩愣住,忽然笑了,"你就去四天,要带四条领带啊?一天换一条?"
江暮平一副理所当然的神情:"嗯。你帮我拿四条过来吧。"
成岩笑着转过去选领带。
成岩眼光好,选的领带都很搭江暮平的衬衫,江暮平觉得很满意。
江暮平边整理边说:"阿岩,我这次要带个博士生过去。"
成岩背对着他轻轻地"嗯"了一声,顺着他的话问:"谁啊?"
江暮平说:"廖凡柯。"
成岩感觉这名字有点儿耳熟。
"是我在你的办公室见过的那个学生吗?"成岩问。
"嗯。规定要带一个博士生,他各方面条件都最符合。"

成岩点了点头:"明白。"

江暮平的飞机是周一下午两点的,成岩上午在工作室干活,下午专门抽出时间去送机。

前往机场的途中,江暮平全程都没有提到跟他同行的廖凡柯。

成岩不禁问道:"跟你一起去的那个博士生呢?你们在机场会合吗?"

江暮平"嗯"了一声。

"快到机场了,你要不要提前联系他一下?别到时候在机场找不到人。"

"不跟我一起,他自己也能登机,不用联系。"

"噢。"

江暮平没有联系廖凡柯,廖凡柯的电话倒是打了过来。

江暮平接通电话:"喂。"

手机贴在江暮平的左耳边,离成岩很近,成岩能听到从手机里传来的年轻声音。

"教授,我已经到机场了,您呢?"

"大概五分钟后到。"

"好的,那我在机场大厅等您。您今天穿了什么颜色的衣服?"

"黑色大衣。"

"好的,那我先挂了,一会儿见。"

江暮平挂断电话,听到成岩问:"你一共带几个博士生啊?"

"两个。"

"就两个?"

"两个我都嫌多。"江暮平笑了笑,"我还带了三个硕士研究生。"

"我不太了解这方面的事。"成岩问,"你平时还要上课,会不会很累?"

"还好,院里现在给我安排的课程比较少,其实当讲师的时候更累。"

成岩安静地听着。

"没有自己的时间,从早到晚都是围着学生转。"

虽然江暮平平时很少跟成岩聊工作上的事,但成岩知道江暮平经常埋头于学术研究。刚合租的时候,成岩半夜起夜,总能看到书房的灯亮着。

"我从没想过你会当老师。"成岩说。

江暮平笑了一下:"为什么?"

"虽然你高中的时候是班长,但我感觉你好像从来不管事,大家都是自愿听你的。"

"你就不听我的。"江暮平忽然说。

成岩愣了一下。

"你好像从来不愿意听我说话。"

前方遇到红灯,成岩将车缓缓停下。成岩盯着行人看了一会儿,开口道:"不是不愿意听你的,是压根儿不敢跟你讲话。"

江暮平转头看着他。

"以前的成岩是个胆小鬼。"绿灯亮,成岩踩下油门,"尤其是在面对江暮平的时候。"

过了红绿灯路口,左转就到了北城机场,成岩把江暮平送进机场大厅,从背的包里拿出一条水墨色系的羊绒围巾,递给了江暮平。围巾黑白相间,透着古典的气韵。

这围巾戴了跟没戴一样,一点儿保暖的效果都没有,江暮平表情疑惑。成岩读懂了他眼里的意味,笑着说:"不是给你保暖用的,你的衣服颜色太素了,披个围巾点缀一下。"

"他们都说我近来穿衣风格变了。"江暮平说。

"怎么变了?"

"变鲜亮了,变年轻了。"江暮平浅浅地笑着。

"你哪里不年轻了,三十五岁,年轻得很。"

"跟你一比是有点儿显老,"江暮平实话实说,"我觉得你这么多年好像都没怎么变，吃了唐僧肉吗？"

成岩被他逗乐了，笑得眼睛都弯了起来："你还记得我高中的时候什么样啊？"

"邵远东都记得，"江暮平想了想，补充道，"不过我应该比他记得更清楚一点儿。"

多亏那条水墨色的围巾，廖凡柯一眼就看到了江暮平。

"教授。"廖凡柯推着行李箱走过来，走近看到江暮平身旁的成岩，脚步渐渐缓了下来，然后停住，微微朝成岩点了点头。他礼节性地对成岩道了一声"你好"。

成岩礼貌地回应："你好。"

成岩记得这孩子第一次跟他见面的时候，表现得有点儿傲慢，后来态度有所改变，可能是因为知道了他是江暮平的好友。

"教授，我们要登机了。"

江暮平"嗯"了一声，转过身看着成岩："我走了。"

"一路平安。"

江暮平推着行李箱和廖凡柯一起走向安检口。

廖凡柯穿得也很正式，面容那么年轻，不时侧头对江暮平说些什么，眼角延伸出淡淡的笑意。他的确很优秀，将来应该也会成为像江暮平那样的精英。

江暮平和廖凡柯的身影渐渐远去。

飞机将在两个小时后抵达南城机场，江暮平一登机就戴上眼罩休息，一觉睡到了飞机落地。

两个人打的去了会议主办方安排的酒店，江暮平在酒店前厅见到了许多相熟的面孔，一些同行好友主动前来跟江暮平打招呼。

廖凡柯到底还是个学生，虽然也见过不少大场面，但在一群学术大佬面前还是会有些怯场。他站在江暮平身边，乖巧又安静地聆听着前辈们交谈。

"这位是你这次带的博士生？"

"对。"

"听说是廖院长的公子？"

廖凡柯的眉头很轻地皱了一下。

江暮平没有正面回答，只说："陈老，我们还没办理入住手续，一会儿还要去看一看会场，先不打扰您了。"

"好的，那我先过去了。"

"嗯，您慢走。"

江暮平推着行李箱走到前台，廖凡柯跟在他身后，前台工作人员微笑着问："先生是受邀参加南城大学法学院的会议的吗？"

"是的。"

"请问您的名字是？"

"江暮平。"

"好的，"工作人员核对了一下电脑里的名单，"跟您同行的是一位叫廖凡柯的先生，对吗？"

"对。"

"好的。"工作人员将两张房卡交给江暮平，"这是你们的房卡，请往左边走，我们的工作人员会带你们过去。"

江暮平走在前面，听到廖凡柯的声音从身后传来："教授，这次的会议，同行的博士生您选择我，是我父亲说了什么吗？"

"现在你人已经在这里了，纠结这些没有意义。"

"请您告诉我。"廖凡柯哀求道。

江暮平在房间门口停下脚步："不要管你父亲说了什么，你自身如果达不到我的要求，我不会带你来。"

廖凡柯抿了抿嘴，紧皱的眉头终于舒展开来："谢谢教授。"

"休息会儿，一会儿去会场看位置。"

"嗯。"

成岩晚上收到了江暮平发来的一张照片，是一张江暮平手写的行程表，上面详细记录了这四天江暮平的行程。

成岩正纠结该在哪个时间点联系江暮平才不会打扰到他,这张表来得很及时。

当天晚上,成岩并没有给江暮平打电话,只是给他发了条信息,问他南城的食物怎么样。

江暮平回复:"不太适应。"

江暮平隔了很久才回复的这条信息。成岩看了看那张行程表,发现江暮平晚上也挺忙的。成岩头一回知道开会也要彩排,虽然只是走个简单的形式。

成岩后来没再给江暮平发消息。

第二天,成岩起得很早,洗漱好就早早地去工作室了。

工作室里一个人都没有,成岩继续画之前那幅客订的水墨画,没过几分钟朱宇就推门走了进来。

"老师?"朱宇有点儿惊讶,"你今天怎么这么早啊?"

"起早了。"成岩盯着画,没抬头。

成岩最近工作没以前那么起劲了,不想接的工作就直接推掉,早上来得晚,晚上回得早。

今天他难得来得这么早,朱宇觉得挺纳罕。

"最近店里也没什么活,你怎么没在家休息休息?"

"大人的事小孩子少管。"成岩心里有些烦躁。他看了一眼手表,早上七点半,江暮平今天参加的会议在九点正式开始,这个点江暮平应该还没有起床。

七点四十五分,成岩的手机铃声响起,他侧眸瞥了一眼,来电显示"教授"。

朱宇正在给工作室的盆栽浇水。成岩放下毛笔,把手机拿了起来。

"阿岩。"江暮平的嗓音低沉,还有些哑。

"嗯。"成岩很轻地应了一声。

"早安。"

成岩舔了舔嘴唇:"早安。"

江暮平把手机开着免提放在柜子上，正对着镜子系领带。他刚洗漱结束，准备去吃早饭。

"昨天晚上睡得好吗？"成岩问。

"一般。"江暮平照实说。

"我也一般。"

江暮平系好了领带，穿上西装，慢条斯理地系上纽扣。他又在西装外面套上了大衣，从头到脚都一丝不苟，最后围上了那条水墨色的羊绒围巾。

江暮平一会儿就要去开会，成岩结巴着说："我……你……我不打扰你了——"

两个人正说着话，门铃响了，江暮平拿着手机走过去开门。

廖凡柯衣着得体地站在门外："教授，早餐时间到了。"

江暮平"嗯"了一声，之后成岩在电话里听到廖凡柯语速飞快、口齿清晰地说了一些他听不太懂的内容，成岩只能依稀听出这些内容涉及江暮平的专业领域。

不对，应该是涉及江暮平和廖凡柯的专业领域。

江暮平简单回应，然后对着手机跟成岩说："我去吃早饭了。"

"好。"

廖凡柯微愣："教授，您在打电话吗？"

"嗯。"江暮平挂断了电话。

手机听筒里传来"嘟"的声响，成岩放下手机，盯着桌上的画发了会儿呆。

"老师？"朱宇走了过来，发现成岩在愣神。

成岩"嗯"了一声，拿起毛笔继续作画。

"江教授出差了啊。"

成岩抬起头看了他一眼。

朱宇笑了起来："干吗用这种眼神看我？"

成岩以为朱宇刚刚在浇花，可朱宇好像听到了他跟江暮平的对话内容。

成岩没作声，若无其事地低下头画画。

"难怪你今天来这么早。"朱宇在成岩旁边坐了下来，笑了一下，"我以前一直觉得老师身边太冷清了，没几个知心朋友。"

成岩转过头看着他。

朱宇眼神明亮："现在这样真的挺好的。"

之后两天，成岩一直在赶工，沉浸在客户订的画作创作中，一方面他不想过多地打扰江暮平，另一方面也想集中注意力，早点儿画完，所以没有特意去联系江暮平。

江暮平的工作大概也很繁忙，也没有给成岩打电话，两个人只通过短信联系。

出差第三天，江暮平的工作安排没有那么紧了。他打算抽空去趟当地知名的白浪矶老街。那条街是当地有名的打卡地，江暮平想给成岩带个礼物。

廖凡柯表示想跟江暮平一起去白浪矶老街，江暮平没有拒绝。

白浪矶老街上有很多上了年头的陈年铺子，招牌都是匾额，年代感十足。

"教授，你是要买纪念品吗？"廖凡柯跟江暮平并排走着。

江暮平点了点头。他逛了一会儿，没有挑中什么中意的物件。

江暮平不知道成岩缺什么，所以没有什么头绪。他试图回想成岩喜欢什么，可想了想，觉得成岩似乎什么都喜欢。

成岩很喜欢买东西，有轻微购物癖的倾向，喜欢收藏名酒，喜欢漂亮的餐具。他热爱一切美好的事物，也十分乐意为这些美好的事物投入金钱。

江暮平走进了一家卖书法绘画工具的老店铺。他看中了一块镇尺，成岩最近在画水墨画，镇尺应该会用得上。

这间店铺虽老，但看店的是个面容青涩的少年，看面相应该只有十五六岁。

"叔叔,买东西吗?"少年留着寸头,音色清亮。

江暮平指着那块雕刻着蜘蛛的镇尺,问:"紫檀木的吗?"

"是的。"

"可以拿起来看吗?"

"当然可以。"少年拿起那块镇尺递给江暮平,"蜘蛛浮雕,寓意喜从天降。"

江暮平接过镇尺仔细打量,镇尺中央雕了一只蜘蛛,蛛尾牵连着蛛丝,往上延伸,展开一片蛛网。

"还有财运亨通的寓意。"江暮平喃喃自语。

少年笑得眼尾上扬:"是的。就是这个寓意多少有点儿俗气。"

"不俗气。"

成岩肯定喜欢这个。

"叔叔是拿来送人的吗?"少年问道。

"嗯。"

"我们这里还有砚台、毛笔,文房四宝,一应俱全,您要不要再看看其他的?"

江暮平失笑。这小孩儿倒是很会推销。

"他画画,不写字。"江暮平说。

成岩写硬笔字都那个狗爬样了,写毛笔字江暮平不敢想。

"我就要这个了,麻烦给我包起来吧。"江暮平把镇尺递给少年。

"好的。"少年接过,看了一眼江暮平身后的廖凡柯,问:"这位哥哥需要买点儿什么吗?"

廖凡柯笑着摇了摇头。少年点了点头,捧着镇尺去后面包装。

几分钟后,少年将包装好的镇尺拿到了柜台上,对江暮平说了个价格。

江暮平从口袋里拿出手机。少年有些疑惑地问:"您都不怀疑我的报价吗?"

江暮平买过镇尺,知道各种材质大概是什么价位。

"为什么要怀疑?"

少年腼腆一笑:"来这儿买东西的人都不太相信我,觉得我就一个小孩儿,每次都跟我讨价还价。"

"这店是你开的吗?"

"不是,是我爷爷开的,价格都是他定的。放寒假了,他哄我过来帮他看店,自个儿在家睡大觉。"

廖凡柯在后面笑了起来。

江暮平笑着问:"有工资吗?"

"有啊,不然我才不来呢。"

江暮平付完款,少年咧开嘴,露出一口整齐的白牙:"好了,谢谢您。"

成岩已经完成了那幅客户订的水墨画,金海辛的电话打得凑巧,正好赶上成岩收工。

"之前就说要请你和江暮平喝酒,今天我有空,来吗?"

"他出差了。"

"他不是大学教授吗,现在应该放假了吧?"

"他是教授,又不是学生。"

"也是。那今天先单独请你吧,下回再请他。"

"新酒吗?"

"刚到的,特意给你留的。"

"我一会儿就过去。"

金海辛是成岩以前的客户,成岩几年前给他画过一幅图。金海辛有一间规模不小的酒窖,成岩经常在他那儿订酒。

金海辛跟成岩关系不错,早些年因为特别喜欢成岩给他画的图,经常给成岩送酒。后来成岩不让送了,但会主动在金海辛那里订酒,一来满足自己的口腹之欲,二来照顾老客户的生意。久而久之,他们的友谊就建立起来了。

成岩的朋友很少，细数来，好像只有金海辛。

金海辛除了有一间酒窖，还经营着很多间专门供酒客品酒的酒馆。成岩偶尔会在酒馆喝酒。酒馆氛围很好，服务员都是一水儿的俊男靓女。

成岩坐在吧台前，面前摆了好几杯酒，都只倒了浅浅的一个杯底。

金海辛只是去上个洗手间的工夫，回来就看见成岩面前摆满了酒杯。

"喝那么多混酒，你不怕醉了？"

成岩摇了摇头。

"可惜了，"金海辛在他旁边坐下，"江教授怎么就出差了？我就这两天有空，再等就得到年后了。"

"他不喝酒。"成岩端起一杯酒抿了一口。

"我怎么感觉成老板的兴致好像不太高呢？"

成岩端起另一杯酒，端到面前，嗅了嗅酒香，没说话。

"怎么了这是？"

成岩没说话，将这杯酒一饮而尽，低头看了一眼腕表，拿出手机，拨通江暮平的电话。

江暮平明天就回来了，按照行程表上的安排，这个点他应该刚刚结束晚上的会议。

江暮平上台演讲前，把随身物品都留给廖凡柯保管了。演讲结束，江暮平还在后台没回来，廖凡柯拿着东西在会场外面等待。

江暮平的手机设置成了振动模式，廖凡柯听到振动的声响，低头看了一眼，手机屏幕上显示"阿岩"两个字。

廖凡柯抿紧了嘴唇，没有接。

手机响了一分钟后终于安静了。半分钟后，手机再次振动，廖凡柯垂眸看着，慢慢地拿起手机，按了接通键。

"江教授。"成岩直接喊道。

"江教授不在。"

对面是个年轻的声音，很耳熟。成岩愣了愣，立刻意识到对方是谁。

"廖同学吗？"

"嗯。"

"他人呢？"成岩问。

"在忙。"

"你怎么拿着他的手机？"

"他在忙，我帮他保管……"

江暮平逆着人流从远处走来，廖凡柯握着手机的手微微收紧。

看到廖凡柯拿着自己的手机，江暮平眉头轻皱，他走到廖凡柯面前："你怎么拿着我的手机？"

廖凡柯愣怔了一下，把手机还给了江暮平，低声说了句"对不起"。

江暮平把手机贴到耳边："阿岩？"

"江教授。"

"怎么了？"江暮平的喉结很轻地动了一下，他从廖凡柯手中拿走自己的纸袋，很随意地问成岩，"喝酒了吗？"

成岩眼睛低垂，从兜里摸出了一支烟点上，在金海辛的注目下走出了酒馆。

成岩吸了一口烟，倚靠在墙上，酒馆门口的廊灯灯光照在他的半侧身子上。

他听到手机里传来纷纷扰扰的人声，听到了夹杂在这喧闹人声中的廖凡柯的声音："教授，我先走了。"

作为老师，江暮平有保障学生人身安全的责任。他问廖凡柯："去哪儿？"

"我……随便逛逛。"

"早点儿回酒店。"

"嗯。"

"为什么我每次在做什么你都知道？"室外温度低，成岩说话时嘴里飘出缕缕白气。

"你说话的语调跟平时不太一样。"

成岩沉默着,将烟咬进嘴里,缓缓地抽了一口烟。

"那你觉得我像是醉了吗?"成岩问。

"不像,"江暮平说,"但酒精会刺激大脑神经。"

"我是喝酒了,但也很清醒。"成岩低垂着脑袋,嘴里咬着烟,"江教授,我酒量很好的——"

成岩咳嗽了一声,咬住香烟用力地吸了一大口,然后将烟摁灭,丢进了身侧的垃圾桶。

他的手指被冻得微微发红,他侧头透过透明的玻璃门看到金海辛在向他招手,似乎在示意他赶紧进屋。

成岩朝金海辛摆了一下手,继续在外面站着。

"今天天很冷,衣服有没有多穿点儿?"成岩哑着嗓子问。

"南城不太冷。"

成岩"嗯"了一声,余光瞥到金海辛推开门朝这边走了过来。

成岩冻得鼻尖通红,金海辛在屋里都看不下去了:"你看你冻的,赶紧进屋。"

江暮平的声音从手机里传了过来:"阿岩,你和朋友在一起吗?"

"是。你明天什么时候回来?"成岩问。

"下午四点的飞机。"

"我去接你。"

"不用,我到家应该天黑了,我自己回去。"

"好。"

成岩挂断了电话,金海辛推门让他进屋。

成岩吹了太久的冷风,脑袋有点儿痛,摇了摇头:"不喝了,今天先回去了。"

"你喝酒了,我找人送你回去。"

"不用,我叫代驾。"

"那你路上小心。"

昨晚北城气温骤降,今天傍晚天空中飘起了小雪。

夜幕降临之后,雪越下越大,这是一场初雪。

江暮平出发前告诉成岩,飞机可能晚点,让他不要等自己回家。于是成岩没有做晚餐,但还是早早地回家了。

这几天成岩一直在画客户订的水墨画,一停笔反倒有些不适应。他翻出了毛笔和水彩,决定画几幅画挂在家里作为装饰。

家里的装修风格还是素了点儿,墙上除了他们的艺术照,没有任何挂饰。

窗外风雪未停,雪花飘落在窗户上,一片片地在玻璃上撞击、积压,化成雪水,洗刷尘垢。

江暮平进屋的时候,客厅空无一人。他换上拖鞋,推着行李箱走进了客厅。书房的门半掩着,灯光从门缝里漏了出来,江暮平放下行李箱,向书房走去。

江暮平敲了敲门,片刻后,屋里传来成岩低哑的声音:"请进。"

江暮平推开门,成岩拿着毛笔坐在书桌前,桌上摊开一张纸,纸上画着颜色浅淡的水彩。

成岩坐在椅子上没有动,屋里开着暖气,他只穿了一件薄薄的棉质居家服。

"阿岩。"

成岩像是没缓过神来,迟缓地开口:"还有一点儿没画好,我收个尾。"

"嗯。"江暮平走了过去,"不是客户订的水墨画?"

"不是,那个已经画好了。我想画几幅水彩挂在家里,装饰一下。"

成岩垂目,手握着毛笔在纸上浅浅地洇开水彩。窗外的风声很紧,雪花拍打窗户的声音又密又碎。

"好了。"成岩放下毛笔,仰头看向江暮平,他的眼睛在颤,"下雪了。"

"嗯，初雪。"

成岩发现江暮平的脸有点儿红，问他："你是不是发烧了？"

江暮平反应也有些迟钝，愣了两秒没说话，成岩说："你等一下，我去拿体温计。"

江暮平确实有点儿低烧。

其实江暮平在南城的时候就有些不舒服。北城气温骤降，南城也迎来了冷空气，天气变得格外湿冷。

成岩觉得江暮平应该是有点儿水土不服，加上天气原因，所以体质变弱了。

成岩把书桌收拾了一下，打算给江暮平熬点儿姜汤。

"家里有退烧药，我去帮你拿。"成岩说，"一会儿给你熬点儿姜汤，你应该是受凉了。"

"阿岩，我给你带了礼物。"

成岩抬头看了江暮平一眼，江暮平的脸颊微微泛红，瞳孔也有些混浊。

成岩笑了笑："什么礼物？"

江暮平走出书房，回来的时候手里拎了一个礼物袋。

成岩接过，拿出了袋子里的礼物盒，打开了盖子，看到里面放了一块镇尺。

"镇尺？"成岩把镇尺拿了出来。他从来没用过这种东西，辨别不出优劣，就是觉得上面的蜘蛛浮雕很漂亮。

江暮平"嗯"了一声。

镇尺上雕刻的图案多半是有寓意的，成岩不太懂这些，问江暮平："蜘蛛有什么寓意吗？"

"财运亨通。"

成岩笑了一下："我喜欢。"他看着江暮平，"谢谢江教授，很好看，我很喜欢。"

成岩把礼物收起来,说:"我去拿退烧药,你先去洗澡吧,洗完就回房间休息。"

江暮平吃了药,喝了姜汤就在床上躺下了。

"难受吗?"成岩轻声问道。

江暮平摇了摇头。

"捂一晚上应该就好了。"

江暮平没什么力气,很轻地"嗯"了一声。吃了退烧药,他很快就困了,眼皮有些酸涩。

"阿岩,晚安。"

"晚安。"

翌日早晨,成岩醒后,去客卧摸江暮平的额头。江暮平闭着眼睛睡得很安稳,额头已经不烫了。

成岩上午有一个客人,是很久之前预约的。

成岩做完早餐,江暮平还没醒,退烧药让他睡得很沉。成岩没有叫醒江暮平,把做好的早餐放进蒸箱里保温,给江暮平留了条信息,然后出了门。

雪下了一夜已经停了,雪后的北城空气十分清新,室外温度很低。工作室里开着暖气,人声纷扰,语气兴奋,好像是在讨论昨夜的初雪。

"成老师,早啊。"

大伙儿跟成岩打招呼,成岩点头应着,走进了办公室。今天成岩来得早,毛毛照例去隔壁的咖啡店给他买了一杯咖啡。

毛毛推门进屋的时候,成岩正拿着江暮平送他的镇尺仔细观赏。

"成老师,这是什么?"毛毛把咖啡放在桌上。

"镇尺,压纸的。"成岩用手指摩挲着蜘蛛浮雕,越看越喜欢。看来江暮平也知道他是个财迷,给他买了这个寓意这么合他心意的物件。

成岩眉梢微挑,心情看上去非常好。毛毛笑问:"江教授送的吗?"

"嗯。"

"做工真精致,蜘蛛也挺酷。"毛毛低头看了一眼手机,"老师,十点你有个客人，十一月份预约的。"

"我知道。"

九点多的时候，江暮平醒了，摸了摸床头柜，拿过手机看了一眼。屏幕上弹出来成岩给他发的信息："今天有客人，先去工作室了，早餐在蒸箱里。记得再量一下体温。"

难得休息，江暮平想去趟成岩的工作室。如果成岩不忙，自己还可以跟他一起吃顿午餐。

出门前，江暮平从书桌的抽屉里拿出了之前在眼镜城买的那副带镜链的眼镜。

上午十点，跟成岩预约好的客人准点到了，毛毛把人领了进来。

"老师，跟你预约的客人到了。"

成岩把烟摁进烟灰缸里熄灭，抬眸看了一眼。来人是个长相端正的年轻男人，个子挺高。

"是肖宇飞先生吗？"

"对。"那人走进来，"你是成岩老师？"

"嗯。"成岩站了起来，从桌上的几张稿纸中抽出了给肖宇飞的画稿。

"没想到成老师这么年轻啊。"肖宇飞走到成岩面前，盯着他看。

"没你想得那么年轻。"成岩把图交给他看，"之前是你朋友过来看的图，他当时给你打视频看了吧？"

"对，我当时在国外呢。"

成岩"嗯"了一声："今天给你看的是线稿，没有问题的话我就开始上色了。"

"好。"

肖宇飞的稿子是一只白色的母狮。这只母狮有原型，成岩是根据肖宇飞提供的照片画的图。虽然是一只白狮，但它的毛色有点儿偏奶茶色，这种颜色不太好调。

毛毛问肖宇飞："大哥，这是只母狮子吗？"

"对啊，漂亮吗？"

毛毛笑了笑："老师刚勾了线，还没给你上色呢。"

"上了色一定漂亮。"肖宇飞挑了挑眉，"这是我养的。"

毛毛瞪眼："你养狮子？"

肖宇飞勾唇笑了笑。

毛毛满脸震惊，咽了咽口水："哪个国家啊……"

成岩本来对他们的对话没什么兴趣，听到肖宇飞说这只狮子是他养的，眉毛微微挑了一下，来了一点儿聊天的兴致。

"你养狮子？"成岩的嗓音十分喑哑。

肖宇飞眉毛都扬了起来："是啊，成老师看过它的照片吧？"

"嗯，很漂亮。"

"我还有其他照片，"肖宇飞拿着手机翻开相册，"给你看看。"

成岩抬了抬眼睛，往肖宇飞的手机屏幕上扫了一眼。

"给我也看看。"毛毛凑过来，"哇，好漂亮。"

江暮平裹着一身冷气走进了工作室。

朱宇戴着口罩从屋里走了出来。他摘掉口罩，跟江暮平打了声招呼："江教授。"

江暮平朝他点了点头。

朱宇把口罩扔进垃圾桶，目光被江暮平的眼镜吸引住。江暮平今天给人的感觉很不一样。

"教授，你换眼镜了啊？"

"嗯。成岩呢？"

"老师在里面呢，有个客人。"朱宇领着江暮平往办公室走。还没走到门口，他们就听到了屋里传来的说笑声。

"成老师，没影响到你干活吧？"

一个响亮的男声从屋里传了出来，与此同时，江暮平和朱宇走进了屋里。

肖宇飞和毛毛同时噤声,看向门口。成岩抬了抬眼皮,漫不经心地看了一眼门口,手里的动作顿了顿,微怔。

"聊什么呢,笑得这么开心?"朱宇笑着问毛毛。

"不告诉你。"毛毛调皮地眨了眨眼睛,视线定在江暮平脸上移不开了:"江教授,你今天好帅啊。"

江暮平说了声"谢谢"。

江暮平的目光落到了客人的脸上,而对方也恰巧在打量他。

朱宇给江暮平拉了张椅子:"教授,你坐这儿吧。"

成岩起身喝了一口水,端着水杯走到江暮平面前,问:"烧退了吗?"

"退了。"

"蒸箱里的早饭有没有吃?"

"吃了。"

"怎么来这儿了?"

"找你一起吃午餐。"

"今天时间会比较久,我应该去不了。"

"多久?"

"五六个小时吧。"

是有点儿久。江暮平站了起来:"那我先走了,一会儿再过来。"

成岩有些发愣:"你去哪儿?"

"刚才朋友喊我吃饭,我本来是推掉了的,挺久没见的朋友。"

"哦。"

"你午饭吃什么?"

"毛毛会帮我准备。"

"好,那我走了。"

"不是说没空吗?"一上车,邵远东就问江暮平。

约江暮平吃饭的是他的一位律师朋友,这位律师朋友跟邵远东也认识,他们三个以前一起在国外留过学,只不过不是同一所院校。

"又有空了。"江暮平面无表情地说。

"你这眼镜挺好看的,什么时候换的?"

江暮平摘下了眼镜,镜链挂在脖子上,眼镜坠在胸口。

"干吗摘了?多好看哪,"邵远东调侃他,"整个一斯文败类的感觉。"

"太重。"江暮平嘴里蹦出两个字。

邵远东坐在副驾驶座上,透过后视镜察觉到江暮平的异样,问:"你怎么了?"

江暮平看着后视镜:"什么怎么了?"

"你看看你的脸都拉成什么样了。"邵远东转头问律师朋友:"严律师,你看呢?"

严青看了一眼后视镜,笑了起来:"是有点儿拉。"

"没怎么。"江暮平看向窗外。

"今年过年去国外吗?"严青问江暮平,"之前远东喊你去国外滑雪,你就没去。"

"我不去,我在家跟家人、朋友一起过年。"

严青缓了一会儿,对江暮平说:"可以一起去啊,偶尔去国外过个年也不错的。"

江暮平问严青:"去哪儿?"

"暂定新西兰。"

"嗯,我回家问问他们。"

下午三点,成岩的工作终于收尾。

"阿岩。"

成岩闻声转过头。江暮平从门外走了进来,手里拎着一个精致的礼盒。

江暮平离开的时候说他一会儿会再回来,成岩等了很久,以为江暮平不会再回来。

江暮平把手里的礼盒给他,说:"给你带的点心。"

成岩和江暮平走出了办公室。

"你现在下班了吗?"江暮平问。

"还没。"成岩倒了杯水喝,"还有个小图。"

"那你晚餐又不能跟我一起吃了。"

"没事,小图,花不了多长时间,我能正常下班。"

江暮平"嗯"了一声:"那我回家做饭。"

成岩呛了一口水,笑道:"江教授,你确定吗?"

"那你想在外面吃吗?"

"不用了,还是在家吃吧。"成岩说。

江暮平失笑:"好。"

毛毛送肖宇飞出去,抿着嘴笑:"你觉得我们老板多少岁?"

肖宇飞眯起眼睛:"你这么问我,那肯定不小了。三十岁?"

"三十五岁。"

肖宇飞蒙了一秒,不由得感叹:"长得真年轻。我以为他比我小呢。"

"你多大岁数了?"

"二十五岁。"

"那你看着比我们老板显老。"

肖宇飞笑着控诉:"你这小姑娘怎么回事,说话真不中听。"

"我都二十六岁了,还喊错你了,不应该喊你大哥。"

"你长得也显年轻。"

毛毛笑得眼睛都看不见了。

"有机会再见吧,拜拜。"肖宇飞转身朝她挥了挥手。

"拜拜。"

江暮平离开工作室后,成岩接到了一个电话,从他的老家江州打来的。

来电的是成岩住在乡下的姨妈。成岩很少回老家,但每年的这个时候姨妈都会来电话,让成岩回家过年。

成岩对那片土地没有什么深重的留恋,也不愿在一年里最热闹的时刻被一群不相熟的人包围。他孤独惯了,习惯一个人过年。

姨妈是个很好的人,但不是成岩最愿意亲近的人。

成岩接通了电话:"姨妈。"

"小岩呐,在干吗呢?"

"没干吗,歇着呢。"成岩不想听姨妈那些拐弯抹角的寒暄话,直接反客为主,"您是不是又让我去您那儿过年啊?"

姨妈笑了:"你知道我要说什么了,那我就不叨叨了。"

"姨妈,今年不太行。"

"你每年都不太行。"

姨妈叨叨个不停,成岩已经承受不住,低头看了一眼手表,说:"姨妈,我得回家吃饭了。"

"小岩,你今年必须到姨妈这儿过年。你不想在姨妈这儿过年,那你就年后来,来我这儿住几天。"

成岩有些为难。

"成岩,这是姨妈第一次逼你。"

"逼"这个字眼太言重了,成岩心里五味杂陈。他沉默了一会儿,说:"我知道了。"

成岩是六点到的家,推门进屋的时候,发现客厅里站着一个他不认识的人,那人背着书包,一副学生模样。

江暮平坐在沙发上,茶几上放着笔记本电脑。

听到动静,客厅里的两个人抬起头来,望向门口。那个背着书包的年轻人神情茫然,但还是礼貌地朝成岩欠了欠身子。

成岩点头回应,走了过去。

江暮平对成岩说:"他是我带的研究生。"

江暮平又跟他的学生介绍成岩,说:"这是我的室友。"

男生愣了愣,说了声"您好"。

"你好。"成岩很自然地回应江暮平的学生。

江暮平对成岩说:"晚餐在厨房蒸箱里,我要帮他看一下文章,你先吃。"

成岩问那个男生:"你吃了吗?"

"吃了,吃了,我吃完饭过来的。"男生又对江暮平说:"给您添麻烦了,教授。"

江暮平看着笔记本电脑没说话,摇了摇头。

成岩走去厨房,从蒸箱里端出江暮平做的晚餐,坐在餐桌前,透过玻璃门看向客厅。

江暮平神情专注地看着电脑屏幕,手指在鼠标触摸板上滑动着,嘴唇微微张合,对他的学生说着什么。他戴着那副镜链眼镜,金属的链条随着他的身体的动势轻微晃动,在灯光下泛着浅浅的金光。

成岩没有开动,想等江暮平一起开饭。好在江暮平没多久就结束了,男生收起自己的电脑,朝餐厅这边挥了挥手,便走了。

江暮平在客厅收拾茶几上的资料,成岩走了出去,说:"都放寒假了,还有学生来找你。"

"他家离得近。"

"廖凡柯家应该离得不近吧?"

江暮平轻笑一声:"我不知道他住哪儿。"

江暮平弯着腰,眼镜链在眼镜下方摇晃。不知道是不是这副眼镜真的有点儿重,江暮平低头的时候,眼镜突然从他的鼻梁上滑了下去,然后悬在了胸前的位置。

江暮平拿起悬挂在胸口的眼镜,重新戴上。

成岩笑了一声,说:"感觉这个眼镜有点儿鸡肋,中看不中用。"

"咔嗒"一声轻响,江母的声音从玄关传到了客厅:"这门口的画谁买的呀?真漂亮。"

"难得啊,你俩都在家。"江母笑着看着他们,"小岩你怎么了,怎么脖子这么红?"

成岩干咳了一声:"最近有点儿过敏。"

"过敏了?"江母走了过来,"吃什么了?家里有过敏药吗?"

成岩有些尴尬:"没事,我涂了药膏。"

"给我看看。"江母走到成岩身后检查他的脖子,发现他的脖子红了一大片。

江母煞有介事地说:"还挺严重的,过敏了脖子还这么烫。"

"伯母,真没事。"成岩说。

江母抬眼看向江暮平,微微一愣:"什么时候换的眼镜?"

"没换,戴着玩。"

"也该换换,你之前那眼镜都戴多少年了。这副不也挺好看的吗?"

江暮平生活中发生的任何变化都会让江母感到高兴,江母一直都觉得江暮平是个没有温度的人。

"门口的画什么时候买的?还挺好看的。"

"是成岩画的。"江暮平说。

"你画的啊?"江母看向成岩,"画得真好。"

成岩说:"我随便画的,装饰装饰屋子。"

"挺好的。"江母抬了一下眼皮,才发现电视机背景墙上挂了一幅照片,背景墙跟以前不一样了,重新做了设计,跟那幅照片相得益彰地融合在了一起。

江母诧异地看着那幅照片,喃喃道:"要命……暮平,这是你们拍的艺术照?"

"嗯。"

"你什么时候学会抽烟了?这照片被你爸看到了还得了?"

"我那是摆拍。"

"摆拍就摆拍，你放大哪一张照片不好，非要放大这一张？"

"这张好看。"

江母怨道："好看是好看，但……"

江母睨了他一眼，转头问成岩："还有其他照片吗？给我看看。之前说要看，一直没时间过来。"

"有的，我把相册拿过来。"

江母叫住他："一会儿再看，你们吃饭了吗？"

"正要吃。"

江母随他们进了餐厅，看了一眼那一桌子清汤寡水的菜，嫌弃道："今天是暮平做的饭吧？这饭哪里能吃啊。"

江暮平坐了下来："我自己都吃十几年了。"

"谁像你活得跟个苦行僧似的，好不好吃你自己吃不出来？"

江暮平皱眉："我又学不会做饭。"

"挺好的，起码是熟了。"成岩笑着给江暮平打圆场，就是这话听着让人高兴不起来。

江母今天就是过来给他们加餐的，她带了很多自己做的小菜，从保温罐里拿出来摆在餐桌上。

摆好碗碟，江母站了起来，说："你们先吃，我去趟洗手间。"

吃完饭，成岩把艺术照给江母看，江母没见过这样的艺术照，道不出好与坏，只说挺有创意的。成岩猜老太太大概率不太能接受这种风格。

江母坐了一会儿就离开了，出门进电梯的时候，江父给她来了电话，问她去哪儿了。

"来暮平这儿了，正准备回家。"

"要不要去接你？"

"不用。"江母按了一层的按钮，"我自己开车来的。"

"快回来吧，我给你熬了银耳莲子粥，还热着。"

"知道了。"

成岩和江暮平在客厅里看电视。成岩凝视着电视机背景墙上的照片，问江暮平："你说咱们要不要把这照片给撤了？"

"不用。"

"我怕伯父看了会生气。"

"不用管他怎么想。"江暮平正在用手机打字，好像在跟人聊天。

成岩继续看电视，没说话。

聊天群里不断有人刷屏，大家都在说过年去新西兰的事，七嘴八舌的，都很亢奋。江暮平很少在群里现身，刚才在群里说了句话，引得好几个人"艾特"他，他现在连消息都回不过来了。

江暮平平时很少一直拿着手机聊天，成岩有点儿好奇，又不好意思问他跟谁聊天聊得那么起劲。

"江教授。"成岩喊了一声。

"嗯？"江暮平转了一下头。

成岩舔了舔嘴唇。他在思考的时候会下意识地舔嘴唇。

"你想不想去我的家乡玩玩？"

"江州？"

成岩转过头："你知道？"

"知道。"

"嗯。"成岩点了点头，"我年初三想回一趟老家，看看我姨妈。你想去吗？可能会在那儿住几天。"

江暮平不假思索地"嗯"了一声："好。"说完，江暮平低头继续回消息。

成岩终于忍不住问："你在跟谁聊天？"

"群里的朋友。"

成岩"哦"了一声。

想来也是，江暮平的朋友肯定很多，只是他平时使用手机的频率很低，不是手机族。他也很少用手机跟成岩线上聊天。

成岩准备去卫生间洗澡，站起来的时候发现江暮平的注意力还在手机屏幕上。

"我去洗澡了。"

"嗯。"

成岩刚走没多久,江暮平给严青打了通电话。

"严青,新西兰我不去了。"

"刚才不是还在群里说得好好的吗?怎么突然又不去了?大家都等着你和你的室友呢。"

"我要去他的家乡玩玩。"

"那行吧。"严青笑了笑,"年后再找时间聚吧,我们现在正吃着呢,开个视频?"

"你们吃你们的,跟我开什么视频?"

"这不是你上回滑雪没去嘛,一个个都说你太难请了,是他们要我让你开视频的啊。"

说话间,江暮平的手机就插进来另一个人的电话,还是视频电话。估计是谁听到了严青和江暮平的对话,立刻打过来的。

江暮平按下接通键,屏幕上跳出了邵远东微红的脸。

"晚上好啊,江教授。"

"喝多了吧。"江暮平看着手机说。

"当然没有,我这不是顺应民意嘛。本来大伙儿都能在晚上的聚餐见到你的,结果你又说没时间。"邵远东把镜头对向餐桌边的其他人,手机拿在手里转了一圈,最终停在孟斯的位置,"看见这位朋友了吗,今天没见到你,他这脸拉得都掉到地上了。"

镜头里的男人正端起酒杯,闻言抬眸,向镜头投来淡淡的一瞥。

孟斯伸手,示意邵远东把手机给他。

邵远东把手机递过去,孟斯接过,另一只手端着高脚杯,杯里盛着色泽鲜艳的果汁。

孟斯是江暮平的好友之一,是江暮平真正的同窗,江暮平留学时跟他上的是同一所院校。虽然不是一个专业,但是他们同寝室。

孟斯是家底雄厚的富家少爷，不过他毕了业后没有回国接手家族的产业，而是留在国外继续深造。他跟江暮平一样也是大学教授，但头衔比江暮平更多。

孟斯是那种典型的学术疯子，在校期间修了很多门专业，每门专业都拿到了高分。

"回国了？"江暮平问道。

"嗯，回家过年。"

他和江暮平一直保持着联系。本来两个人的专业领域就有交叉，共同语言自然很多。

不过孟斯这人骨子里褪不去贵公子的骄矜气，说话做事总是我行我素，性子有些孤傲。

孟斯喝了一口果汁，说："听远东说你的室友是你的高中同学。"

"是的。"

"是个帅哥。"

江暮平笑了一下："是。"

"他说你的室友长得惊为天人。"孟斯说着看向邵远东，"这是夸张的表达方式吗？"

江暮平说："不是。"

邵远东嚷嚷起来："我可没夸张啊，有机会你看看本人，长得是真帅，高中那会儿没发现有多帅，啧，奇了怪了。"

孟斯再次看向屏幕："有机会介绍认识一下。"

"好。"

"看来他很优秀，是做什么职业的？"

江暮平听到门锁转动的声音，抬了一下头，成岩穿着宽松的睡衣从卫生间里走了出来。看到江暮平正在对着手机屏幕说话，成岩步伐顿了一下。

孟斯在视频里看到江暮平忽然抬头，便问："你室友吗？"

成岩看了一眼江暮平手里的手机，问："在视频？"

江暮平"嗯"了一声,听到孟斯说:"方便看一下你的室友吗?我很好奇。"

江暮平低头看向屏幕,对孟斯说:"不方便。"

孟斯很轻地"啧"了一声。

手机里的背景音有些嘈杂,成岩听不清跟江暮平视频的人说了什么话,只能听出来对方是个男人。

"挂了。"江暮平对手机里的人说,"好好享受你们的聚餐。"

"再见。"

"朋友吗?"成岩问。

"嗯。"江暮平看向成岩的头发,"你的头发没有吹干。"

"没事,一会儿就干了。"成岩的头发长长了不少,他把额前的头发往后捋了一下,"你去洗澡吧,我回房间了。晚安。"

"晚安。"

Chapter 05
回江州

成岩原本计划大年初三和江暮平回江州，可是江暮平接到学校的通知，年后要去国外参加一场学术会议。要是回了江州，之后再赶回北城飞国外，江暮平的行程就太赶了，而且他们在江州也待不了几天。

成岩提议不回江州，但江暮平说不用取消计划，可以提前去，在江州过年。

成岩跟江暮平一起去江家吃饭时，跟俩老人提了这件事。

成岩总觉得不好意思，开不了口，是江暮平开的口。

"我记得，"江母看着成岩，"我记得你说过你有个姨妈，住在江州？"

成岩点了点头："我本来是打算大年初三回去的，就是教授……"

江母给成岩盛了一小碗鸡汤，说："他的学校里就是那样，评了正教授后这会那会的，忙得不得了。年后没时间，你们就年前去呗。"

成岩接过汤："这样教授就没法儿跟你们一起过年了。"

江母笑了起来："没法儿就没法儿呗，我们家不讲究这个。"

李思知闻言举了一下手，煞有介事地说："姨妈、姨父，既然这样，我也想提个申请。"

江父不甚明显地笑了一下："你又要申请什么？"

"我今年准备去国外过年,"李思知卖乖似的给俩老人家一人夹了一块排骨,"不能陪你们过年了。"

成岩看了一眼江父、江母,有点儿担心老人家不高兴。

江父、江母倒是没有不高兴,潇洒得很。江父说:"随你。"

"到时候家里只有你们两个人了。"李思知在江父、江母面前像个小孩儿似的,用可怜巴巴的语气说,"多冷清啊。"

江母笑骂:"你少在这儿得了便宜还卖乖。你们不在,我俩还清净呢。"

"好哦。"李思知笑了笑。

"你去哪个国家?跟朋友一起去吗?"江父问。

"对,跟朋友一块儿,去巴厘岛。"

"注意安全,记得每天都要跟我们联系。"

"好。"

江母问成岩:"这次回江州,小径跟着一起回去吗?"

成岩摇了摇头:"他爸妈应该不会答应。"

"还是要问问他。"江母说,"养父养母再亲,血缘关系总是割不断的。"

"嗯,我会问的。"

江暮平在一边安静地吃饭,江母忽然看向他,交代道:"记得买些伴手礼,你们走之前跟我说一下,我还要准备点儿东西,一块儿带过去。"

李思知笑道:"姨妈,暮平都多大的人了,你还交代他这个,他能不知道这些礼节啊。"

"跟长辈相处的规矩多着呢。"

"您别准备太多,"江暮平说,"拿不了。"

江父看了他一眼:"一米八七的个头,你有什么拿不了的?"

成岩低头笑了一声。

"我是一米八七,又不是长了八只手。"

饭后洗碗的时候,成岩站在江暮平身后,从他一边的肩膀探出脑袋,问:"教授,你有一米八七啊?"

江暮平在擦碗,没有回头,只说:"一米八七是上大学时的身高。"

成岩轻笑:"你的意思是你又长了?"

江暮平偏过头,看着他:"看起来不像吗?"

其实江暮平真的挺高的,成岩也不矮,但比江暮平差了半个头都不止。

成岩故意摇了摇头:"不像。"

江暮平眼底泛起笑意,低下头继续洗碗。

成岩之后找到林为径,问了问他的想法,林为径摇了摇头。

"你真不去?是不是你爸妈那边有意见?"

林为径认真地说:"这次真的是我自己不想去。而且姨妈又没喊我,本来就不是很熟。哥,也就你,年年给她钱,咱又不欠她什么。你日子难过的时候,她也没帮过你。"

林为径说着说着就把心里话道出来了。他比成岩小很多岁,成岩小时候还跟着妈妈回过几趟江州。但林为径出生以后,从来没有去过江州,跟江州那边的亲戚关系很淡,几乎没有交集。

"那个时候谁都不好过,姨妈家里也不富裕,自己过日子都成问题。"

"反正我就你一个哥哥。"

"那我自己去了。"

"嗯,玩得开心。"

江暮平和成岩是小年当天早晨出发的,乘飞机,下午就能到江州。伴手礼是两个人商量着一起买的,江母额外准备了一些礼物,都是些不累赘的东西。成岩和江暮平最终带上路的行李并不是很多。

行李拿去托运,江暮平和成岩登上了去往江州的飞机。

他们坐的是商务舱,在位子上坐定之后,江暮平从包里拿出了书。

成岩坐在靠窗的那一边，转头看了他一眼："一上飞机就看书啊。"

"习惯了。"江暮平把书放在置物台上，"我也给你带了本。"

成岩摇了摇头："饶了我吧，真的是看不进去，我好久没看过书了，阅读能力都退化了。"

"这本书确实有点儿晦涩。"

"你有没有那种比较好读一点儿的书？名著之类的。"

"有，回家给你找。阿岩！"

"嗯？"

"我记得你高中成绩很好。"

"嗯，"成岩笑了一下，"语文不好，偏科严重，都是数学提的分。"

成岩从包里翻出了眼罩，不咸不淡地说："成绩再好都是以前的事了，你看的书我确实看不懂。"

江暮平皱了皱眉："阿岩，我不是那个意思。"

"我知道，我也不是那个意思。"成岩抿了抿嘴，"我就这么一说，你别多想。"

成岩把眼罩扣在额头上，捏着眼罩边沿看着江暮平，漂亮的眼睛一眨一眨的："我先眯会儿，昨天睡得有点儿晚。"

"嗯。"

成岩把眼罩往下拉了一下，遮住了眼睛，躺在椅背上。

成岩快要失去意识的时候，模模糊糊听到耳边响起了说话的声音，是个女声，从身后传来的。

"那个，你好……"

江暮平闻声侧头看了一眼，坐在他身后的女乘客从座椅之间的缝隙冲他笑了一下，神情有些羞涩。

江暮平压低了声音："有什么事吗？"

那女生抿了抿嘴唇，大眼睛忽闪着，眼神有些飘忽。

江暮平耐心地等着她，余光瞥见她身边的女生在她的背上轻轻捶了两下，嘴里还说着什么。

女生终于直视江暮平了，耳根有点儿红，轻声说："我可以问你要一个联系方式吗？"

很直接的搭讪方式，虽然对方有些腼腆。

成岩戴着眼罩，脑袋歪在一边，嘴唇微微动了一下。听到这句话的时候，他已经清醒了。

"不好意思。"江暮平委婉地拒绝。

"啊，没事，没事。"女生尴尬得满脸通红，扭头看向她的朋友，腮帮子都鼓了起来。

她旁边的女生明显比她大胆很多，直接扒着椅背对江暮平说："小哥哥，你单身吗？单身的话方便给个联系方式吗？人生何处不相逢，相逢就是缘分——"

"我不是单身。"江暮平随便找了个说辞，拒绝得很彻底，"我已婚。"

那女生"啊"了一声，连忙说："冒犯了，冒犯了。"

两个小姑娘着急忙慌地缩了回去。

来接机的是成岩的表哥——姨妈的大儿子。成岩多年不回乡，差点儿没有认出他。

表哥倒是一眼就看到了成岩，连忙走过来帮他们拿行李。

"成岩！"

成岩愣了愣，喊了一声："哥。"

表哥笑了笑："发什么愣，是不是没认出来我？"

"是，好几年没见了。"

"哪里是好几年，都十来年了，我女儿小学都快毕业了。"表哥皮肤黑，笑的时候露出一排白牙，"这么多年，你还是以前那个样子，一点儿没变。这不结婚就是好啊，看着就是年轻。"

表哥说着看向江暮平，伸出手，说："你好，我是成岩的表哥，我叫赵靖。"

江暮平跟他握了握手："你好，江暮平。"

"我想想我该怎么称呼你,你应该跟成岩一样大吧?那我就叫你暮平吧,成不?"

"都可以,随你怎么叫。"江暮平应道。

"我家离机场比较远。家里老人年纪大了,过来不方便,所以今儿就我一个人过来接你们,多担待。"

"哪儿的话。"

赵靖开了一辆面包车,他们把行李箱搬上车后,成岩在副驾驶座上坐了下来,江暮平坐在后座上。

其实赵靖也没比成岩大几岁,但成岩和江暮平看着比他年轻很多,仿佛不是一个年龄段的。

他俩上车后,赵靖的目光总是不由自主地投向后视镜,很坦荡地打量着江暮平。

赵靖是个直性子,有话直接问:"暮平,你跟成岩一样的年纪吗?还是比他大点儿?"

"一样。"

"你们城里人长得就是显年轻啊,成岩就比我小了两岁,你俩看着跟我不像一个辈分的。"

成岩出神地望着窗外一晃而过的风景,喃喃道:"变了好多。"

赵靖接了一句:"那肯定啊,都在发展。"

赵靖开了近一个小时的车,沿途的风景从高楼林立变成了水田村落。这几年江州发展得很快,乡村的道路修得平坦开阔。成岩记得他小时候跟妈妈回家乡的时候,这里还是坑坑洼洼的泥路。

夜幕降临,面包车驶进了村庄,在拐了几拐后,终于抵达目的地。

乡下的房子都大,一般都是自建房,成岩的姨妈家还是独栋的,外边围了铁栏,房子旁边有仓库,赵靖把面包车开了进去。

赵靖开门下车,嘴里说着:"到了,到了,坐了这么久的车,你们累坏了吧?"

"哥,辛苦你了。"成岩客气道。

"哎,你还是跟小时候那样叫我赵靖吧,别叫我哥,听着怪别扭的。"

成岩把行李箱从后备厢里拿出来,往仓库外面探了一眼,说:"我怎么感觉门口好多人?"

"都是吃饱了过来串门的。"

江暮平和成岩各自推着行李箱跟在赵靖后面。江暮平走在成岩旁边,低声说:"这里环境不错,你姨妈家挺大的。"

成岩笑了笑:"乡下房子都这样,就是装修得有点儿浮夸。"

"我们要不要也换个这样的?"

成岩转头看他。

"租个大点儿的房子。"江暮平也转过头,与他对视,"我们可以在院子里种花。"

成岩想了想,说:"好。"

其实他并没有很认真地考量。北城市里的别墅房价都是天价,就算是租那也不便宜。若真租了别墅,日子或许不如现在滋润。可是带花园的房子对成岩实在太有吸引力了。

"你俩说什么呢?"赵靖回了一下头,"我说怎么走着走着听不到你俩的声音了。"

他们跟了上去。

家门口聚了一些上了年纪的老头、老太太,天气冷,院子里放了一个炭盆,上面罩着金属罩子,老头、老太太坐在长板凳上,围在一块儿聊天。

赵靖扬着声音喊了一圈的长辈,然后冲屋里喊了一声:"妈,成岩回来了!"

老头、老太太的视线全落在成岩和江暮平身上,几双眼睛同时向他们投来探究的目光。

姨妈风风火火地从屋里赶出来,在门口站住脚,盯着成岩看了一会儿。

"彩凤，这就是你那个城里的外甥？长得可真俊哪。"有人说。

又有人说："长得跟彩芸年轻的时候一个样。"

姨妈看向说话的那人，细眉皱了起来："怎么就一个样了，你这眼睛是不是不大好使？行了，行了，都散了吧，别跟我家门口戳着了，今天我家要招待客人。"

众人闻言散去，似乎这里的村民相处模式就是如此，大伙儿都没把成岩姨妈直来直去的难听话放在心上，一笑了之，有说有笑地离开了。

"姨妈。"成岩喊了一声。

姨妈看着他有些发怔，片刻后，"哎"了一声："可算到了。"

江暮平也跟着喊道："姨妈。"

"哎。"姨妈端详着江暮平，将他从头到脚打量了个遍，抑制不住脸上的笑意，频频点头，"真俊。"

一个扎着马尾的女生从屋里走了出来，看了一眼成岩，又看了看江暮平。

"妈。"

姨妈转过头。

"哪个是成岩哥哥啊？"

这女生是赵靖的妹妹，比赵靖小了一轮。老太太当年一心想要个女儿，奈何多年未孕，四十多岁才生下了小女儿。

"不戴眼镜的这个。"姨妈跟成岩介绍道："这是你表妹，赵清语。"

赵清语扶了扶眼镜，轻声喊道："成哥好。"

成岩微微笑了一下："你好。"

姨妈又对赵清语说："这是你表哥的朋友，是大学教授。"

赵靖催促："哎哟，赶紧进屋吧，外面冷死了，都戳在这儿干吗啊？"

成岩和江暮平跟着赵靖进了屋，赵清语挽住她母亲的胳膊一起走。

姨妈让赵清语带成岩和江暮平去他们的房间。

赵清语走在他们前面，说："客房可能会有点儿小，不过床还是蛮大的，我妈都给你们收拾好了。"

"房间够住吗？"成岩问道，"如果不够，我们可以住酒店的。"

"够，家里房间多着呢，我哥他不住这儿，他跟嫂子自己有房子，家里就我跟我妈住。"

"我们住一间房？"

"对呀，怎么了？"赵清语不明就里，"你们不住一间吗？家里就剩一间客房了。"

成岩说："住。"

赵清语从来没见过成岩，也不知道母亲常常提起的那个外甥竟然长得这么帅。当然，她也没想到她表哥的朋友颜值也这么高。

赵清语的性格不像她的母亲，安安静静的。小姑娘十七八岁的年纪，喜欢帅哥，但是性格有些害羞，想多看几眼又不敢太明目张胆。成岩跟她说话的时候她也总是脸红。

"你现在几年级了？"成岩问赵清语。

"高三。"

"这么小。"

"我妈生我的时候岁数已经不小了。"赵清语抿了抿唇，"所以我也从来没见过你。"

"我不怎么回来。"

"嗯，我知道。"赵清语打开房门，按下墙上的开关，"屋里已经收拾干净了。"

成岩看着里面愣了愣，整个人都蒙了。

屋里是一张双人床，床头柜上摆着花瓶，花瓶里插了新鲜的花，昏黄的灯光笼罩着床，一眼看过去，像大姑娘睡的闺房。

"这……"成岩看了一眼赵清语。

赵清语无奈地笑了笑："我妈准备的。"

江暮平不由得笑了一声。

"我劝过她,她不听,非得摆……我妈就这品位,成哥你理解一下吧。"赵清语也觉得有些尴尬,想尽快逃离现场,"我先下去了,一会儿下来吃晚饭啊。"

"好。"

"这也太夸张了。"成岩弯腰闻了闻花瓶里的花,"老太太挺有生活情调。"

江暮平在床上坐了下来,问:"你不喜欢吗?"

成岩抬头看向他,笑道:"你喜欢啊?"

"还可以。"江暮平将眼镜摘下,从包里拿出眼镜布,慢慢地擦拭,"不是挺有情调的吗?"

姨妈走进来说:"怎么样,我给你们的房间弄得还可以吧?特意去花店买的花,花了不少钱呢。"

江暮平说:"很好看,您费心了。"

姨妈笑得合不拢嘴:"你们喜欢就好,本来我还想吹点儿气球,小语说不环保,还占地方,我就没弄。"

成岩忍不住低声说:"幸亏没弄。"

江暮平低下头短促地笑了一声。

姨妈仍旧笑容满面:"说什么悄悄话呢,这么开心?"

"说您用心良苦。"江暮平笑得优雅。

"我才不信呢。"老太太嘴上这么说,心里头却很高兴,越看江暮平越喜爱。

成岩才发现江暮平这么会哄长辈开心。教授这张嘴真不是白长的,能把长辈哄得找不着北。

"今天小年,咱家吃馄饨。"姨妈说,"没准备什么大菜,只有馄饨。"

"馄饨?"江暮平面露疑惑。

"相当于饺子。"成岩解释道,"就跟你们那儿逢年过节吃饺子一样,江州这边吃馄饨,大馄饨。"

江暮平点了一下头。

"没吃过吧?"姨妈笑着问江暮平。

江暮平说:"不太吃,吃的都是那种小馄饨。"

"那一会儿就多吃点儿,尝尝我们这边的大馄饨。"

江暮平笑了笑,"嗯"了一声。

"小岩,到姨妈的房间去,姨妈想跟你说会儿话。"

"嗯,好。"

成岩应该有十来年没回过江州了,赵清语以为自己从来没见过成岩,但成岩其实在她很小的时候见过她,那个时候她只有三四岁,还不记事。

那个时候成岩也还很年轻。

成岩只在江州停留过短暂的一段时间,此后离开,就再也没有回过江州。

成岩不回江州,但姨妈有时候会去北城看他,偶尔也会给他打视频电话。一晃经年,成岩年岁渐长,姨妈鬓角的白发也越来越多。

他们接触得很少,但心是很近的。

"坐啊。"姨妈指了指床。

成岩不肯坐,说:"我坐了半天的飞机,又坐了车,裤子上脏。"

"真讲究。"姨妈笑了笑,"你看你穿得这么好看,赵靖站你跟前就跟个兵马俑似的。"

成岩被逗乐了:"您这是什么比喻啊?"

"你不愿意坐床上,就坐椅子上吧。"

成岩在摇椅上坐了下来,姨妈掩上门,坐在成岩跟前,盯着他看。

成岩跟她对视着。她的表情没有什么太大的变化,但是眼神瞬息万变。

良久,成岩才听到她沉着嗓音说:"真好啊。"

"您身体还好吗?"成岩看了一眼她鬓角的银丝。

"你听我这嗓门,像是身体不好吗?"

成岩笑了一下："不像。"

"成径这次没跟你一起来？"

"他有事，来不了。"

"你就别哄我了，是不是他不愿意来？"

"嗯。"

"你夹在中间，不要觉得为难，"姨妈实话实说，"本来姨妈跟你弟弟的关系就没那么近，他也没跟我见过几回，已经算不上什么亲人了。"

"不为难。"成岩说。

"那就行。"姨妈拍了拍成岩的肩膀，"不过成径永远是你的亲人，姨妈也是。"

成岩"嗯"了一声。

"小岩哪，那个江先生真是大学教授？"

"嗯，怎么了？"

"跟我想的不太一样。"

"怎么不一样？"

"长得有点儿太俊了，跟个明星似的，"姨妈有些怀疑，"你不是骗我的吧？"

成岩忍俊不禁："我骗您干吗？"

姨妈表情深沉地点了点头："这么说江先生真的在大学当教授？"

"是的，"成岩有点儿想笑，"一般人能有他那个气质吗？"

姨妈表示认同："读书人就是不一样。怎么这么年轻就当了教授，这人和人真的是不能比。"

小年夜这顿饭吃得很清净，除了他俩，只有赵靖一家三口、姨妈和赵清语。姨妈并没有特意准备好菜，就跟她刚才对成岩他们说的那样，今天就吃馄饨。

江暮平第一次吃大馄饨，确实跟饺子差不多。姨妈很实在，馄饨皮薄馅大，馅料特别足。

姨妈做的馄饨有好几种馅，江暮平最喜欢虾仁馅的。

吃完晚饭，老太太要出去串门，问成岩他们去不去，成岩拒绝，跟江暮平回了房间。

赵清语也不爱串门，上楼把自己关在房间里做自己的事。好在乡下房子大，成岩他们不会出房间门就碰到赵清语。

她毕竟是个小姑娘，家里有两个大男人走动，还是会有些不方便。

江州不供暖，江暮平有些不适应。成岩久居北城，也不适应。

他俩奔波了一天，此刻什么也不想干，就想躺下来休息。三楼有卫生间，成岩先洗了个澡，江暮平紧接其后。

江暮平进房间时，成岩正拿着平板电脑在看视频。

室内开着空调，实在是有些干燥，所以关灯前，成岩把空调关掉了。

床头灯开着，成岩和江暮平背对着背侧躺着。

"空调开一晚上，咱俩得被吹干，明天早上说不定都成干尸了。"成岩说着舔了舔嘴唇，嘴唇实在是太干了。

"我关灯了。"江暮平说。

"嗯。"

江暮平抬了一下手臂，关掉床头灯。

"晚安，教授。"成岩轻声说。

"晚安。"

成岩和江暮平六点半就被叫醒了，那会儿天刚蒙蒙亮。

老人觉少，姨妈一般早上五点就起床做早饭了，六点准时喊吃饭。成岩和江暮平已经受到了优待，老太太晚了半个小时才喊的他们。

虽然江暮平是老师，但平时起床也没这么早。成岩更是不必说，自己就是老板，工作时间弹性大，想什么时候去上班就什么时候去上班，基本都是睡到自然醒。

两个人睡得正香，被老太太几嗓子吼醒了。

江暮平微微睁开眼睛，隐约听到姨妈喊他们下楼吃早饭，他的眉头轻轻皱起。

姨妈的大嗓门又从楼下传了上来，成岩动了动脑袋，往被子里缩了缩，嘴里发出不耐烦的轻哼。

随着急促的脚步声逼近，房门被"哐哐哐"地叩响。

"小岩，下楼吃早饭了，赶紧的！不然早饭都该凉了！"

成岩有点儿起床气，把脸更加用力地埋进被子里，并不理会姨妈的叫喊。

江暮平哑着嗓子应了一声："知道了，姨妈。"

"别睡了啊，先把早饭吃了，我都做好了，不吃就凉了！吃完早饭再睡，赶紧下来啊！"

江暮平叹了口气道："起床吃早饭。"

成岩赌气似的："不吃。"

"一会儿姨妈又该上来了。"江暮平说。

成岩认命似的叹了一口气，缓缓睁开了眼睛。

"昨天睡得好吗？"成岩的声音有些沙哑。

"不太好。"江暮平实话实说。

成岩掀开被子，顿了一下，转过头说："不然今天晚上咱们出去住吧，咱一人睡一间。"

"不用。"江暮平的嗓音带着睡醒后的沙哑，"咱们出去住，姨妈该不高兴了。"

他们在楼上磨蹭了一会儿，七点才下楼吃早饭，被姨妈念叨了好一会儿。

"不知道天冷了，饭菜容易凉掉吗？吃完了早饭再上去睡不都是一样的吗？"

成岩往桌上敲了敲鸡蛋，说："醒了就睡不着了。小语呢？"

"她已经吃过了，上去睡回笼觉了。"

成岩把剥好的鸡蛋放进碟子里，听到姨妈说："一会儿我去菜场买菜，你俩陪我一块儿？"

"好。"成岩喝了一口粥，"家里有车吗？我开车带您过去。"

"赵靖昨天把面包车留在这儿了，开他的。"

成岩"嗯"了一声："小语一块儿去吗？"

"不带她，她九点要去补习班上课。"

"放假了还补习啊？"

"高三了，不得抓紧点儿嘛，下半年就高考了。"姨妈说着看向江暮平，"要是她有小江这么有出息就好了，我这辈子就没什么遗憾了。小江得是博士生吧？"

江暮平刚咬了一口鸡蛋，"嗯"了一声。

"教什么的？"

"刑法学。"

"教法学的啊，怎么当初没去做个律师？"

江暮平咽下嘴里的鸡蛋才回答："不适合。"

成岩也觉得不适合，江暮平既孤高又悲悯，比起律师，似乎确实更适合做老师。

吃完早饭，他们去镇上的集市买菜。

集市人声鼎沸，姨妈熟练地穿梭在各个摊位之间。来集市采购的基本都是上了年纪的大爷、大妈，鲜少见到成岩他们这样衣着光鲜的年轻人，是以，江暮平和成岩引起了不少人的注意。

江暮平个子高，站在一堆人中间颇似鹤立鸡群。姨妈领着两个帅哥，拎着菜篓满面春风地走在人流中，一路上遇到的摊主都是她的老熟人，走哪儿都有相熟的大爷、大妈跟她打招呼。

姨妈走到一个摊位前要了两斤大排骨。摊主大爷一边拿刀剁排骨一边问她："彩凤，你这身后跟的俩帅哥是谁啊？我记得你儿子不长这样啊。"

成岩和江暮平正在讲话，不知在聊什么，眼底有浅浅的笑意。

姨妈扭头看了一眼，转过来说："穿白衣服的那个是我外甥。"

"城里来的吧？穿得这么时髦。"大爷笑着问，"那个高的呢？也是你外甥？"

"他不是，他是我外甥的朋友。"姨妈顿了顿，说，"年纪轻轻就当了教授。"

"教授？"大爷露出困惑的表情。

成岩和江暮平说完话走了过来，发现摊主大爷一直盯着他们看，剁排骨的刀也卡在菜板上没动。

姨妈高声提醒："你赶紧剁呀，我还得去买其他东西呢。"

摊主大爷回过神，把剁好的排骨装进塑料袋里，递给姨妈："我还没见过教授呢，真新鲜。"

"那是你少见多怪。"姨妈毫不客气地埋汰他。

摊主大爷连连点头，笑道："我哪能有你时髦啊！拿好了，下回再来啊。"

姨妈接过排骨，付了钱，昂首挺胸地走了。

江暮平问成岩："他们刚才在说什么？"

"说你帅。"成岩不着调地说。

姨妈发现他俩没跟上，转身喊道："你俩干吗呢？别跟丢了啊，一会儿还要你们帮我拿东西呢。"

两个人迈开长腿跟了上去。

成岩说："教授，过两天陪我去个地方？"

江暮平不假思索道："好。"

"你都不问问去哪里？"

"去哪里都可以。"

"我想去见个人，就是不知道他还在不在那里了。"

"谁？"

成岩想了想，说："算是我的师父吧，他也是画师。"

十多年没回来，江州市里的道路早已发生了翻天覆地的变化，成岩不确定他还找不找得到自己曾经待过的那个地方。他在导航里输入记忆中的地址，导航把他带到了一条熟悉的街道上。

那里是大学城附近，四周的建筑物基本没有改建，几乎还是十多年前的样子。

成岩把车停好，跟江暮平一起步行到具体的位置。他没有看到熟悉的店面，抱着最后一点儿希望在路上叫住了一个学生模样的年轻人。

"你好，我想打听一下，这里有画师工作室吗？"

那人说："有啊，好几家呢。"

"有没有一个叫贺宣的？"

"贺宣啊，有。"那人指了指马路对面，"看见东边那个咖啡厅了吗？二楼就是贺宣在的地方。"

成岩顺着他指的方向望过去，说了声"谢谢"。

"不用谢。"

绿灯亮了，他们越过人行道，朝咖啡厅的方向走去。

咖啡厅里有很多客人，成岩找了个服务员打听："你们楼上是有间工作室吗？"

"有啊，"服务员指向角落的楼梯，"从这里上去。"

楼层的隔音效果意外的好，楼下人声喧嚣，楼上却静悄悄的。

门没关，成岩敲了敲门板。屋里坐了个年轻人，闻声抬了一下头，挑眉问道："约稿？"

"我找人。"成岩说，"贺宣在吗？"

那人正拿着铅笔画画，低下头去说："你不约稿？不约稿找贺宣干吗？"

"找他叙旧。我是贺宣的老朋友。"

那人又抬起头，朝房间里努了努下巴，说："他干活呢。"

"师父！"那人冲屋里吼了一嗓子，"有人找。"

半分钟后，一个身材高大的男人从房间里走了出来。屋里开着空调,这人只穿了一件纯黑的薄衫,袖子捋到手肘处。

贺宣没怎么变,有着过分凌厉的五官线条和一双标志性的浅色眼眸。他摘下手套盯着成岩看了会儿,又把视线投向成岩身边的江暮平。

"成岩?"贺宣把手套扔进了一旁的垃圾桶。

成岩笑了笑:"好久不见。"

若不是成岩跟贺宣以前就认识,成岩此刻大概也看不出贺宣已经年过四十。

贺宣身材保持得很好,甚至比十多年前更加健硕,岁月没有在他的脸上留下明显的印迹,反倒给他增添了几分成熟的气韵。

贺宣点了下头:"真的是很久了。"他看了一眼江暮平,问成岩,"朋友?"

成岩说:"对。"

成岩向江暮平介绍:"贺宣,我以前的师父。"

江暮平朝贺宣礼节性地点了一下头:"江暮平。"

贺宣也颔首致意,吩咐一旁画画的青年:"亮子,倒两杯水。"

那个叫亮子的寸头青年头也不抬地说:"我干活呢。"

"那你是要让我倒?"贺宣压低了声音,带着些许压迫感。

亮子看了看贺宣,不情不愿地站了起来,嘴里嘀嘀咕咕道:"典型的官僚主义……"

贺宣回他:"我这顶多是资本主义。"

"是,"青年皮笑肉不笑地点了点头,"毕竟你才是老板,我就是一个打工人。"

"赵青亮,我徒弟。"贺宣简短地介绍。

赵青亮朝成岩和江暮平弹了下舌,带着些冷冷的痞劲儿:"你们好。"

房间里忽然传来声音:"贺老师,我打完电话了,您来一下呗?"

贺宣对成岩说:"我一会儿过来,你们先坐。"

成岩"嗯"了一声。

"坐一会儿。"成岩叫江暮平一块儿坐下。赵青亮端来了两杯水,搁在他们面前。

"谢谢。"

"饮水机就在那儿,水没了自己续啊,"赵青亮继续回去画画,"别叫我了。"

半晌后,贺宣和他的客人一同从屋里走了出来。

"辛苦了,贺老师。"客人拎着自己的外套,"我有个朋友也想约稿,要约你的话,是不是要等很久?"

贺宣说:"现在约,要排到四月了。"

"我的天,还好我约得早。"客人一脸庆幸,"我回头问问他愿不愿意等。那贺老师,我先走了啊。"

"嗯。"

贺宣向成岩走去,在沙发上坐了下来。赵青亮看了他们一眼,知道俩朋友要叙旧,便起身收拾了一下画具,抱着一堆纸笔走进了里屋。

成岩往赵青亮的方向看了一眼,说:"挺有个性。"

"他对创作时的环境要求高,画画时最烦被打扰,"贺宣说,"所以刚才跟我发脾气呢。"

"我去以前的那条街看过,没找着工作室,你怎么搬到这里来了?"成岩环顾四周,觉得有些困惑,贺宣的工作室规模不仅没有变大,还变小了。

"出了点儿事。"

"什么事?"

贺宣点燃烟,一口一口地吸着,没有说话。

气氛一下子凝固了,就在成岩想怎么转移话题的时候,贺宣吐了一口烟:"不说我了。你呢,这些年都在干什么?"

"还干这一行。"

"发展得应该挺好的吧?"

"就那样。"成岩说,"咱加个微信吧。"

153

"行。"

成岩不知道贺宣经历了什么,但看贺宣本人一副不想提的样子,成岩也没有多问。

江暮平的手机响了起来,他拿出来看了一眼,是江母的来电。

"阿岩,我接个电话。"江暮平站了起来。

成岩目送着江暮平走到门外。

"你朋友看着可比你斯文多了。"

贺宣这是在调侃成岩。成岩白了他一眼,无奈地笑道:"你少埋汰我。"

江暮平站在门口,握着手机,电话里传来江母的声音:"你俩什么时候回来?"

江暮平有些走神,心不在焉地"嗯"了一声。

"嗯什么呢,我问你什么时候回来?"

"还没决定好,一会儿问一下成岩。"

"小岩在干吗呢?"

"跟朋友闲聊呢。"

贺宣的烟抽完了,他便朝屋里喊了一声:"亮子,拿包烟。"

片刻后,赵青亮拿着一包烟气势汹汹地走了过来,把烟盒往茶几上一撂,然后又气势汹汹地回了屋。

贺宣抽出一支烟递给成岩。

成岩没接,说:"不用。"

"戒了?"

"没。"

今天成岩还不想抽。

江暮平还在门外打电话,成岩起身走过去,走到门外的时候,江暮平正好挂断电话。

"怎么打了这么久?"

"我妈打来的,"江暮平说,"问我们什么时候回去。"

"初三怎么样?"

"行。"

两个人转身进屋,贺宣已经抽完一支烟,手臂搭在沙发扶手上,浅色的眼眸不带任何情绪地看着他们。他的五官很有立体感,嘴唇薄,眼窝深,尽管肤色白皙,但气质特别硬汉。他的发色不像瞳色那般浅,是亚洲人的发色,黑的,理得很短。

贺宣的面相是有些凶的,所以他面无表情地打量人的时候会让人感到无形的压力。

赵青亮径直走到前台看了看,问贺宣:"师父,我之前买的红纸呢?你给我扔了?"

"储物间里。"

"你放储物间里干吗啊?回头再给弄皱了。"赵青亮说着往储物间走去。

成岩抬起胳膊看了一眼腕表:"今天不是年三十吗,你们还不下班回家过年?"

"不过年。"

"什么意思?为什么不过?"成岩意识到了什么,有些犹豫地问,"阿姨身体怎么样?"

"走了。"贺宣说。

很简单的两个字,却像巨石一样压向成岩的胸口。成岩认识贺宣的时候,贺宣的父亲早已去世,成岩只见过他的母亲,他的母亲待成岩很好。

成岩沉默了会儿,说:"一个人又不是不能过年,我年年一个人过。"

赵青亮拎着几张红纸走了过来,把红纸摆在贺宣面前,把提前准备好的笔墨拿了过来,对贺宣说:"之前说好的,写几副春联,现在写吧,写完我贴门口去。"

贺宣的软笔书法说不上多么专业,但是个人风格很强烈。成岩看到江暮平专注地看着贺宣运笔的样子，低声问他："你是不是也会写毛笔字？"

江暮平"嗯"了一声。

贺宣闻言，握着毛笔的手朝江暮平抬了一下："写两笔？"

江暮平没有推辞，贺宣把没写的红纸拿给他，又递给他毛笔。赵青亮上网给江暮平也找了两句话，把手机搁在江暮平面前。

成岩觉得有些好笑："都是网上摘的句子，你不如直接买一副现成的。"

"我师父搞不了原创，只能捡现成的。"

江暮平的软笔书法非常漂亮，从运笔的姿势就能看出他是练过的。他许久不写，有些手生，抱着一丝莫名其妙的攀比心理，他的心态不怎么稳，写的时候用力过猛，自我感觉不太满意。

"漂亮。"赵青亮由衷地夸赞。

时间不早了，成岩和江暮平准备回家。

临走前，贺宣问成岩："你们在这儿待多久？"

"初三走。"成岩说。

"今天时间仓促，过两天一块儿去喝个酒，我请。"

"好。"

离开的时候，贺宣把江暮平写的那副对联交给了他："自己写的挂自己家吧。不送了，慢走。"

成岩和江暮平往外走，听到赵青亮在后面催促："师父，赶紧把咱自己的春联贴了。"

成岩偶然回头，看到贺宣拿着春联按在门板上，赵青亮站在他身后，手指着门上合适的位置。

贺宣的背影很高大，但不算孤单，十多年过去，他仍旧很酷，只是身边少了很多人，似乎连酷都找到了对应的理由。

他们找到停车的地方，江暮平打开驾驶座的门，说："我开吧。"

"好。"成岩坐进副驾驶座，手里拿着江暮平写的那副春联。

路上,江暮平问:"你师父是混血?"

"对,他爸是俄罗斯人。"成岩的表情不太轻松,想到贺宣对自己的经历闭口不谈,他的心情还是有些沉重。

有些事,说出来可能只需要一两分钟,但照进现实,可能是几年,甚至更久。

"你们什么时候认识的?"

成岩思索片刻,说:"具体什么时候不太记得了,我那会儿应该二十岁出头。"

"感情很深?"

"说不上,我跟他很多年没见过了,也没联系过。"成岩笑了笑,"他这人脾气不好,我以前还挨过揍呢,你说我能跟他感情深?"

"什么原因?"

"那个时候脾气犟,他说东我总往西,我应该是他的徒弟里最不让人省心的一个了吧。"

江暮平沉默地听着。成岩无意识地诉说着贺宣和他的人生片段,前前后后的话题总离不开贺宣。

"你别看他一副黑社会的样子,其实是正儿八经的名校美院毕业的。"

成岩当年学这个是为了赚钱养弟弟,不像贺宣,他学这个纯粹是因为喜欢。

"他能力很强,就现在,我也比不了他。"

"你很崇拜他。"江暮平用陈述的语气说道。

成岩扭头看了他一眼,然后转过头,看着前方无声地笑了一下:"江教授从哪儿得出的结论?"

江暮平没说话。

"我十七岁的时候就遇到我崇拜的人了,活到这岁数也就崇拜过那么一个人。"

江暮平动了动嘴唇,但最终也没说话。

"你说是谁啊，教授？"

成岩的话，江暮平没有预料到，尽管成岩用了反问的语气，很明显地意指江暮平，但江暮平还是迟疑的。

江暮平和成岩在高中时期几乎没有交集，当年身为班长的江暮平免不了要跟班里的每一位同学打交道，他跟成岩寥寥可数的交流，基本都是事关班级的公事，成岩每次还都对他十分冷淡。

成岩当年的学习成绩算得上拔尖，尤其是理科，不论大考小考，每次都能位列年级前三名。江暮平的记性算不上多好，很多高中同学都记不清名字，之所以会对成岩印象深刻，原因之一就是他优异的成绩。

那时的成岩虽然性格孤僻了点儿，但学习是真的好，他不怎么跟人讲话，所以总是给人一种桀骜不驯的感觉。成岩对其他同学怎么冷，对他也怎么冷。

"我。"江暮平回答说。

成岩笑了笑，心想江暮平要是装不知道，或者真不知道，兴许还能多逗他一会儿。

"真的吗？"江暮平忽然问。

成岩愣了一下。他以为江暮平不会对他的话有丝毫怀疑。

"十七岁，我高二，除了你我还能崇拜谁啊？"成岩不禁觉得好笑，"你认为班里有其他人能比得上你吗？"

这话真中听，尤其是从成岩嘴里说出来。江暮平三十多年来被人捧惯了，对那些夸赞的话早已免疫，可没来由地被成岩这么一夸，心里竟生起几分得意。

两个人到家的时候，赵靖和姨妈正在门口贴春联，姨妈看到成岩手里的春联，问："你们买的？多了呀，没地方贴了。"

"不是买的，"成岩说，"是教授写的。"

姨妈表情一变，走过来看春联上的字："这是小江自个儿写的？写得真漂亮！"

她连忙示意赵靖停下:"赵靖,别贴了,贴小江这个,手写的,比那买的好看多了。"

赵靖笑道:"得亏我这胶水还没涂上去。"

成岩把春联递给他,赵靖接过端详了一番,不由得感叹:"到底是文化人……"

赵靖继续贴春联,贴横幅的时候有点儿够不着,踮着脚够了半天,吃力得脸都憋红了。

姨妈在他背后拍了一巴掌:"你让小江来,他个儿高。"

"我都忘了家里还有个'顶梁柱'了。"赵靖把横幅给江暮平:"江老师吃了什么啊长这么高,你们那边的人是不是都挺高的?"

"还行,"江暮平说,"跟江州这边差不多。"

"那你咋长的,长这么高?你得有一米九吧?"

江暮平把涂了胶水的横幅很轻松地贴在了门板最上方,说:"遗传吧,我爸挺高的。"

姨妈拉着成岩的胳膊,笑道:"我们小岩也不矮,站你旁边硬生生矮了一大截。"

乡下不禁烟花爆竹,傍晚时分,天边已经响起隐隐约约的炮仗声。

姨妈家人丁少,但很热闹。一家人齐出动准备年夜饭,成岩和江暮平想帮忙却遭到了拒绝。

"你们是客,哪有让客人准备饭菜的道理?"赵靖的妻子十分温婉,她把成岩和江暮平推出厨房,笑着说,"去客厅休息,一会儿喊你们吃饭。"

他们没去客厅,回了三楼客房。

成岩在工作群里发了个大红包,立刻被抢光,然后屏幕上刷起了队形,一串的"谢谢老板"滑过。

"这群人……"成岩看着手机笑了笑,"他们是把眼睛安在手机上了吧。"

成岩点开林为径的头像,单独给他发了个大红包。林为径秒收,接着就打了电话过来。

"土豪,谢谢你。"林为径不正经道,"下个学期两个月的生活费有了。"

"没礼貌,叫哥。"

"谢谢土豪哥哥……"林为径对着手机说了好几声,成岩嫌肉麻,就挂断了电话。

一会儿,两个人下了楼,走到楼梯拐角处时,赵清语的声音从楼下传了上来。

"成哥、江教授,吃饭了——"

成岩应了一声:"马上来。"

赵靖在正厅摆放碗筷,赵靖的女儿和赵清语已经在餐桌前坐定。

赵靖的女儿转头盯着赵清语的耳朵,困惑道:"小姑,你的耳朵好红啊,怎么啦?"

赵清语干笑了一声:"有点儿热。"

赵靖的女儿摸着她的手:"真的假的,我都冻死了,你还热呀。你摸我的手,超冷。"

赵清语的手心确实挺热的,她笑着给赵靖的女儿焐了焐手。

江暮平在赵清语身边坐了下来,成岩坐在他旁边。

姨妈端上来热腾腾的菜肴,问成岩:"下午去哪儿了?"

"去看我以前的师父了。"

姨妈仰头回忆了一下:"啊,我记得,好像是个外国人?"

"混血,他爸是外国人,他妈不是。"

"哎,是了,我就记得他像外国人,模样还挺俊的。"

成岩随口"嗯"了一声,听到姨妈忽然问:"那人岁数也不小了吧,现在在做什么?结婚了没有?"

姨妈平日闲来无事就喜欢给村里适龄的青年男女做媒,碰见个模样周正的人就下意识地打听人家是不是单身。

成岩笑了一下,拿出手机,开玩笑道:"我帮您问问。"

姨妈当真了，指着他的手机一脸正经地说："哎，对，你赶紧帮我问问。有照片不？有的话也给我瞧瞧。"

"跟您说笑呢。"成岩放下了手机，"他比我岁数大，四十多岁了，应该没结婚，单不单身我不知道，但他这人不好处，一般人驾驭不了，您就别揽这'瓷器活'了。"

"我什么'瓷器活'没揽过？你先给我看看他的照片……"

赵靖两手端着餐盘走了过来："哎哟老太太，大过年的您还惦记着给人做媒，这事咱先放一放，您先去厨房帮帮您儿媳？"

老太太眼睛一瞪："你自个儿不会去帮啊！"

赵靖展示了一下手里的餐盘："我这不是正帮着呢嘛。"

老太太嘀嘀咕咕地往厨房走去，走的时候还不忘嘱咐成岩："照片找找啊，一会儿我过来看。"

成岩下午就跟贺宣加了微信，两个人到现在一句话也没聊。成岩以为像贺宣这种人肯定不会在朋友圈发自己的照片，他不抱任何希望地点进贺宣的朋友圈，意外地发现里面居然有他的照片。

贺宣的朋友圈是全部开放的，但是动态发得很少，最新的一条动态就是他的照片，所以成岩一点进去就看到了。

成岩拱了拱江暮平的胳膊，表情惊奇地跟他分享这件稀罕事："他的朋友圈里居然真的有照片。"

江暮平表情淡淡的，垂眸扫了一眼手机。

成岩点开那张照片：贺宣背后是一片大海，夕阳西落，海面被落日的余晖染成了橘黄色。这张照片应该是抓拍的，照片里的贺宣赤脚踩在沙滩上，手里拎着鞋子，回头望向镜头。

照片构图很专业，也很有氛围感。不过照片配的文字让成岩有些怀疑这条朋友圈不是贺宣发的，不像贺宣的风格。

成岩往下滑了滑，果不其然，贺宣零星可数的几条动态里，只有这一条与众不同。

成岩看得十分投入，江暮平盯着手机屏幕看了会儿，忽然漫不经心地问了一句："阿岩，你之前谈过恋爱吗？"

他的声音不大，只流转在他们两个人之间，一旁的赵清语正在跟赵靖的女儿玩手机游戏，没有听到他们的对话。

成岩愣了一下："怎么突然问这个？"

"好奇。"

"没谈过。"

"那你喜欢过谁吗？"

"也没有。"成岩笑了笑，嗓音哑哑的，"那你呢？"

"没谈过，也没喜欢过。"

"先上一轮菜。"赵靖的声音从厨房传到了正厅，"开吃吧，开吃吧。"

"爸，我想喝那个可乐。"

"大冬天的喝什么可乐。"

"你都买了不喝干吗？"

姨妈擦着手走过来："你不就是特意给她买的吗，大年三十的，还管这个，爱喝什么喝什么。小岩，让你找照片，找着了没？"

"找着了。"

姨妈坐过去，挨着他："给我瞧瞧。"

成岩点开贺宣的朋友圈里的那张照片。

"这有四十岁了吗？"姨妈拿过成岩的手机，举到稍远一点儿的地方，眯着眼睛打量，"看着不像，我回头问问吧，看看有没有人对他有兴趣。长得是挺帅的，瞧瞧这鼻子多挺，人看着也高。收入怎么样？有房有车吗？"

成岩不太确定："我不知道，好多年没见了。不过收入应该不低，他在业内口碑不错。"

提到贺宣，成岩想起来得给他打个电话。

"姨妈，我出去打个电话。"

姨妈把手机给他："跟谁打电话啊？"

成岩指了指手机屏幕:"给我师父。"

成岩走后,姨妈起身给江暮平夹菜,说:"小岩跟他这师父关系倒是挺好,这么多年了还有联系,他跟赵靖都没这么熟。"

赵靖"啧"了一声:"老太太,您别煽风点火引发矛盾啊,人家那可是师父,教手艺的。你看成岩现在日子过得这么好,还不都是当初跟他师父学了一门手艺吗?"

"那也要小岩自己有出息!"

赵靖连连点头:"您说得对。"

成岩走进院子,给贺宣打了通微信电话,那边的人接得很快。

"新年好啊。"成岩说。

"新年好!"

"在吃年夜饭吗?"

"在吃。"

成岩有点儿意外:"不是不过年吗?"

"又想过了。你是担心我一个人孤孤单单地跨年,特意打电话过来慰问吗?"

成岩直言道:"是啊。"

"成岩,"贺宣往杯子里倒了点儿烧酒,"你真是越老越懂事了。"

贺宣就是这样,说话不带什么杀伤力,但就是硌硬人。

成岩笑了笑:"那是,不像你,越老越不懂事。跟你说个事,我姨妈想帮你做媒。"

"谢谢她的好意,目前不用。"

"看来是真谈恋爱了。"成岩笑了一下,"朋友圈那张照片也是那人拍的吧?"

"隐私。"

"OK。"

姨妈往屋外看了几眼:"怎么打个电话到现在还没好,有这么多话能聊?"

163

赵靖给他女儿夹了点儿菜,说:"两个人都是画师,又是师徒,那话当然是多啊。"

他们说话间,成岩从屋外走了进来。

姨妈"嗐"了一声:"可算打完了,快坐下吃吧,菜都该凉了!"

临近七点半的时候,赵靖打开了客厅里的电视机,春晚正在预热。这会儿他们吃得也差不多了,外面响着的炮仗烟花的声音,与餐桌边的欢声笑语交织,年味浓厚。

成岩把准备好的红包发给赵清语和赵靖的女儿,小丫头兴高采烈地接了,赵清语却连忙摆手拒绝。

"按辈分,我跟你是平辈,这压岁钱不能收的。"

"平辈也能收压岁钱。"成岩说。

赵清语还是摇头,不肯收。

成岩笑了一下,没说什么。

吃完年夜饭,姨妈本来要去别人家打麻将,碍于家里有客人,她又想跟成岩多待一会儿,便老老实实地在家看起了春晚。

熬到半程,有人直接来家里喊她打麻将,她看了成岩一眼,意志动摇,最终还是跟人走了。

快到零点的时候,江暮平接到了邵远东的跨洋电话,从新西兰打来的视频电话。

"怎么样,成岩的家乡好玩吗?"

江暮平没戴耳机,邵远东的声音直接放了出来,赵靖的妻子和赵清语闻声双双转过头来,成岩往江暮平的手机屏幕上看了一眼。

新西兰那边零点早过了,江暮平有些纳闷:"新西兰那边不是快几个小时吗,你怎么现在才打电话过来?"

"是中国人当然要按照中国的时间来过年了。"邵远东把手机往前拿了拿,把身后的其他人也拍进镜头,"各位,跟我们江教授拜年了。"

手机里传来七嘴八舌的声音,夹杂着各国语言,江暮平觉得有些吵,便站了起来,对成岩说:"我去外面。"

成岩"嗯"了一声。

邵远东也觉得身边有些吵，就找了个比较安静的角落，想好好跟江暮平说会儿话。

两个人聊了一会儿，成岩就从屋里走了出来，天边的烟火越来越绚烂，零点马上就到了。

邵远东从镜头里看到了从后方走过来的成岩，朝江暮平努了努下巴："你的室友过来了。"

江暮平转了一下头，然后看了一眼屏幕，说："挂了。"

"哎，别啊，这还没到零点呢，我还没说祝福语呢，新年快乐啊，新的一年祝你暴富哈哈哈——"

江暮平挂断了视频电话。

邵远东估计是喝了不少酒，平时没这么跳脱，连成岩都有些惊恐："邵远东喝假酒了？怎么笑成这样？"

江暮平"嗯"了一声："把脑子毒坏了。"

成岩笑了起来，江暮平往旁边挪了挪，给成岩空出坐的位置，成岩便在他旁边坐了下来。

夜空很亮，闪烁着明艳的烟火，成岩坐下没半分钟就到了零点。村民们掐点放炮，天边响起了集中的炮仗声。

有点儿吵，但氛围很好。

"新年快乐，教授。"

江暮平从大衣口袋里拿出一个红包，给成岩："新年快乐。"

厚厚的一沓，成岩瞄一眼就知道数额肯定不少，他看着江暮平笑了一下："我还有红包啊？"

"嗯。"

成岩接过红包，沉甸甸的。他打开拨了一下里面的钞票，故意说："这得有好几千吧？"

江暮平说："你不是财迷吗？这点儿钱你几天就花完了。是不是，财迷？"

"我争取延长些时日。"成岩笑得眼睛弯弯,"谢谢江教授。"

成岩刚说完"谢谢江教授",他的手机就响了。他拿出来一看,是江暮平的父亲打来的电话。

"伯父?"成岩抬头看了一眼江暮平,"他这么晚还没睡?"

"今天年三十。"

"他怎么给我打电话,不给你打?"

江暮平笑了笑:"正常,非紧急情况他从来不给我打电话。"

虽然跟江暮平合租有一段时间了,但成岩其实没跟江父见过几次面,所以忽然收到江父打来的电话,成岩的神经还是有些紧绷。他像见到了江父本人似的,略显拘谨地站了起来。

"伯父?"成岩走到一边接通了电话。

"新年好。"江父的声音带着些许疲惫。

成岩笑了一下:"新年好,您今天还工作?怎么声音听起来有点儿累?"

"医院什么时候都要工作,遇到突发情况我这个院长怎么走得了。"

"那您早点儿休息。"成岩问,"伯母呢?"

"她睡了,熬不到这么晚。"

其实江父平时这个点如果没事,也早睡了。市里过年远不如村里这般热闹,尤其是他们这个年纪的人,晚上也没什么娱乐活动,子女不在,自然早早地就休息了。

"在家乡玩得怎么样?"江父问道。

成岩笑了笑,实话实说道:"一般。这里其实没什么好玩的,大冷天的我们又不愿意到处走动。"

成岩看了一眼江暮平,江暮平正低头拿着手机打字。他应该是收到了很多新年祝福,正在逐条回复。

冬日的室外温度很低,江暮平的鼻尖被冻得有些发红,修长的手指在屏幕上飞快地滑动。

江父又说了一些话,大抵就是交代成岩在外注意安全,条件允许就尽早回去。江父和江暮平当真是塑料父子情,江父和成岩聊了半晌,愣是一句问江暮平的话都没有。

不过快要挂电话的时候,江父终于是没忍住:"他人呢?我跟你聊这么半天,他怎么一点儿声响都没有?"

成岩失笑:"他在看手机。"

江父理解偏颇:"多大年纪的人了还整天抱着个手机玩,说出去还是个大学教授,一点儿自制力都没有。你把手机给他,我有话跟他说。"

成岩依言把手机拿到江暮平面前,喊了声:"教授。"

江暮平抬起头。

"伯父要跟你说话。"

江暮平接过手机,举到耳边:"爸。"

电话那头的江父眉心微蹙:"成岩怎么还叫你教授?"

"他习惯这么叫。"江暮平简短地解释。

江父瓮声瓮气道:"他跟你同龄平辈,老叫你'教授'算怎么回事?他又不是你的学生,我看是你太不苟言笑,让人觉得有压力吧?"

江暮平笑了一声:"我在您眼里就是这种形象啊?"

江父沉默了两秒,沉声说道:"我要休息了,先挂了。"

在他挂断电话前,江暮平很快地说了一句:"新年快乐。"

江父"嗯"了一声:"早点儿休息。"

电话挂断,成岩走到江暮平身后,问道:"伯父说什么了?你们是不是吵架了?"

"没有。"

…………

翌日早晨,有亲戚来姨妈家拜年,大多是成岩的姨父那边的亲友。成岩的姨父几年前就患病去世了,亲戚都是一个村的,离得近,走亲访友很方便。

比起在陌生而拥挤的环境中待着,成岩还是更愿意到贺宣那里坐一坐,可是他们下楼的时候,正厅里已经有亲戚在坐着嗑瓜子了。

赵清语一大早就被妈妈拉起来迎客，这会儿正端坐在一众亲友间干笑。

姨妈虽然溺爱赵清语，但同时又对赵清语要求很严格，非常看重长幼尊卑。赵清语是小辈，人又乖，自然不会忤逆她妈的意志。

成岩跟赵清语对视了一眼，赵清语朝他微微笑了一下。

众人转过头来，视线集中在成岩和江暮平的身上。

一个年纪跟姨妈差不多的大娘扭头"呸呸"两声，吐掉嘴里的瓜子皮，盯着成岩上下打量了几眼，眼睛逐渐变亮："这是彩芸的儿子吧！"

"肯定是！跟他妈长得多像啊。"

"成岩？"那位大娘看着成岩，不确定地叫他的名字。

成岩点了一下头。他可能见过这位大娘，但现在已经完全没了印象，不知道该称呼什么，只好礼貌地喊了一声"阿姨"。

大娘朗声笑了起来："在大城市待过的人就是不一样，叫个人还这么洋气呢。"

姨妈从厨房走了过来。

"彩凤啊，这是不是彩芸的儿子呀？"

"是，是，是。"姨妈连声应着，走到成岩面前，抓着他的胳膊，小声说："怎么这么早就下楼了？"

"去贺宣那儿坐坐。"

"贺宣？"姨妈在他的胳膊上拍了一巴掌，"你就知道个贺宣。"

成岩笑了一下，没说什么。

"你说你这么早下来干什么？"姨妈的声音压得很低，"这么多人在这儿，现在你想走都走不了了。"

成岩不想姨妈为难，也明白她的顾忌，说："没关系，我坐一会儿再走。"

"那我可不管你了啊。"

成岩和江暮平在沙发上坐了下来，像两只被关在笼子里供人观赏的漂亮动物，所有人的目光都聚焦在他们身上。

在场的亲朋好友都不认识江暮平，看他的眼神都充满了好奇。

"彩凤啊，这个小伙子是谁啊？成岩带来的朋友？"

成岩刚想介绍，江暮平先他一步自我介绍道："我是成岩的朋友，叫江暮平。"

只要村里来了新面孔，不论男女，都避免不了被打听具体情况。江暮平也未能幸免，立刻被长辈问起职业。

提到这个，姨妈最来劲，她抢在江暮平之前说："小江可是大学教授。"

众人果然露出惊奇的目光。

姨妈下巴仰得高高的，又转头问江暮平："小江家里人也都是文化人，是吧？"

江暮平有点儿想笑，保持谦虚："就是普通工薪阶层。"

成岩闻言看了他一眼，心道这发言可真够"凡尔赛"的。

江暮平的话传递出了一种"寒门苦读""草根逆袭"的意思，可有的人偏偏就是喜欢抱着一种莫名其妙的优越感来挖掘别人的隐私，以此满足自己的窥探欲和攀比心理。

一个留着卷发的大娘追问他："你跟成岩是老乡吗？父母是做什么的啊？"

"我是北城人。"江暮平说，"母亲是建筑师，父亲是医生。"

成岩抓了一个碧根果在手里摆弄，心底哼笑一声，早猜透有些亲戚的心思，便补充了一句："他爸是医院院长。"

江暮平看了一眼成岩，两个人目光相撞，成岩朝他很轻地挑了一下眉毛。

这位大娘本来憋着劲要把自己那位乡镇公务员的儿子拉出来炫耀一把，可惜出师不利，便悻悻然闭了嘴。

在场的大部分长辈都知道成岩早年的经历，所以都很好奇成岩是怎么跟江暮平认识的。

成岩渐渐沉默了，许多问题都是江暮平在回答。

"我跟成岩是高中同学。

"偶然碰到的。

"是,有十多年没见过了。"

有人提起了往事:"你是不知道成岩以前的日子有多难过啊,他还在念高中呢,他妈就走了,还有个那么小的弟弟。后来上不起学了,又养不起那个弟弟,他只能将弟弟送给别人家养。"

姨妈沉着脸说:"以前的事还提它干什么?"

"彩芸当初怎么就瞎了眼找了那样一个男人,把自己的一生都毁了。"

说话的这位是成岩的姨父的亲弟弟,他是初中老师,戴着一副眼镜,文文气气的。成岩记得他,因为他是成岩小时候见到的唯一一个戴眼镜的亲戚。

这人好像是在指责他的父亲,说出来的话却字字攻击他的母亲,这让成岩感到很不舒服。

江暮平抬眸往成岩的方向掠了一眼,成岩把手里的碧根果捏碎,剥开外壳,挑出里面的果仁。他始终沉默以对,没有表现出任何异样。

江暮平看到他把剥好的果仁向自己递了过来。

"碧根果,给你。"成岩弯着眼睛笑了笑,把果仁放在他的手心。

江暮平忽然站了起来。

"我们还有事,要外出一趟,不陪各位多聊了。"江暮平把成岩拉了起来。

两个人走到门外,成岩问:"我们去哪儿?"

"你不是要去找贺宣吗?"

"嗯,他说过要请我们喝酒。"

其实江暮平一点儿也不想跟贺宣喝酒,但为了体面又不失礼貌地离开,只能妥协。

成岩下意识地摸了摸口袋里的烟盒,顿了一下,又把手收了回来。

他看着前方沉默片刻,说:"这就是我不喜欢回来的原因。每次回来都要面对这样的场面,我真的已经烦了。我妈再怎么样,我觉得也轮不到他们来评价。"

江暮平"嗯"了一声,问:"阿岩,你怎么看待你的母亲?"

"很可怜,也很蠢。"成岩的语调没有什么起伏,"如果她可以再多撑一会儿,我会让我们的日子好过起来的。"

"现在也挺好的。"江暮平说。

"嗯,就是我弟不怎么需要我了。"成岩忽然觉得很难受,喉咙发干,眼眶有点儿酸。

"你说这小地方的人攀比心理怎么都这么严重?"成岩转了个话题。

"不知道,也许会因人而异吧。"

成岩没再说话。

Chapter 06
和解

贺宣在这一带的圈子里的声望很高,大年初一这天,有很多业内的好友来给他拜年。成岩和江暮平到工作室的时候,屋里还挺热闹。

一楼的咖啡厅已经歇业,但大门还开着,门上还特意挂了块牌子,提示"贺宣工作室"在咖啡厅二楼。

成岩跟江暮平一起往二楼走,有些纳闷:"这咖啡厅老板跟贺宣是什么关系?我怀疑贺宣是这家咖啡厅的股东。"

贺宣正在屋里跟一位后生说话,抬眼瞥见门口的身影,朝成岩微微抬了一下下巴。贺宣身边坐着一群同行,众人全都循着他的目光往门口看了一眼。

"你这里挺热闹。"成岩走了进来。

"来给我拜年吗?"贺宣看着他,"没给你准备压岁钱。"

"不用。"

贺宣说着给身边的好友介绍:"这位是成岩,同行,现在在北城。"

"北城啊,"有人开口道,"年后北城那里有个交流会,不知道这位老兄会不会去,到时候说不定还能遇上。"

"三月份在银爵会馆的那个吗?"成岩问。

"对。"

"会去的。"

"那敢情好,贺老师到时候也去。"

贺宣手里夹着烟,指了指江暮平的方向,说:"这位是他的朋友。"

有个染了头银发的人看着他们笑了笑:"两位都是高颜值啊。"

那个银发的男人说话挺直接,看着成岩说:"做这一行的,除了咱贺老师,我就没见过几个长得帅的,你算一个。"

他一说这话,把在场的几个同行都得罪了,众人群起而攻之。

"你说这话我可就不爱听了啊,好歹咱几个身材保持得还可以吧。"

"就是,再说干这一行谁有那闲工夫捯饬自己,每天眼睛都熬得通红,干完个大活基本就不像个人了。"

听着他们的对话,成岩感觉身心都很放松。

有人看了一眼江暮平,问:"这位也是同行?"

贺宣摇头:"他不是,他是老师。"

"知识分子啊。"银发男有些自来熟,笑得眼睛微微眯起,"你们怎么认识的?"

"我们是高中同学。"江暮平说。

"哦,这样啊。"银发男说。

工作室里烟雾缭绕,除了银发男和江暮平不抽烟,在场的都是老烟枪,屋里呛得很。贺宣率先把烟掐了,说:"江老师不抽烟,各位抽完手里这根就行了,别让人家吸太多的二手烟。"

银发男斜了贺宣一眼:"贺老师,我也不抽烟,怎么从没见您关心我吸不吸二手烟?"

有人埋汰他:"你都吸多少年了,早都免疫了,还怕什么。"

众人闻言笑了起来,抽了两口都把手里的烟灭了。

"这知识分子的待遇就是不一样啊。"银发男佯装发怒,指着他们的鼻子道,"你们一个个没念过书的,见到个有文化的人就开始偏心眼了。"

"你少胡扯,咱贺老师没念过书?美院高才生好不好。"

一群人七嘴八舌的好不热闹，后来贺宣嫌烦，把人都赶走了，只留下了成岩和江暮平。

"那个寸头的小哥呢？"成岩问贺宣。

"被家长拎回去过年了。"贺宣说，"脾气不好是有原因的，家里有钱，宠着惯着，就差把我这里买下来让他当老板了。"

成岩笑了笑："还是个富二代。"

贺宣说："大过年的不找个好玩的地方玩玩，跑我这儿来干什么？"

"谁大过年的到处瞎跑啊。"

贺宣哼笑一声："跑我这儿就不是瞎跑了？你是不愿意去面对那些三姑六婆吧，否则就不会跑我这儿来了。"

贺宣比江暮平想象中的要更不羁一些，江暮平不禁在想，成岩还年轻的时候，贺宣跟他讲话是不是也这么随性？

贺宣确实英俊，又很有才华，在他身边，成岩会比跟其他人相处的时候放松很多，贺宣对成岩而言无疑是个特殊的朋友。

"你不是要请我喝酒吗？"成岩说。

"酒吧白天不开门。晚上再来找我。"

他们没有久留，也不可能真的大白天去喝酒，跑出来只是为了躲家里的那些三姑六婆。中午姨妈就打电话喊他们吃饭了。

贺宣说到做到，夜幕降临之际，直接开车来成岩家里接他们。他穿了件皮夹克，坐在黑色的越野车里，一出场就很拉风，吸引了众多村民前来围观。

江暮平戴了一副眼镜，气质实在斯文。贺宣坐在车里，一条胳膊倚着窗沿，对江暮平说："江老师，有没有隐形眼镜？有条件就换个，酒吧人多，乱得很，你这种模样的人容易被人骚扰，到时候眼镜都能给你弄没。"

成岩打开车门坐进去，皱眉道："你要带我们去哪个酒吧？不正经的我们不去。"

贺宣坏笑："你想去哪个正经的酒吧？"

江暮平也坐了进来，跟成岩一起坐在后座上，说："没有隐形眼镜，去酒吧喝酒吗？我不会喝酒。"

"没事，让他们给你调度数低的。"贺宣看了一眼后视镜，"没隐形眼镜就这样吧。"

"我们去酒庄吧。"成岩扒着椅背对贺宣说。

贺宣发动车子，说："没你那么讲究，就酒吧，凑合喝吧。"

"看来你天天混迹那种地方啊！"

贺宣眼神不明地瞥了一眼后视镜，没作声，"轰"的一声一脚油门踩下去，越野车飞驰在乡间的道路上。

到了酒吧，成岩才知道贺宣刚才是在唬他，他们来的是个清吧，虽然人也很多，但环境比酒吧安静。

酒吧老板是贺宣的朋友，一见贺宣，便很热情地过来招呼。

"带了新朋友？"老板看了看成岩和江暮平，"挺久没来了，还以为你戒酒了。"

贺宣说："帮我这位戴眼镜的朋友调杯度数低的酒。"他看了一眼成岩："你要喝什么，自己点。"

成岩让老板稍等片刻，自己先跟江暮平介绍了几款度数低的鸡尾酒，江暮平挑了个名字最好听的。

老板冲成岩笑了笑："行家啊。"

成岩自己点了款比较烈的酒。

大年初一的酒吧生意还是很红火，台上有人在弹吉他唱民谣。成岩靠到江暮平身边，低声问："教授，你会不会弹吉他？"

江暮平侧眸看了他一眼，低笑一声："我看上去像是十八般乐器样样精通吗？"

成岩煞有介事地点了点头："像。"

"不会弹吉他。"江暮平端起酒杯抿了一口，"弦乐器只会大提琴。"

"你还会拉大提琴……"成岩喝了点儿烈酒就懒洋洋的。

江暮平这斯文禁欲的模样出现在酒吧里，有不少人想来找他搭讪。

成岩凑到江暮平面前,小心翼翼地摘掉了他脸上的眼镜。

江暮平闭了闭眼睛,又缓缓睁开,轻笑道:"干什么?"

成岩把江暮平的眼镜戴在自己的脸上:"我试一试。"

虽然酒吧里的灯光比较昏暗,但成岩就在江暮平的眼前,这么近的距离江暮平不至于看不清他的脸。

眼镜在成岩的脸上更像是装饰品,戴上眼镜的他有种轻佻的精英感。

没几秒成岩就把眼镜摘了下来,用力地眨了眨眼睛:"有点儿晕……"

"教授,你的眼睛多少度?"成岩问江暮平。

"左眼525度,右眼535度。"

"这么精确啊。"成岩笑了笑,"难怪,我戴着什么都看不清。不过你不戴眼镜,真看不出你近视。"

成岩把眼镜还给了江暮平,喃喃道:"可惜了,没把那副有眼镜链的带过来。"他转头,向调酒师报了个酒名。

挺贵的一款酒,调酒师看了一眼贺宣,笑道:"今天这账记贺老师账上是不是?"

贺宣点了点头。

江暮平的酒度数很低,他喝得很慢,动作斯文,坐姿挺拔,与酒吧慵懒暧昧的氛围有些不搭调。也许是他的气质与这里的气氛格格不入,所以他才引起了很多人的注意。

成岩已经有点儿想离开了。本来他平常就不怎么去酒吧,他喜欢在安静的环境下喝酒,所以比起酒吧,他更常去酒庄。

江暮平酒杯里的酒已经见底,他看了一眼成岩的酒杯,说:"我想尝尝你的。"

"我这是烈酒,跟你那杯不一样,你别喝醉了。"

"只尝一口。"

成岩笑了一声:"你怎么跟个小孩儿一样。"

成岩把酒杯推到江暮平面前，江暮平端起来抿了一口，又放下，轻轻皱眉："有点儿辣。"说着，又端起来喝了一口。

成岩笑着挡住杯口："这酒后劲儿大，再喝几口你就醉了。"

"很烈的。"成岩端起酒杯也喝了一口。

这时，贺宣的手机铃声响起，他接通电话："什么事？"

"工作室没人，我在酒吧。"

贺宣报了个名字就把电话挂了。

"一会儿还有个人要过来。"贺宣说。

"你那个徒弟？"成岩问。

贺宣"嗯"了一声。

赵青亮很快就到了，把跑车钥匙往吧台上一放，就熟门熟路地问调酒师要了杯酒。

"你喝酒怎么不叫我？"赵青亮抱怨贺宣，他看了一眼成岩和江暮平，眉毛一扬："你们好。"

赵青亮往舞台上看了一眼，挑剔道："这水平也能当驻唱？"

他撞了撞贺宣的胳膊，怂恿贺宣上台："师父，你上去唱一个呗，我给你伴奏。"

赵青亮以为贺宣会拒绝，没想到他端着酒杯沉默了几秒，竟然答应了。

"太阳从西边出来了。"赵青亮离开吧台，走上了舞台，对中场休息的驻唱歌手说了些什么，那人看了一眼贺宣的方向，点了点头，然后下了台。

赵青亮转身朝贺宣勾了勾手指，自己拿起舞台上的木吉他在椅子上坐了下来。贺宣走到了舞台中央，赵青亮抱着木吉他调了调音。

贺宣的声音很低沉，喝了点儿酒又有些嘶哑，是很成熟的男人嗓音。他唱着一首节奏很慢的民谣，坐在高脚椅上，表情沉静，声音平淡又深沉。

成岩沉浸在贺宣的歌声里，心绪变得很宁静。

江暮平方才喝了点儿成岩的酒,现在酒劲儿上来了,头有点儿晕,舞台上的贺宣在他的视野中变得有些模糊。

江暮平放下酒杯,问调酒师要了杯冰水。他松开了衬衣的第一颗扣子,觉得热意从喉管渐渐弥漫上来。他感到些许醉意,成岩将目光聚焦在台上,没有注意到他。

赵青亮弹了一首曲子就把木吉他撂下了,走回吧台边继续喝酒。有其他演奏人员走上了吉他位,贺宣准备下台,台下的人拍手起哄,要他再唱一首。贺宣挡不下那么多人的盛情,只好又坐下,开始唱第二首。

"我师父唱歌还挺好听的吧?"赵青亮喝了一口酒。

"以前没发现他还是个'麦霸'。"成岩说。

赵青亮转头,发现江暮平面泛潮红,瞳孔也有些混浊。

"嘿,"赵青亮在他眼前挥了一下手,"江老师,是不是喝多了?"

成岩闻声看向江暮平,撞上了他迷离的目光。

"真喝醉了?"江暮平的酒量比成岩想象的差很多。

江暮平注视着他,用低沉的嗓音喊他"阿岩"。

成岩"嗯"了一声,问:"是不是头晕?"

"嗯。"

"你才喝了那么点儿酒就晕了,这么不能喝酒的吗?等贺宣唱完,我们就回家。"

"不是吧,"赵青亮不乐意了,"我才刚来啊,你们好歹让我把椅子坐热啊。"

"贺宣唱完,你这椅子应该也坐热了。"成岩说。

贺宣唱完第二首实在没那个闲情雅致继续唱了,不顾众人挽留直接走下了舞台。他来到吧台边,看了一眼眼神迷离的江暮平,随口问了一句:"醉了?"

"你还喝吗?"成岩问他,"不喝就回家了,他头晕。"

"这么不能喝。"贺宣看了一眼赵青亮,"我们先走了,你走还是留这儿?"

"你都走了，我留这儿干吗？"赵青亮拿起车钥匙站了起来。

贺宣拿起手机说："都喝酒了，我找两个代驾。"

"找一个就行，我不需要，我联系我爸的司机了。"

贺宣找了个代驾，自己坐在副驾驶座，成岩和江暮平坐在后座。

代驾师傅看了一眼手机上的目的地，边系安全带边说："这地方可有点儿远哪……"

没一会儿姨妈就打了电话过来，让他们早点儿回家。

随后，贺宣的手机也响了起来。

"喂？"贺宣接通电话。

"回来了？在哪儿？"

"等我，我现在过去。"

贺宣挂断电话，对代驾说："师傅，麻烦去锦和路。"

"现在？"

"对，先去那里。"

"怎么了？"成岩问，"工作室有事？"

贺宣摇了摇头："过去见个人。"

司机改变路线开往贺宣的工作室，车子驶到锦和路的时候，贺宣按下窗户往马路上看了一眼，示意司机停下。

越野车在路边停了下来，成岩的视线移向贺宣看着的方向，他看到一个英俊的青年推着行李箱大步流星地朝这边走来。

青年走到了窗前。

"我回来得早不早？"那人有一副很年轻的面容，声音也很年轻，昂扬清亮。

贺宣仰头望着他，声音暗哑："边庭，怎么今天就回来了？"

"工作提前完成了。"向边庭看了一眼驾驶座，又看了一眼后座，问贺宣，"都是朋友？"

贺宣摇了摇头，对向边庭说："我先送我朋友回家，你回家等我。"

向边庭干咳了一声，点了点头。

179

"师傅,继续走吧,还是之前那个地址。"贺宣说。

夜里的乡间马路上车很少,也没什么红绿灯,代驾师傅一路疾驰,半个多小时就开到了目的地。

代驾师傅在路口停了下来,扭头对贺宣说:"兄弟,里面不好倒车,我就在这儿停吧。"

贺宣点头说"行",往车后座看了一眼。

"谢了。"成岩说着打开车门下车,江暮平从另一边下来。

贺宣按下窗户,问成岩:"什么时候走?"

"后天早上的飞机。"

"我就不去送你了,一路顺风。"

"嗯,有机会再见。"

贺宣看了一眼江暮平,说:"后会有期,江老师。"

江暮平点了一下头:"后会有期。"

他们走过路口,拐进了姨妈家的院子。前厅的灯亮着,成岩敲了敲大门。赵靖一家三口已经回家了,来开门的是赵清语。

"成哥、江老师。"赵清语把门打开,喊了一声。

成岩和江暮平虽然没有喝太多的酒,但身上还是裹着一股淡淡的酒气。赵清语闻到了酒味,发现江暮平的目光不像之前那样清明,视线好像聚不了焦,有些混浊的感觉。她很快地与江暮平对视一眼,小声问成岩:"你们去喝酒啦?"

"喝了点儿。"成岩说着,跟江暮平走进屋里,问,"姨妈呢?"

"她等了你们一会儿,一直没见你们回来就出去串门了,刚走没多久。"

经过客厅的时候,成岩发现客厅的沙发上坐着一个男生,跟赵清语差不多年纪的样子。成岩停了停步伐,跟那个男生对视了一眼。

五官挺周正的一个少年,不过这大晚上的出现在这里很难不让人多想。

那男生有些蒙。

成岩面对这样的场面，潜意识里那种身为长辈的责任感就被莫名其妙地激发了。

"谁啊？"成岩偏头问了赵清语一句。

赵清语赶紧走过来说："他是跟我一个补习班的同学，来问我要资料的。"

成岩点了点头，又问："这么晚过来要资料？"

那男生站了起来，咧开嘴笑了笑："今天是大年初一，我顺便过来给赵清语拜个年。"

对方还算坦荡，要是态度含糊一些，成岩可能就要多嘴再问几句了。

成岩"嗯"了一声："拜完就早点儿回家，时间也挺晚了。"

成岩喝了点儿酒，人酷酷的，表情也有点儿冷。那男生以为他是赵清语的哥哥，见他一副不好惹的样子，顿时变得拘谨起来。

"我们先上去了。"成岩对赵清语说。

他们走上楼梯时，听到身后传来隐隐约约的对话声。

"那是你哥吗？你哥来补习班接过你吧，我怎么记得不长这样啊？"

"他是我表哥。"

"吓死我了，我没事都要被他看出事了。"男生的嗓音带着变声期的粗哑，"旁边那个呢？也是你表哥？"

"不是，他是我表哥的朋友。"

…………

江暮平头晕，上楼的时候感觉楼梯都是歪的。成岩走在他前面，踩着拖鞋，一级一级踏上楼梯。两个人一言不发，楼道里静得能够听到他们沉重的呼吸声。

成岩走进屋里，看着江暮平的眼睛，问："你是不是喝多了？"

江暮平缓缓点头："有点儿。"

江暮平低声说："刚才挺有威严的，担心赵清语吗？"

成岩笑得眼尾上挑，喝过酒之后的嗓音变得更为低哑："她毕竟还小，未成年呢。"

大年初二，江暮平和成岩离开的前一天，他们去镇上买了点儿当地的特产。江州其实没什么特产，所以他们逛了半天就买了点儿比较实用的纪念品。不过姨妈会做很多当地的小吃，这个天气保存起来也不会坏，临走前她给他们打包了很多。

走的时候，赵清语给他们一人送了一个自己扎的羊毛毡小玩偶，一个是小绵羊，一个是小狮子，做工精巧，非常可爱。

赵清语下学期就要高考了，成岩不知道自己下一次来会是什么时候。他临走前对赵清语说："祝你下学期高考旗开得胜。"

赵清语抿嘴笑了笑："嗯，我打算考北城的大学，以后说不定还能在北城再见到你。"

成岩"嗯"了一声："加油考，来的话食宿全包。"

依旧是赵靖送他们去机场，他们来的那天阳光明媚，离开的这天天气也很好。成岩还记得多年前离开江州的那天，天上飘着毛毛细雨。

成岩在上飞机前给贺宣发了条信息。

"走了，宣哥。"

"嗯，一路平安。"

成岩把手机关机放进兜里，转头看了一眼江暮平。江暮平歪着脑袋靠在座椅上闭目养神，这两天他都没怎么睡好，眼圈底下泛着淡淡的黑。

"要不要戴眼罩？"

江暮平睁开眼睛，哑着嗓子"嗯"了一声。江暮平不像成岩，他的作息很规律，每天都会保证充足的睡眠，偶尔睡得晚了些，精神就会不足。

成岩小声说："你看你的黑眼圈，不服老不行啊，江教授。"

江暮平："我这是生物钟被干扰了。"说完他就把眼罩戴上了。

两个人中午到了北城，打的回家。

公寓楼下的自提柜里又堆积了好多快递，两个人走进楼里的时候，小区保安特意提醒了一下成岩，让他赶紧去拿快递。

江暮平按了一下电梯："大过年的快递员还上班啊。"

"要看是什么快递公司。"成岩推着行李箱走进电梯。

几天没回家，家里有一股味。成岩对异味很敏感，一进屋就闻到了。他赶紧走去阳台，打开窗户通风。

"我去楼下拿快递。"成岩说着就往外走。

江暮平说："我去吧。"

江暮平出去之后，成岩把屋里稍微收拾了一下，扔掉花瓶里蔫了的花，打开行李箱拿出脏衣服放进洗衣机。

半晌后，门铃响了。成岩走到门口，透过猫眼往外看了一眼，门外站的是江暮平的父亲，他的手里拿着一小束花。

成岩打开了门，喊了一声："伯父。"

江父"嗯"了一声，换拖鞋进屋，把花递给成岩。

成岩接过花，有些疑惑："您怎么突然买花？"

"见面礼，不是买的，家门口的院子里摘的。听你伯母说你喜欢花，我就给你摘了几朵，找个花瓶放一下。"

"谢谢伯父。您今天怎么有空过来？"

如果成岩没记错，这应该是江暮平的父亲第一次来他们这里。

"你伯母说你们今天回来，正好今天周末，医院里没事，我过来看看。"江父说着往客厅走，问成岩，"暮平呢？"

"他去楼下拿快递了。"

成岩拿着花走进了厨房，找了把剪刀想把花的末枝修剪一下。就在这时，江父的声音从客厅传了过来："成岩。"

成岩"哎"了一声，把花放在一边，去了客厅。他看到江父站在客厅，神色严肃地看着挂在电视机背景墙上的照片。

成岩没想到这一出，看着江父板着脸一脸不高兴的样子，顿时有点儿心虚。

"这是你们拍的艺术照？"江父问。

成岩"嗯"了一声。

"拍个艺术照江暮平还学会抽烟了？"江父转头看向成岩。

成岩赶忙解释："不是，伯父，那都是摆拍。"

"他哪会抽烟啊。"成岩见江父脸色不好，干笑了一声又解释了一句。

江父皱了皱眉头，没有说话。

江父的反应没有成岩预想的那么大，成岩问了一句："您不生气啊？"

"我生什么气？"

"您没生气就行。"成岩松了一口气，说，"您还没吃饭吧，留下吃饭吧，我去做饭。"

江父摆了摆手："不用，一会儿我回家吃，你伯母已经做了，我吃不惯别人做的饭。"

"行。"

成岩走进厨房拿起花，继续修剪花枝。江父四处走了走，走到厨房，问成岩："平时你是不是经常做饭？"

"教授也会做的。"

"他平时也做饭？"江父笑了笑，"他做饭什么水平我还是知道的，你别往他脸上贴金。"

成岩实话实说："他洗碗比较多。"

江父难得笑出声音，随口问了一句："你跟暮平合租的这段时间相处得怎么样？"

成岩愣了一下，点了点头："挺好的……"

门口传来密码锁的按键音，江暮平好像回来了。片刻后，门打开，江暮平推着一个购物车走了进来，车里放着满满当当的快递。

江暮平换上拖鞋，抬了一下头，"爸？你怎么来了？"

成岩有些惊讶地走了过来，问："这小推车哪来的？"

"楼下保安借我的，一会儿还得还给他。"

"他还有购物车？"

"应该是专门给那种特别爱买东西的业主准备的。"江暮平说着将眼神停在成岩身上。

江父站在客厅里，绷着一张跟江暮平相似度为百分之七十的脸，皱眉道："你怎么买了这么多东西？"

成岩还没开口，江父又指了指挂在墙上的艺术照，数罪并责："拍个照还抽上烟了。"他又指了指购物车里的快递，"铺张浪费。你一个搞教育、搞学术的大学教授——"

"伯父，"成岩打断他的话，慢慢地举了一下手，"这些都是我的快递。"

江父噎住，声音变温和了些："你买这么多东西？"

成岩干笑："没铺张，没浪费，都是些生活必需品。"

江父看了一眼江暮平，火气消下去大半。

这么多年，他已经习惯了跟江暮平的这种相处模式，很难再改变。

"你现在抽烟了？"江父问江暮平。

"没有。"

江父点了点头，看了一眼成岩："你以后也少抽。"

成岩抿了一下嘴巴，没吭声。

"现在你跟暮平关系好，你喊我一声伯父，作为长辈，我应该有资格管管你了。"江父说，"就该给你看看医院里那些烂肺黑肺的标本。"

江暮平小时候就见过那些标本，笑道："您没事吓唬人干吗？"

江暮平把购物车推进了客厅，成岩把里面的快递拿了出来。

"您怎么过来的？"江暮平问江父，"在这儿吃饭吗？"

"坐地铁过来的，我要走了。"江父说，"晚上回家里吃饭，过年一顿饭都没在家里吃。"

"知道了。我送您回去。"

"不用，家离这儿又不远，开车还没坐地铁快。"

"那您路上当心点儿。"

江父走后，成岩把他带来的花插进了洗干净的花瓶里。江暮平看了一眼花，问："我爸带过来的？"

"嗯，你爸还挺浪漫。"

江暮平笑了一声："家里摘的吧？"

成岩也笑了："他以前也摘过啊？"

"摘过，我毕业的时候，李思知毕业的时候。"江暮平细数着，"还有他结婚纪念日的时候。

"这些花都是他自己种的，他很宝贝的。"

"那我有点儿荣幸。"成岩笑着说。

"你跟你爸一直都是这样吗？"成岩从一堆快递里挑出了一个最大件的，"感觉一见面就呛。"

"习惯了。"江暮平说，"他习惯了，我陪着他习惯。"

成岩找了把刀，把快递拆开，说："我买了个按摩仪，给伯父、伯母买的，晚上吃饭的时候给他们拿去。还有姨妈给我们弄的那些小菜，到时候也带过去。"

"阿岩——"

"嗯？"

"按摩仪花了多少钱？"

成岩低头摆弄着按摩仪，又拿起说明书看了一眼："我忘记了，好像是两万多元？"

江暮平很认真地问他："你怎么这么败家？"

成岩笑了起来。

在江父、江母那儿吃了晚饭后他们就回来了，江暮平洗了澡，在书房工作。成岩拆完所有快递，把给林为径和工作室同事带的礼物清点完，又给江暮平做了杯香蕉奶昔，端过去放在桌上。他看了一眼电脑屏幕，本以为江暮平在工作，却看到电脑界面是租房的网站。

江暮平看了一眼桌上的奶昔，问成岩："这是什么？"

"香蕉奶昔。"

装奶昔的杯子是成岩刚买的，就是那一堆快递里的其中一个，杯子很漂亮，杯壁上印着复古的印花。

"我不知道你喜不喜欢喝这个。"成岩说，"随便弄的，香蕉安神，你这两天都没睡好吧？"

"喜欢。"江暮平端起杯子喝了一口，然后盯着杯子看了会儿，说，"杯子很好看。"

"你在看房子？"成岩看着电脑屏幕问。

"嗯。"

江暮平的行动力真的很强，他做决定也很果决。

成岩把旁边的沙发椅拉过来，坐在江暮平身侧。江暮平刚洗完澡，身上香喷喷的，头发乌黑蓬松。他靠过去，紧挨着江暮平，看着屏幕说："是不是得找个机会跟他们报备一下？他们会不会不答应？"

"不会。"江暮平说着偏了一下头，"不过是重租个房子，又不是什么大事。"

江暮平的发色很黑，洗完头看起来十分柔软的样子。他垂眸看着成岩："我后天要出差。"

这事年前成岩就知道了，是学校的安排，就是不知道江暮平要去哪儿、去几天。

"去哪儿？要多久啊？"

"这回要出国，去法国，一个星期左右。"

"这么远？"

"不会待太久，就是去那边的学校参加个交流会。"

"后天就走？你的签证办了没有啊？"

江暮平说："提前办过了。"

成岩"哦"了一声。

第二天江暮平醒得比成岩早。他上午需要去一趟学校，跟这次共赴法国交流会的同事提前商定一些事情。

成岩醒来的时候已经是下午了，躺在床上咳嗽了几声，他的嗓子像被灌了沙一样干涩。他无力地伸出手，摸了一下放在床头柜上的手机。

江暮平给他发了几条消息，说自己有事回一趟学校，说早饭在蒸箱里放着。

成岩摸了摸自己的额头，感觉有点儿烫。

手机响了起来，是江暮平的电话。

"喂？"成岩的嗓音很哑。

"醒了吗？"

成岩"嗯"了一声。

"别睡太久，头疼。"

成岩偏头捂着嘴咳嗽了一声。

床头柜上放着热水机，他坐起身，按下热水机的按钮倒了杯水，喝了一口。

江暮平说："起床吃点儿东西，不然胃里不舒服。"

成岩说："好的。"

"我傍晚回去，要吃什么？"

成岩弯了弯眼睛："你做饭啊？"

"可以去餐厅打包。"

"我要想一想。"

"好，到时候给我发信息。"

挂断电话后，成岩憋着的一口气终于重重地呼了出来，他偏过头，连着咳嗽了几声。他又摸了摸额头，发现确实有点儿烫。

成岩去客厅找了体温计，用酒精棉擦干净后夹在了腋下。他走进餐厅，端出了蒸箱里的早餐。

江暮平虽然厨艺不太行，但一些简单营养的早餐还是可以驾驭的。成岩现在没什么胃口，江暮平熬了白米粥，正合他的心意。

成岩看了一眼体温计,有点儿低烧。他喝了一口粥,拿出手机在网上预约挂了个号。

洗碗的时候,成岩的手机响了,是林为径打来的电话。成岩把手擦干,拿过手机按下了接通键。

"哥,你是不是回来了啊?"

"嗯,回来了。"

"你的嗓子怎么了?感冒了吗?怎么这么哑?"

成岩干咳了一声:"没事。"

"感冒了要多喝水啊,严重的话要去医院。"

"知道。"

林为径说:"晚上我去找你,我要跟你一起吃饭。"

"今天不行,明天吧。你想吃什么?"

"我们学校附近开了一家新的西餐厅,我同学说味道很不错,我想带你去尝尝。"

"好,明天我去接你。"

"带江教授吗?"林为径问。

成岩走出了餐厅,说:"江教授明天要出差。"

"教授这么忙啊?都放假了还要出差啊。"

"所以你要乖点儿,别给你的老师添麻烦。"

"我乖得很。"

"我要出去一趟,先不说了。"

"行,那挂了啊。"

成岩去了趟医院,打算输个液。他去的是江暮平的父亲任职的医院,因为比较近。这是本市规模最大的三甲医院,人流量极大,下午依旧人满为患。

成岩提前在网上挂了号,就诊的时候没有等太久。他除了腿有点儿发软,其他地方没什么不舒服的,所以看完诊只输了液。

输完液,一下午就过去了,医院里的人也渐渐少了起来。

成岩感觉自己的身体轻了不少,但还是有些不舒服,具体哪里不舒服又说不上来。

他按下电梯按钮,双眼无神地看着电梯门,等待着。

电梯门缓缓打开,里面站着两个穿白大褂的医生,正侧头交谈着什么。其中一位是江暮平的父亲,成岩愣了一下。

江父转头看了一眼,也怔了怔:"成岩?"

成岩清了清嗓子,喊道:"伯父。"

江父身边站着一位年轻的医生,年轻医生脸上戴着绿色的口罩,侧头看了成岩一眼。

"你怎么来医院了?"江父问成岩。

成岩说:"我有点儿发烧,过来输液。"

江父转头对那位年轻医生说:"梦长,你先去吧,我等会儿过去。"

那位医生应了声后便走出了电梯。

江父仍然站在电梯里,成岩走了进去。江父按下一楼的按钮,转头看了看成岩。成岩看上去精神不足,嘴唇有些发白。他难得把自己捂得这么严实,连脖子都缠上了厚厚的围巾。

江父问他:"怎么突然发烧了?"

成岩说:"可能是昨天晚上受凉了。"

"挂的什么科?"

"呼吸内科。"

"其他没什么问题吧?"

"没有。就是有点儿低烧,我已经输完液了。"

成岩的嗓子很哑,平时挺光彩夺目的一个帅小伙,这会儿脸上都没什么血色了,眼睛也不像平时那样明亮。

一楼到了,成岩走出了电梯,转头看了一眼江父,江父也从电梯里走了出来。

"您不上去吗?"

"送你到门口。"

江父走到成岩身边。两个人一路走着,江父陪成岩走到门口,一路上有不少医生和护士跟他打招呼。

江父在门口停下:"成岩,晚上来家里吃饭。"

成岩:"嗯,好。教授呢?我们一块儿过来?"

江父:"不用管他,他爱在哪儿吃在哪儿吃。"

成岩后来跟江暮平打了电话,告诉他晚上去他爸妈家吃饭。江父虽然嘴上那么说,但总不至于真不让江暮平回家里吃饭。

成岩有时候觉得这父子俩真是一脉相承的可爱。

傍晚,江母早就做好饭菜等着了,江父回来得也比较早。成岩从家里出发,比江暮平先到。

江母在摆碗筷,抬头看向成岩,吃了一惊:"小岩,你的脸色怎么这么差,生病了?"

"有点儿发烧。"

成岩走过去帮忙,江母摸了摸他的额头:"现在还烧着吗?是不是在江州那边着凉了?"

成岩含糊道:"可能是的。"

江父坐下,招呼成岩也坐下,说:"吃吧。"

江母看了他一眼说:"暮平还没回来呢。"

江暮平一进门就听见他妈的问话,他手里拎着在外头买的一些熟食,没什么表情地停在门口。

江母抬头看了一眼:"暮平。"

成岩转过头,江暮平垂眸,跟他对视了一眼。

吃完饭,他们被江母留下过夜。

江暮平是下午的飞机,行程由学校统一安排,他需要在学校集合,跟同行的同事一起出发去机场。上午他回家收拾好行李后,成岩开车送江暮平去了学校。

车停在楼底下,江暮平推着行李箱站在车外。成岩趴在窗户沿上和他道别。

江暮平飞去法国后两天,成岩的工作室重新开业。好多稿子的预约都排到了年后,歇了一个年假,成岩欠了很多活,刚开业就忙得焦头烂额,都顾不上联系远在法国的江暮平了。

成岩从早忙到晚,回到家倒头就睡,有时躺在床上跟江暮平打着电话就睡过去了。这种情况持续了三天,成岩才稍微缓了过来。

法国里昂。

江暮平在酒店洗漱完毕,正准备出门,忽然接到了一通电话,来电显示"孟斯"。

"喂?"

"是我。"

"知道,怎么了?"

"我们已经回国了,你呢,从你朋友的家乡回来了吗?"

"早就回来了,我现在在法国。"

"法国?"

"来出差的。"

"什么时候回来?"

"还有两天吧,怎么了?"

"下周六卡尔斯在北城有一场大提琴演奏会,赶得回来吗?"

下周六正好是江暮平回国的日子,刚回去就去听音乐会可能会有些赶,不过卡尔斯是江暮平很喜欢的大提琴演奏家,行程太赶也无所谓。他说:"赶得回去。"

"我有三张票,如果你朋友也喜欢听音乐会的话,你可以叫上他一起。"

"几点开始?"

"下午六点。"

"我到时问问他。"

成岩刚画完一个大图，精神不济地坐在办公室里抽烟。他打算这几天抽空去做个全身按摩，身体实在是有些吃不消了。

朱宇画完客人约的图，走进来跟成岩交流意见。成岩仰头靠在靠椅上，嘴里叼着烟，闭着眼睛吞云吐雾。

"老师，感觉你最近好像特别累。"朱宇拉了张转椅在办公桌前坐下，"比这大的图你以前也不是没画过，也没见你累成这样啊。"

成岩没睁眼，说："歇坏了。"

朱宇笑了起来："在江州跟江教授玩得挺开心的吧。"他把手里的图收了起来，见成岩这么疲惫，不好意思再打扰他。

成岩睁开眼，咬着烟打开抽屉，从里面拿出一张票递给朱宇："明天下午琳琅会馆有个美术展，有空就去看看吧。"

"你不去？"

"我去不了，下午有活。"

成岩的手机铃声响了起来，是江暮平的电话。成岩抬眸看了朱宇一眼，朱宇就拿着票走出去了。

成岩按下接通键，把手机拿到耳边。

"阿岩。"

成岩"嗯"了一声，把烟摁在烟灰缸里掐灭。

国内外有时差，江暮平那边还是早上，成岩这边已经是下午了。

江暮平走进电梯，准备下楼吃早餐。

"怎么这个点给我打电话啊？"成岩说，"你那边还是早上吧，你是不是刚起床？"

"准备下楼吃早饭。我怕晚上打给你，你又聊着聊着就睡着了。"

成岩笑了起来："这几天确实是有点儿忙，理解一下。"

"我有个朋友要请我们听音乐会，下周六，你想去吗？"

"下周六？你回得来吗？"

"如果飞机不晚点的话，下午应该能到北城。"

"会不会太赶了？"

"不会太赶。那个演奏家很少来国内,我不想错过。"

江暮平的这位朋友好像很了解江暮平的兴趣爱好,连成岩都不知道江暮平还有听音乐会的爱好,更不知道他喜欢的演奏家是谁。

成岩问了一句:"哪个朋友啊?我认识吗?"

"是我在国外的同学。"

"他怎么还请我一起去音乐会啊?"

"因为我跟他说过你。"

成岩嘴角微微挑了起来,打开笔记本,看了一眼下周六那天的工作安排,问:"音乐会什么时候开始?"

"下午六点。"

"嗯,可以。"

"那天工作不忙吗?"

"还行,下午六点应该没事了。"

"好。"

转眼就到了江暮平回国的日子,这天成岩只有一个客人,图也不复杂,就是这客人的要求挺多,本来预计一上午就能搞定的图,成岩硬生生画到了下午。

画这一个图比画三个图都累,画完成岩看了一眼时间,发现已经五点了。

手机上没有江暮平的任何来电,成岩给他打了通电话,没有打通。他猜江暮平的飞机可能晚点了,人应该还没下飞机。

成岩把发型稍微理了一下,换了一件比较正式的外套。其实他现在很疲惫,并没什么兴致去听音乐会,但他不想失约。

成岩在工作室附近的餐厅随便吃了点儿东西,然后开车去了江暮平前一天发给他的音乐会的地点。他在路边停好车时,终于打通了江暮平的电话,此时已经五点半了。

"你不会刚下飞机吧?"成岩打开了车门,走下车。

"嗯，我在出租车上，正在赶过去。"

"江教授，你也太拼了。"成岩无奈地笑了笑，"你一会儿得拉着行李箱过来吧？"

"嗯，你已经到了？"

"对。"

"我把孟斯的手机号发给你，你联系他。"

"你朋友？"

"对。你先联系他，我一会儿就到。"

"我等你。"

江暮平把孟斯的手机号发了过来，但是成岩没联系孟斯，他在场馆门口等了一会儿。一辆豪车在门口停下，司机下车打开后座车门，一位西装革履的男人从车里走了出来。

成岩看到那个衣着讲究的男人拿起手机打了通电话，与此同时他的手机响了起来。看来，那位看似身家不凡的男人就是江暮平的朋友。

成岩接起电话的时候，看到那男人正好在说话。

"成岩先生吗？"

"是的。"

"你好，我是江暮平的朋友，你现在在哪里？"

"在你对面。"

孟斯闻言抬了一下头，正好撞上成岩的目光。成岩朝他抬了一下手，然后走了过去。

孟斯挂断电话，朝成岩点了一下头。

"你好。"成岩说。

"你好。"

两个人都不是特别健谈，彼此自我介绍完就没再多聊。江暮平没多久就到了，赶在音乐会开始之前。他拉着行李箱走过来，衣着正式，风尘仆仆。

"好久不见。"孟斯看着江暮平说，"早知道你这么赶，我就取消今天的安排了。"

江暮平说:"飞机晚点了。"他的目光看向成岩,成岩朝他微微笑了一下。

孟斯低头看了一眼腕表,提醒:"提前十分钟入场,我们可以进去了。"

江暮平跟他介绍成岩:"这是我朋友,成岩。"

"已经认识了。"孟斯勾了一下嘴角,"名不虚传。"

江暮平把行李箱寄存在场馆的前台处,三个人走进了场馆内。

身处封闭的空间,成岩才闻到自己身上淡淡的烟味,都是被今天来工作室约稿的一位大哥给熏的。本来他想洗个澡再过来,可是时间来不及。

成岩虽然不太懂音乐,但听音乐会还是挺享受的,只是他今天实在太累了,这些天高密度的工作积压在一起,消耗了他太多的精力。成岩强打精神撑了一会儿,到半程就开始昏昏欲睡,睁不开眼皮。

江暮平转头看了一眼,成岩的眼睛已经合上了,脑袋歪在一边。

孟斯转头看了一眼,微微皱了皱眉头。

成岩不知道自己什么时候失去意识的,醒来时舞台上的演奏家们已经在谢幕了。台下掌声雷动,灯光亮起,等演奏家们退至后台,观众陆续散场。

他们走到场外,孟斯的司机已经在外面等着他了。

"有时间再聚吧。"孟斯对江暮平说。

江暮平说:"谢谢你的邀请。"

"不客气。"孟斯看了成岩一眼,说,"早点儿回家休息。"

孟斯走后,成岩陪江暮平去前台拿行李,成岩问江暮平:"你朋友是不是生气了?"

江暮平这朋友看着挺高冷的,戴一副眼镜,精英模样,又有专车接送,一看就是身娇肉贵的贵公子。成岩在音乐会上睡着了,这个行为对他来说应该很冒犯,只是出于风度,他没有当面指出来。

江暮平只是笑了笑，没说话。

"我今天有点儿太累了，没撑住就睡过去了。"成岩有点儿不好意思，"我还不至于听个音乐会都听不下去。"

"可能是有点儿生气了吧，他这个人比较挑剔。"

"我到时候给他打个电话吧，道个歉，解释一下。"

"他不一定会接。"

成岩愣了愣："不至于吧？"

"他性格比较古怪，你不用在意，没关系的。"

成岩叹了一口气。

江暮平从随身携带的公文包里拿出了一个丝绒质地的盒子，递给成岩。

"什么东西？"

"礼物。"

盒子上印着外文商标，这个牌子成岩认识，是国外的一个品牌，国内没有实体店。

成岩打开盒子，里面是一条男式项链，挂坠的款式是一条蛇缠住了一朵玫瑰，款式复古，雕工精湛，甚至都能通过蛇的纹路看出蛇的品种。

人迷人了，成岩甚至能猜到它迷人的价格。

成岩抬头看着江暮平，嘴角带着淡淡的笑意。

"你喜不喜欢？"

"喜欢，非常喜欢。"

江暮平虽然刚下飞机就去听了一场音乐会，但精力充足，倒是成岩，一回家洗了个澡就瘫在了床上。

成岩趴在床上，眼睛闭着，浑身酸软。突然，他感觉到床垫凹陷下去，便睁开眼皮看了一眼。

"这几天活很多吗？"江暮平问他。

成岩浑身肌肉发酸，尤其是肩膀和脖子的部位，他"嗯"了一声:"在江州待了几天歇坏了,状态还没调整回来,我这应该算乐不思蜀吧?"

江暮平笑了一声:"你不是不喜欢待在江州吗?"

成岩哼哼了两声,抬了抬肩膀:"教授,给我按按,肩膀太酸了。"

江暮平的手按了上去。

江暮平的手劲很大,而且找穴位找得很准,技术跟按摩店的老师傅有一拼,被他按过的部位又酸又胀。

江暮平给成岩按过后,成岩觉得舒服多了。

成岩有气无力地说:"应该服老的是我。"

江暮平笑了一声,没说什么。

顿了一会儿,江暮平:"最近什么时候有空?我们去看房子。"

成岩转过头来:"这么快?"

"先去看一下。"

成岩问江暮平:"你已经看好地方了?"

江暮平说了个别墅小区的名字。

成岩点了一下头:"还行,应该可以承受。我们别租市中心的了,可以选个稍微偏一点儿的地方。"

"嗯,我也这么想,到时候可以多看看。"江暮平说,"阿岩,还有个事。"

"什么?"

"过几天愿意跟我的朋友一起吃顿饭吗?"

成岩其实还是不太习惯跟其他人接触过密。他和以前的成岩没什么不同,不喜欢人多的环境,疲于社交。

不过成岩还是一口答应了:"嗯,什么时候?"

"还没定。"江暮平说,"其实他们年前就想跟你见面了,只不过那个时候我们去江州了。"

"那个叫孟斯的,是不是也去?"

"嗯,还有邵远东。"

赴约那天，成岩特意戴上了江暮平送他的那条项链。他虽然人臭美了些，但平时很少戴饰品，有时候衣服款式太素可能会别个胸针点缀。成岩第一次戴项链，怎么看都觉得很喜欢，江暮平选的这条项链完全戳中了他的审美神经。

今天是邵远东做东，成岩和江暮平来得比较早，在酒店大厅的沙发上坐着等了一会儿。随后邵远东就到了，他拿着手机在打电话，看到江暮平他们，挥了一下手。

邵远东挂断电话，走过来说："来得够早的啊。"

有专门的服务生来领他们去包间，服务生恭恭敬敬地站在邵远东面前："您好，先生，请问你们之前预约过了吗？"

邵远东报了自己的名字。

"好的，邵先生，请随我过来。"

"走吧。"邵远东招呼成岩和江暮平。

进包间后，成岩去卫生间的当口，邵远东在江暮平身边坐了下来。江暮平脱掉外套，稍微松了松自己的领带。

"我发现你这人确实是闷骚。"邵远东挑了一下他的领带，"跟我吃个饭还打领带。你是不是睡觉的时候也打着呢？"

"你可以保持沉默吗？"

"不可以。"

他们说话间，有人从外面走了进来。

严青朝江暮平打了声招呼，四下看了一眼，问："你朋友呢？没来？"

"去洗手间了。"

成岩是和孟斯一块儿进的门。他上完卫生间，跟刚到的孟斯在走廊里碰到了。

邵远东坐在位子上点菜，抬头看了一眼："行，都到了。"他把菜单递给服务生，站了起来。

严青也从座位上站了起来，他身边还站着一位相貌堂堂的男士。

"介绍一下，这位是严青，严大律师。"邵远东指着严青对成岩说，

"他旁边那位是他的朋友,周漾,他俩以前是同学。周漾以前也是律师,现在改行了,是有公职的人了。"

成岩点头致意,邵远东又说:"他俩跟暮平都是校友,还有你旁边的那个,他们都是一个学校的。"

严青说:"我跟周漾比暮平他们小一级。"

邵远东朝孟斯的方向抬了抬下巴,对成岩说:"你旁边的这位是暮平的同学,孟斯,孟教授。"

"好了,都介绍完了。"邵远东看了看江暮平,"轮到你了,跟大家介绍介绍你的朋友。"

江暮平看向成岩,跟在场的人介绍:"他是我朋友,成岩。"

所有人在餐桌前坐定,成岩坐在江暮平身边。

严青有些好奇:"你们是怎么认识的?"

邵远东说:"他俩早就认识了,是高中同学,还有我,我们都是一个高中的。"

严青面露诧异:"这么有缘分?"

"冥冥之中……"邵远东尾音上扬,仿佛哼出了曲调。

"成岩是做什么的?"周漾问成岩。

成岩刚端起高脚杯抿了一口酒,闻言放下杯子,说:"画师。"

"画师?"周漾的交友圈里确实没有干这一行的,他显得很惊奇,"看着不太像。"

周漾很自来熟,也挺会说话的:"你看着不像画师,倒是像模特。"

成岩喝了点儿酒,身上泛起一阵热意,他起身把外套脱了,服务生接过帮他挂在了衣架上。

成岩冬天一般都穿得不太厚实。他在乎形象,美男包袱很重,今天为了搭配江暮平送他的项链,还特意穿了一件低领的酒红色针织衫。

玫瑰与蛇的吊坠悬在成岩的颈间,邵远东一眼就注意到了:"这项链很适合你。"

江暮平转头看了一眼成岩,成岩对邵远东说了声"谢谢"。

成岩今天穿得有点儿过于单薄了，江暮平在桌底下碰了一下他的手臂，很凉。

成岩侧过头来："怎么了？"

江暮平幽幽地说："帅哥，你今天穿得太少了。"

"我们帅哥一般穿得都少。"成岩声音很低，眼神又痞又得意，"再说了，不穿少点儿怎么显摆项链？"

来今天这顿饭局的人其实还不全，跟邵远东他们共赴新西兰过年的那一拨人里，有两个因为有事没过来。

江暮平的好友都是高学历的人才，从他们的谈吐就能看出来，谦谦有礼，又带着与生俱来的大方与自信。他们聊了很多在新西兰过年遇到的趣事。

江暮平的这几个朋友都比较健谈，看着也很好相处，唯有孟斯，话很少，让人感觉他不食人间烟火。

成岩是个慢热的人，虽然江暮平的朋友们没有像他想象中的那样说一些专业又高深的话题，但他也很少参与他们的对话。

孟斯寡言，成岩也是惜字如金。

周漾对成岩和江暮平两个人很好奇，他问成岩："你跟暮平高中时关系好吗？"

邵远东抢答："我记得你俩高中的时候不熟啊？"他忽然笑了起来，说，"不过他俩那个时候要是关系好，我应该是第一个搞破坏的。"

周漾的好奇心被勾起来了："为什么？"

邵远东端起酒杯喝了一口酒："都是些陈芝麻烂谷子的事了，不值一提。"

"你提提啊，满足一下鄙人的好奇心。"

邵远东摇了摇头："这涉及鄙人的黑历史，我拒绝透露。"

成岩端起酒杯，脸挡在酒杯后面，垂眸笑了笑。

"那后来呢？"周漾继续问成岩，"上大学后你们还有联系吗？"

成岩说:"我没上大学。"

周漾愣了愣。

成岩又说:"我没念完高中,跟江教授很早就没联系了。"

话题再继续下去显然会越来越尴尬,周漾及时止住,没再多问。

严青问成岩:"你在哪里工作?有时间的话,我能不能过去参观一下?"

"当然可以。我今天没带名片,一会儿把工作室的微信号给你。"

严青笑了笑:"好。"

邵远东的手机响了起来,他拿起来一看,笑得眯起了眼睛,抬头说:"我女儿。"

周漾满眼慈爱:"小棉袄又来电话了。"

邵远东拿着手机站了起来:"我出去接个电话。"

邵远东出去跟他女儿打视频电话的当口,成岩把工作室的微信号给了严青。

孟斯站了起来:"我去趟卫生间。"

严青加了工作室的微信号后,点开了微信号的朋友圈。朋友圈里有很多图,有成岩画的,也有工作室其他画师画的。周漾靠过去,低下头跟严青一块儿欣赏这些图。

走廊里,邵远东正跟女儿视频,孟斯从包间里走出来,跟邵远东对视了一眼,便径直往卫生间走去。

邵远东打完电话,孟斯正巧从卫生间里出来。

"你今天是不是有点儿太沉默了?"邵远东把孟斯拦在半道上,"之前你不是还很好奇跟暮平合租的人吗?"

孟斯在邵远东面前停下,他们的位置离包间有一点儿距离。

"我跟他之前已经见过了。"孟斯说。

"见过了?跟成岩?"

孟斯"嗯"了一声:"不久前我们一起听过音乐会,我邀请了他们。"

"暮平也去了？你们三个人去听音乐会？你怎么没邀请我？"

孟斯看了他一眼，认真回答："那个票很难弄，只有三张，下次有机会再请你吧。"

邵远东笑了起来："跟你开玩笑呢。"

邵远东从口袋里摸出了烟盒，孟斯垂眸看了一眼，想到了一些不愉快的往事。

"我以为他的室友会跟他一样优秀。"

邵远东抽出一支烟，不以为意道："人家成岩也挺优秀的。"

"我以为他至少会高中毕业。"孟斯有些刻薄地说。

邵远东抬起头，轻轻皱起眉头："说什么呢你？这话可别给暮平听到。"

成岩想为之前在音乐会上不小心睡着的事跟孟斯道个歉，所以孟斯出去了没一会儿，他也站了起来，准备出去当面跟孟斯道个歉，解释一下。

他走到门口的时候，听到外面传来隐隐约约的交谈声。

"你说话可别这么刻薄。"邵远东说，"学历又不能代表什么。"

成岩上次在音乐会上睡着的事确实让孟斯对他产生了不小的偏见，而且当时孟斯也闻到了成岩身上的烟味，所以邵远东此刻拿出烟的时候，他又回忆起了那一天不愉快的体验。

他想不通江暮平为什么会跟这样一个跟他哪哪都不搭调的人做朋友。

孟斯直言道："学历是不能代表什么，但这个人除了学历不行，其他方面也不行。"

"孟斯，"邵远东的语气冷了下来，"你平时嘴巴不饶人也就算了，但你也分一下场合。成岩是江暮平的朋友，你觉得你这样说他合适吗？"

"我在陈述事实。"孟斯带着极大的偏见，语气平淡地说。

邵远东皱了皱眉头，还没来得及说什么，余光扫到了门口的身影，愣了愣，表情僵在脸上："成岩……"

孟斯微微侧身，看向成岩的方向。

成岩的表情没有什么变化，他径直朝这边走了过来。

成岩走到了孟斯面前，开口道："之前在音乐会上睡着的事，我想跟你道个歉。很抱歉，我当时有点儿累，确实是没撑住，不是故意冒犯。"

成岩无意多说其他话，只想真心实意地致上自己的歉意，至于能不能收到孟斯的一句"没关系"，他并不在乎。

"我先进去了。"成岩对他们说。

成岩进门的时候江暮平刚好出来，他差点儿撞上江暮平。江暮平按住了他的背，把他扶稳。

成岩抬眸看了江暮平一眼，眼底溢出的异样情绪还是挺明显的。

江暮平疑惑道："怎么了？"

成岩的表情有些漠然，他确实是有点儿不高兴，也不是那种喜欢什么事都往肚子里咽的人。但他明白他必须维护江暮平的体面，而且他也不想让自己变得那么不体面。

成岩没有装出一副无事发生的样子，也装不出来，只是对江暮平说："回去再说，好吗？"

江暮平凝视他片刻，"嗯"了一声，然后抬头往邵远东和孟斯的方向看了一眼，孟斯仍旧面无表情，但是邵远东的神情有些复杂。

成岩抬头看着江暮平，问："你去卫生间？"

江暮平摇了摇头："我去买单。"

成岩小声问："今天不是邵远东做东吗？"

江暮平没回答，只说："你先进去吧，我一会儿过来。"

成岩"嗯"了一声，走进屋里。江暮平看了一眼孟斯，没说什么，走去前厅结账，邵远东转身跟上了江暮平。

今天虽然名义上是邵远东请客，但实际上这顿聚餐是江暮平组织的。

"发生什么事了？"江暮平问邵远东。

邵远东把刚才的情况如实告诉了江暮平。

"他跟成岩之前是不是有过什么矛盾啊?"邵远东问,"我知道他那人比较难搞,但不至于这么没分寸吧?"

江暮平冷着脸没说话。他这人很少生气,一般板着脸就是怒气值达到顶峰了,比歇斯底里还可怕。

邵远东确实很怕一会儿回包间后江暮平当场发怒,抿了一下嘴,说:"成岩已经帮你留足面子了,你一会儿可不要白费他的苦心,有什么事私下解决,别把场面搞得太难看。"

江暮平结了账,跟邵远东一起回了包间。包间里相安无事,成岩和孟斯都像什么事也没发生一样,周漾和严青依旧在跟他们有一搭没一搭地闲聊,没有察觉到不对劲。

在场唯一一个脸色比较反常的应该就是江暮平了,成岩一看他那张脸,就知道邵远东肯定把什么都告诉他了。

好在这顿饭局已经接近尾声。

周漾和严青叫了代驾先走了,随后孟斯的司机也到了,但他没有立刻上车。

他猜到江暮平一定会找他。

邵远东的妻子开车来接他,他坐进了车里,看了一眼酒店门口的三个人,叹了口气便先走了。

"走吗?"成岩问江暮平。

江暮平说:"你先去车里等我。"

成岩沉默了几秒,"嗯"了一声。既然江暮平都知道他跟孟斯之间的情况了,就不可能把这件事拖到以后再解决,这不是江暮平的风格。

成岩走之前,听到孟斯说了声"抱歉",他看了孟斯一眼。

他猜孟斯大概也没想到当时他会从包间里出来。孟斯有成年人的担当,知道为自己的行为负责,但道歉未必是因为消除了偏见。所以成岩没打算和他和解,不过他还是体面地回了一句"没关系"。

成岩离开后,酒店门口只剩江暮平和孟斯两个人。

江暮平的表情罕见的阴沉，孟斯开口道："有什么话你直说吧。"

"你不觉得说那种话显得你很无知吗？"

孟斯已经有几年没跟江暮平见过面了，他记忆中的江暮平还是那个温和而淡漠的青年。

孟斯从没被人用这样的语气质问过，更何况是江暮平。

江暮平不是在说他失礼，而是在说他无知。

孟斯眉头轻蹙："我无知？我表达自己的看法就是无知了？"

"表达自己的看法之前你了解情况了吗？你的学历、你的头衔，都是你傲慢无礼的资本是吗？"

"江暮平。"孟斯压着火气，低声说，"我知道我刚才不应该说那种话，但你也没必要这么跟我说话。"

有些事情一定要跟孟斯解释清楚，不然有理都显得无理。

江暮平沉声说："上次的音乐会，成岩是因为太累了才不小心睡着的。"

孟斯缄默不语。

"高中没念完是因为他家里发生了一些变故，就算没上大学又怎么样？不是每个人都出生在罗马，学历也不是衡量一个人优不优秀的唯一标准。你受过高等教育，自己也是个高等教育工作者，这种道理还需要我来告诉你吗？"

成岩喝了点儿酒，有点儿犯困，坐在车里假寐。听到开车门的声音，他睁开了眼睛。

"困了？"江暮平坐进车里。

"有点儿。"成岩系上安全带，见江暮平阴着脸，问，"不会是吵架了吧？"

江暮平摇头。

"我就说之前音乐会的事他不高兴了。"成岩说，"早知道我那个时候就不去了，浪费了他的一番心意。"

江暮平始终沉默，心情好像比成岩这个当事人还糟糕。

"江教授？"成岩歪着头喊了一声。

江暮平转过头来："阿岩，我该怎么做才能让你高兴？"

成岩的气已经散得差不多了，说："其实我也没有那么不高兴，可以理解，音乐会那事确实是我不对，白白糟蹋了一张票。"

换作十年前，成岩绝对说不出这种话来。

江暮平眉头紧锁："这不是他冒犯你的理由。"

车厢里萦绕着淡淡的酒味。成岩上身前倾，微弓着背，吊坠垂落在他的颈间，贴着针织衫的衣领边沿，与酒红色的边界牵牵连连。

"教授，我能抽根烟吗？"成岩问。

江暮平"嗯"了一声。

成岩摸出口袋里的烟盒，从里面抽了一根，很随意地放进嘴里点燃。

"阿岩。"

"嗯？"

"你是不是心里有负担？"江暮平问他。

成岩把头转了回去，问："什么负担？"

"跟我做朋友。"

成岩不想否认："嗯。"

"我让你很有负担吗？"

成岩摇头："我只是不太能适应你的圈子。"

"你不需要适应我的圈子，"江暮平说，"阿岩，你不需要适应任何人。"

香烟的中段是潮的，燃到一半火星就灭了，没有燃到尽头。

江暮平低低地唤了一声"阿岩"。

成岩侧过头应了一声。

江暮平低下头说："希望你像以前那样自在潇洒。"

"跟你相处我很自在。"成岩安静了片刻，说，"江教授，很荣幸能认识你。"

江暮平说："我也很荣幸。"

第二天中午，手机铃声惊醒了睡得昏天黑地的成岩。手机响了好一会儿，成岩才闭着眼睛把手机从床头柜上摸了过来。

"喂？"

朱宇的声音从手机里传了过来："老师你今天不来工作室啊？"

"嗯……"今天是成岩休息的日子，他特意没接任何活，空了一天出来，"今天休息。"

"林哥来工作室找你了。"

成岩说："你让他回去吧，告诉他我今天不去工作室。"

林为径的声音挤了进来："哥，那我去你家找你。"

"不用。"

成岩太累了，没精力继续跟林为径扯皮，哄道："我现在有事，晚上再去看你。"

成岩起来后走到客厅，听到江暮平的手机忽然响了起来。

成岩拿起茶几上的手机，发现来电显示是邵远东。铃声响了一会儿，成岩拿起手机走到卫生间门口，敲了敲门。

"教授，有电话，邵远东的。"

江暮平的声音夹杂在"哗哗"的水流声中："你帮我接一下，问他有什么事。如果是重要的事，让他一会儿再打过来。"

"哦。"

成岩接通了电话。

"暮平，昨天是什么情况？你不至于跟孟斯闹得这么僵吧？"

成岩说："我是成岩，江暮平在洗澡。"

邵远东愣了一下："成岩啊。"

"昨天怎么了？"

"就……孟斯的事，"邵远东语气凝重，"这事好像比我想象的更严重,唉。"

成岩眉心微蹙:"不是没吵架吗?"

"吵没吵我也不知道,我就知道他俩这交情可能走到头了。"

成岩有些怀疑:"不至于吧?"

"至于,江暮平什么性格你应该比我清楚。我给孟斯打过电话,他说他联系过江暮平,江暮平什么平台的消息都没回。"邵远东愁得头痛,"孟斯这人脾气也硬,后来那说话的腔调,感觉就跟从来没认识过江暮平这个人一样。"

江暮平进成岩的房间的时候,成岩正在床上躺着。

成岩喊道:"教授。"

"嗯。"江暮平倚在书桌旁闭着眼睛应了一声。

"你跟孟斯是怎么回事啊?"成岩翻了个身,面朝江暮平。

江暮平睁开了眼睛,眼睛里有血丝。

"你要跟他绝交啊?"成岩使用了一个比较孩子气的词。

江暮平说:"以后应该不会有什么往来了。"

入春了,午间的阳光很和煦,透过窗帘的缝隙泄了进来,让房间染上了一种温暖的色彩。

成岩的声音像初春的阳光一样柔和,他拍了拍床板,说:"教授,聊聊。"

江暮平走到床边,坐了上去。两个人面对面坐着。

成岩言归正传:"教授,这样的处理方式会不会有点儿太决绝了?我觉得没有必要为这样一件事全盘否定一个人,甚至跟他断交,真的不至于。"

"绝交"这个词是有点儿孩子气,成岩也知道江暮平并不是这个意思,他跟孟斯顶多就是不会再有什么过深的来往,不至于成为老死不相往来的陌生人。

但成岩终究不希望江暮平为这么一点儿小事打乱自己的朋友圈的秩序。

"阿岩，我没有全盘否定他。"江暮平说，"我了解他是一个怎样的人，他这人确实不太好相处，他从小到大接触的人都太优秀了——"

"所以啊，他那个样子也情有可原，你不是都清楚吗，而且他也跟我道歉了，估计当时就是一时嘴快。"

"但是他不尊重你是事实，他说过的那些话也不会像烟一样，飘到空气中就消失了。"江暮平说，"如果我继续跟他来往，只要我跟他接触，我就一定会想到他不尊重你的事。他自己肯定也明白，我们之间的芥蒂已经存在了，就像他说的那些话一样，是不会消失的。既然这样，他不舒服，我也不舒服，我们又何必再有来往呢。"

"阿岩，"江暮平说，"这不是断交，这应该是和解。"

成年人的世界就像天空一样，是吸收与包容，是与一切和解。

成岩点了点头："受教了。"

江暮平打了个哈欠："聊完了吗？阿岩，我想回房间睡了。"

江暮平从床上下来："再过几天就要开学了，我又要变成'社畜'了，趁这几天我要多睡会儿。"

成岩说："不过你也没必要不回孟斯的消息吧，显得咱们多不大气。"

江暮平："我昨天一回来就睡了，哪有时间看手机。"

成岩轻笑一声："那你抽空回一下。"

"好。"江暮平说完后就回了自己的房间。

Chapter 07
风清江暮平

成岩再见到孟斯,是两个星期之后的事。学校已经开学,江暮平也复工了。在那之前,成岩以为他再也不会见到孟斯了。

江暮平说自己是"社畜"未免降低了自己的格调,他就算是"社畜",也是优雅的"社畜",而成岩这个自由工作者,却是苦命的"社畜",忙得是人仰马翻的。

一上午三个小图,中午成岩连喝口水的时间都没有,朱宇看到成岩下午的工作安排都惊呆了。

"老师,你下午怎么还有两个大图啊?"

成岩坐在沙发上喝了一口水:"年前欠的债。"

朱宇叹了一口气:"再这样下去你都成劳模了。"

"过了这一阵子就好了。"成岩说,"让毛毛帮我买杯咖啡。"

"你要吃什么?我让她一块儿买回来。"

成岩摇了摇头:"我没胃口。"

"多少还是要吃点儿。"

"在咖啡店随便买块蛋糕吧,我垫垫肚子。"

"好。"

成岩确实没什么胃口,蛋糕吃了一小半就搁置在一旁,咖啡倒是全部喝完了。

下午他给人画图的时候，毛毛进来说外面有人找他。

成岩头也不抬地问："谁找我？"

"他说他叫严青，是江教授的朋友。"

成岩抬了一下头，毛毛又说："一共有两个人，他们好像都是江教授的朋友。"

"告诉他们我还要十来分钟才能结束，没什么急事的话麻烦他们稍微等一会儿。"

"好。"

毛毛走到前厅，传达成岩的话："成老师那边还要十来分钟才能结束，你们有急事吗？"

严青笑着说："没急事，我们就是过来串个门。"

"那你们稍微等会儿吧，他马上就好了，我去给你们倒水。"

毛毛看上去不像画师，像助理，严青打量一番，问道："这间工作室是成岩开的吗？"

"是啊。"毛毛往杯子里放了点儿茶叶。

"屋里那几个都是画师吗？"

"是啊，大部分是成老师以前的徒弟，有两个是最近刚入伙的。"毛毛把倒好的茶放在茶几上，笑着说，"成老师是这间工作室的创始人，是我们的老大。"

孟斯端坐在沙发上，抬头端详着挂在墙上的照片。

严青循着他的目光望去，又问："这拍的都是成岩的作品？"

"大部分是老师的，还有一些是其他画师的。最开始工作室没几个人，"毛毛指着画框比较陈旧的照片，"你看那些旧的，基本上都是老师的作品。"

"可以到他办公室等他画完吗？"严青问。

"当然可以啊。"

"会不会打扰到他？"

"不会。"

"我还以为画师工作的时候精神要高度专注。"

"要看画的图复不复杂,老师技术很强的,没那么容易被干扰,而且我看了一下,他今天画的是个简单的图。"

成岩正在进行收尾工作,听到有人敲门。

"老师,他们到你的办公室等你。"毛毛说,"我把人带进去啦?"

成岩与严青对视了一眼,目光一偏,与孟斯视线交会。

严青笑了笑:"没打扰到你吧?"

成岩说:"没有。我快好了。"

严青是真的对画师这个职业充满了好奇,成岩画完,他问了很多自己比较感兴趣的问题。

成岩一一回答,然后摘下口罩,跟他们一起走出了办公室。

"久等了。"成岩说。

"没久等,我本来就是来参观的。"严青笑了笑,"正好今天有空。"

成岩看了一眼孟斯,孟斯对上他的视线:"我是过来找你的。"

严青不太了解情况。今天孟斯联系他,问他成岩工作的地方在哪里,他正好计划今天来一趟,就叫上孟斯一块儿过来了。不过他不知道孟斯的来意,也没有细问。

"成岩,其实我想跟你约个稿,所以今天才会过来。"严青说。

成岩"嗯"了一声:"你想要什么风格的?"

"温柔一点儿的吧。"

成岩笑了一下:"那我的风格应该不太适合你,我们这里还有其他很优秀的画师,你要不要看看他们的作品?"

严青笑道:"好啊。"

千人千面,成岩发现严青和孟斯同为江暮平的朋友,却是两个性格完全不同的人。严青应该是到哪里都很受欢迎的那种人,成岩很喜欢他的性格。

很多来成岩这里约稿的客人都是追着他的名气来的,有的比较固执，非成岩不可，不怎么把其他画师放在眼里。但是严青没有执着于成岩这个"金牌"画师，给他推荐其他人，他会温和地采纳。

严青看中了朱宇的作品，成岩让毛毛叫来朱宇。

"你可以跟他好好聊聊。"成岩对严青说，"他是个很优秀的画师。"

严青笑着"嗯"了一声。

严青跟朱宇交流期间，给成岩和孟斯提供了单独说话的机会。

孟斯问成岩："这附近有咖啡厅吗？"

"有。"

"去喝一杯咖啡吧，我有话想跟你说，这里有点儿吵。"

"好。"

到咖啡厅后，孟斯选了个靠窗的位置："喝什么？"

"我喝水就行，刚才喝过一杯了，喝太多晚上睡不好。"

孟斯"嗯"了一声，叫来服务员，要了一杯意式浓缩，又给成岩要了一杯温开水。

"我后天要回英国了，"孟斯开口道，"今天来找你，是想跟你郑重地道个歉。"

成岩愣了一下，说："嗯……之前音乐会的事确实是我不对，没考虑到自己的现实情况。"

孟斯轻推眼镜，拿起咖啡抿了一口，说："一码归一码，我为我之前对你的冒犯道歉。很抱歉，我不应该在我不了解全貌的情况下，对你这个人随意做出评价。

"暮平已经跟我聊过了，我理解他的想法。"孟斯抬眸看了成岩一眼，"其实他让我有点儿意外。"

看到孟斯这样的态度，成岩好像彻底理解了江暮平所说的"和解"。

"以后应该没机会再跟他一起听音乐会了。"孟斯说着看向窗外，不远处的身影攫住了他的目光。

"真巧。"孟斯说。

成岩愣了愣，顺着他的目光往窗外看去——江暮平一身正装，手里拿着几枝花,从街道的树荫下走来。

优雅的"社畜"刚下班,有了鲜花的装点,他不仅优雅,还富有几分浪漫的诗意。

江暮平似乎是注意到了坐在窗边的他们,目光向这边扫了过来,与成岩的目光相撞。

成岩笑着朝他招了招手。

"就这样吧。"孟斯说。

成岩"嗯"了一声,起身说:"我先走了。"

"嗯。"

成岩走出了咖啡厅,跟江暮平会面。

"孟斯怎么会来?"江暮平看了一眼窗边的位置。孟斯仍旧坐在那里,优雅地喝着咖啡。

"他专门过来跟我道歉的。"成岩看了一眼他手里的花,"你买的花?"

江暮平"嗯"了一声,举了举手里的花:"家里花瓶里的花蔫了,我新买了几枝。"

成岩笑了笑,说:"教授越来越有生活情调了。"

严青刚跟朱宁聊完,看到从外面走进来的成岩和江暮平,笑道:"谁买的花啊?这么有情调。"

江暮平纳闷道:"你怎么也过来了?"

"我打算约个稿,过来探探情况。"

成岩问他:"跟朱宇都聊好了?"

"聊好了,过几天我还要来一趟,就等着朱老师的画稿了。"

严青看了看门外,问:"孟斯呢?他刚才不是跟你一块儿出去了吗?"

"他还在咖啡厅喝咖啡。"成岩说。

"还喝着呢?"严青跟他们道别,"那我先走了啊,我过去找他。"

成岩转头对江暮平说:"孟斯说他后天要走了,回英国。"

江暮平"嗯"了一声。

"你不跟他道个别？"

"已经道过了。"江暮平问，"你下班了吗？"

本来成岩还有个图要画，不过那客人临时有事来不了，所以改了时间。

成岩"嗯"了一声，说："有个客人改时间了，今天没活了。"

"一起去超市？"

"好。"

回家后，江暮平把买的花插进了洗干净的花瓶里。

江暮平在厨房洗菜，成岩走到他身后。气温回暖，江暮平穿得少，还穿着上课时穿的衬衫，衣摆一丝不苟地扎在西裤里。

成岩说："身材保持得这么好，没见你去过健身房啊！"

"去了。"江暮平说。

成岩问："什么时候去的？我怎么不知道？"

"去过几次，你都在工作室加班。"江暮平把冲干净的蔬菜放进菜篮，"以前经常去，最近去得少了。"

看来江教授这身材一直保持得挺好的，稍微有点儿运动量，就不会垮。

"我也办了卡，不过一直没时间去。"成岩说，"以后想跟你一起去。"

江暮平甩了甩手上的水，侧过头来："行。"

成岩想起了一件事。

"下周六在银爵会馆有一场交流会，你想去看看吗？"成岩问江暮平，"贺宣到时候应该也会来。"

"好。"

去交流会的那天，江暮平是直接从学校赶过去的。他没有入场券，在门口就被拦下了。

检票的人好心地提醒："兄弟，是不是走错地方了？这里是画师交流会，整个厅都被包了，没有其他活动的。"

江暮平没说什么，拿出手机给成岩打了个电话。

"阿岩，我在门口了，你出来接我一下。"

"嗯。"

两分钟后，成岩从会场里走了出来，把胸前戴的牌子给检票人员看了一下。检票人员看了一眼，便往旁边让了一下，让江暮平进去了。

江暮平并排走在成岩身边，问他："我不需要入场券吗？"

"不用的，我有受邀嘉宾的牌子，可以直接带人进来。"

会场里人流熙攘，四处摆着摊位，挂满了让人眼花缭乱的图片。

交流会上有不少与成岩相识的业内人士，撞见这边的情况，立刻有人停下来打招呼："这不是成岩吗？"

成岩转过头，颔首致意："老丁。"

那个叫老丁的男人打量江暮平一眼，朝成岩扬了扬眉毛："怎么个情况？介绍介绍？"

成岩说："这位是我的朋友。"

老丁笑道："帅哥找朋友都是按帅哥的标准来找的吧？你这哥们儿可真帅啊。那什么，我那边有兄弟在等我，先过去了啊。"

"嗯。"

两个人继续逛着。

"你跟贺宣联系了吗？"江暮平问，"你不是说他今天也会来吗？"

"他来了啊。他是主办方邀请的讲师，在会议室里演讲呢。"成岩说，"我就是刚从会议室里出来的，你想去听吗？"

这不涉及江暮平的专业领域，他没有那么浓厚的兴趣。江暮平摇头："我想逛一会儿。"

"那我陪你。"

"你不回去继续听吗？"

"不要紧，之后他们应该会在群里发视频，而且我也听得差不多了。"

江暮平"嗯"了一声。

他们看到了一个专门讲解书法的摊位。

江暮平驻足，多看了几眼。

成岩也很喜欢书法，可惜他的硬笔字实在不漂亮，软笔书法更不必说。

"江教授，我记得你会书法？"

"嗯。"

"行书还是楷书？"

"都会。"

"草书也会吗？"

"会。"

"能不能给我写幅字啊？我想留作纪念。"

江暮平说："嗯。你要我写什么？"

成岩眯着眼睛说："我要想一想。"

江暮平点头："好。"

贺宣的演讲没多久就结束了，成岩看到交流群里有人发了完整版的视频。

其实成岩也收到了主办方的邀请，只是他不爱凑那个热闹，也没那么能说会道，所以就婉拒了。

主办方邀请了很多知名的画师作为本次交流会的讲师发表演讲，贺宣是最后一位上台的。他的演讲结束后，会议室里的人就差不多都散去了。

成岩在会议室门口跟贺宣一伙人碰了面，之前在江州照过面的那几个画师基本都来了，包括那个银头发的画师。

"好久不见啊，帅哥。"银发男笑着跟成岩打了声招呼。

成岩笑了笑："好久不见。"

银发男看了一眼江暮平，调侃道："你应该没见过这种场面吧？"

江暮平如实说："确实没见过，挺有意思的。"

银发男眯着眼睛笑了笑:"干我们这行的人都挺有意思的。"

一个留着光头的哥们儿按着他的脑袋轻轻推了一把,笑道:"你这脸皮能削下来八两肉吧?"

银发男"啧"了一声,脑袋一歪,躲开他的手,理了理被弄乱的发型:"托尼老师弄了半小时的发型呢,你别给我弄乱了。"

贺宣穿了正装,他似乎是不太喜欢领带的桎梏,刚结束演讲就扯松了领带。

成岩问他:"去我那儿坐坐?"

"改天吧,我一会儿有事。"贺宣解开衬衫的第一颗扣子,领带的口子扯得很开,很随意地套在领子上。

贺宣跟江暮平点头致意:"江老师。"

江暮平颔首:"好久不见。"

银发男问贺宣:"你现在就走?"

贺宣点头。

"怎么走啊?"

贺宣说:"打的。"

贺宣跟在场的人告别,对成岩说:"我还要在北城待几天,你把工作室定位发给我。这几天你什么时候有空,就提前联系我。"

"我都有空。"

"那我明天过去。"

"好。"

贺宣走得匆匆忙忙。他今天戴了副眼镜,穿了一身黑色西装,连背影都很有讲师那个味。

"果然人靠衣装啊。"银发男看着贺宣的背影感叹道,"西装一穿灵得不行,我们贺老师还是挺有文化人那气质的。"

有人问了一句:"宣哥有什么事啊,这么着急?"

银发男回道:"他应该是去见朋友了,我听小亮子说贺老师的一个朋友这几天在北城。"

有人提议道:"我们订了酒店,一会儿过去吃饭,成老师你们俩跟我们一块儿呗?"

成岩婉拒:"不用了,我们今天要去江教授家里吃饭。"

"这样啊,那行吧。明天我们跟贺老师一块儿去你店里参观参观,欢不欢迎我们啊?"

成岩笑道:"当然。"

交流会结束后的第二天,贺宣就来到成岩的工作室,带着那几个同行的画师朋友,大家边参观边聊天,聊了很久。贺宣在北城停留了一周就回江州了。

林为径生日那天,成岩被林家夫妻俩邀请去家里吃饭。他平时跟林为径见面都是在外面,很少去林为径的养父母家。虽然成岩跟林为径的养父母关系有些微妙,但每年林为径生日他们都会邀请他去家里吃饭,或许是出于礼节,或许只是单纯地想让林为径开心。

林为径开不开心成岩不知道,反正每年的这一天他都觉得无比煎熬。

如果可以,他更愿意一个人给林为径过生日,而不是坐在两个老人家面前,听他们说着客套又疏离的场面话。但毕竟是人家主动邀请,他总不能不给面子。

今年的生日宴跟以往一样无趣。

成岩正在阳台跟江暮平通话。

"我送的礼物,他喜欢吗?"江暮平在电话那头问成岩。

成岩笑了一声:"喜欢,江教授送的礼物,他能不喜欢吗?早就发朋友圈了。"

"你什么时候回来?"江暮平问。

"快了,一会儿就走。"

"你自己开车吗?"

"不开,我刚才喝了点儿酒,一会儿叫个代驾。"

"我去接你。"

"不用了，多麻烦，你还要跑一趟。"

"那个小区离我爸妈家不远，乘地铁一会儿就到了。"

"那行，那你来接我吧。"

成岩刚挂断电话，就听到林母的声音在身后响起："成岩。"

成岩转过头来："林姨。"

林母走了过来，微微笑了一下："明年阿径生日，你可以带朋友一起来。"

成岩沉默片刻，说："不用了，林姨。"

林母愣了愣。

"您不用每年都特意邀请我过来，您应该也能看得出我们彼此都很不自在。"成岩终于决定吐露心声，"我知道您其实并不太欢迎我来这个家，我理解，所以我觉得您也没必要做这种没有意义的事。"

"我只是希望阿径能够开心一点儿。"林母轻声说。

"我知道。"成岩顿了顿，又说，"有些话我还是想跟您说一下，阿径是您和林叔法律上的孩子，这是毋庸置疑的事实，您不用担心我会再把他抢回去。"

林母抿紧了嘴唇。

"您根本没必要那么在意我的存在，他永远是你们的孩子，谁也抢不走。"成岩与林母相视着，"可阿径毕竟是我的亲弟弟，我很爱他，不可能像对待陌生人一样跟他保持距离。我希望您给我、给他都留一点儿自由的空间，让我们彼此都能舒坦一点儿。"

林母久久不语。

成岩说："明年阿径的生日，我不会再来了，谢谢您，林姨。"

一刻钟的时间，江暮平就到了。

林为径把门一开，满脸惊喜："教授！"

江暮平"嗯"了一声："生日快乐。"

林为径"嘿嘿"笑了一声:"谢谢教授。"

林父闻声立刻走了过来,跟江暮平握手:"江老师,你好,你好。"

江暮平礼貌地回握了一下:"您好。"

"快进来坐吧。"

江暮平说:"不用了,我是来接成岩的。"他看了一眼屋里:"阿岩?"

成岩拿上包走了过来,林母坐在沙发上发愣,林父向她招了一下手,轻唤:"淑清。"

林母回过了神,动作缓慢地站了起来。

"现在时间还早啊,进来吃点儿水果吧。"林父热情地邀请。

江暮平摇头婉拒:"真的不用了。"

成岩走出了门,转身说:"林叔、林姨,我就先走了。"

林父笑盈盈地说:"有机会一起过来坐坐啊。"

成岩说"好",然后看了林母一眼。林母微微点了一下头:"再见。"

两个人从电梯里走了出来,刚才成岩的心情一直压抑着,这会儿才感到有些放松,他从口袋里摸出烟盒抽了一支烟,塞进嘴里。

他歪头看着江暮平,咬着烟笑得有些痞:"江教授,这么不给人家面子啊,好歹进去喝杯茶。"

"我知道你不喜欢待在那里。"江暮平说。

成岩低下头,咬了咬烟,咂摸烟草的味道。他已经很久没抽烟了,偶尔有瘾,也只是含在嘴里,不会点燃。

"以后不会再逼自己了。"成岩仰头看了看夜空,"不能再委屈自己,爱谁谁。"

江暮平垂眸笑了一声。

"江教授,"成岩哑声说,"谢谢你教会我什么是和解。"

江暮平转头看着他。

成岩问:"我学得好不好?"

江暮平说:"很好。"

他们想要租的别墅区离工作的地方不算太远,但比起现在的居住地,通勤时间还是长了不少。

环境很好,价格也合适,在两个人的预算之内。

看房的时候,中介领着两个人参观整栋别墅,详细地介绍每一块区域、每一个房间。

"这里虽然离两位的工作地远了点儿,但交通还是挺方便的,一出别墅区就是地铁站,而且这里近两年刚修了路,道路非常宽敞,早晚高峰的时候肯定没有市中心那么堵。"

中介把他们领到了二楼,这栋别墅是精装修的,装修风格典雅又华美,带点儿英式田园风,是成岩喜欢的风格。

二楼有休闲区,很宽敞的一个房间,一排的窗户正对花园,采光极佳。

房间里什么都没有,但成岩已经在想将来要在这儿放哪些家具、做哪些事情。

中介出门接了个电话,让成岩和江暮平自己先参观一会儿。

成岩走到了窗边,窗户的边框是奶白色的,雕刻着精致的碎花与条纹,淡雅却不失华丽。

"挺不错的。"成岩打开了窗户,倚在窗边,"就是大了点儿。"

成岩倚着窗台俯视楼下。这是一栋带花园的别墅,是成岩一直想要的那种房子。他可以在花园的泥地里栽种他喜欢的鲜花、绿植。

江暮平站在他的身旁,衣服上散发的洗衣液香味跟春日暖阳的气息混在一起。

这里远离街道,车流声很遥远。

阳光很温柔,从正面照过来却一点儿都不刺眼。成岩在柔和的光晕中好像看到了一片美丽的花海,闻到了淡淡的花香。

成岩转过头去,遥遥地望着那片绿地,淡淡笑着,问江暮平:"教授,你觉得我们在那里种什么花比较好啊?"

江暮平笑了笑:"种什么都可以。"

Extra 01

同学聚会

1

江暮平刚打开手机就收到了一条群通知,他被邵远东拉进了一个名叫"高三(8)班聚餐群"的群。之前邵远东跟他提过同学聚会的事。

邵远东给他私发了条信息。

"要不要把成岩也拉进来?你问问他去不去聚餐。"

成岩正四仰八叉地躺在沙发上玩单机游戏,他喊了一声在厨房倒水喝的江暮平:"教授,帮我也倒杯水,有点儿渴。"

江暮平应了一声,成岩又说:"用我新买的那个马克杯,蓝色的那个。"

江暮平打开玻璃橱柜看了一眼,拿出了成岩近期的"新宠"。

江暮平端着水杯在成岩身边坐了下来。成岩抬眼,坐起了身,接过水杯,笑着说:"谢谢。"

江暮平开口道:"阿岩,高中同学组织同学聚会,你去不去?"

成岩喝了一口水,有点儿纳闷:"我去干什么?"

"你也是我的高中同学。"

"都这么多年了,除了你,还有邵远东,我没再见过其他人。"成岩说,"我也就跟你当了不到一年的同学,他们肯定都不记得我了,去了多尴尬。"

"我记得你。"江暮平说,"邵远东也记得。"

成岩抬眸看了他一眼,想了想,笑了笑:"那就去吧。"

随后邵远东把成岩拉进了群。

群里的同学基本都有联系,除了成岩这个新进来的。

陈煜杰:"邵总,你拉的是哪位仁兄?"

邵远东:"成岩。"

陈煜杰:"嗯?"

邵远东:"怎么了,不记得了啊?"

群里安静了两秒后,立刻热闹了起来。

文燕:"你拉的是成岩?"

顾晓瑜:"成岩?本人?"

王驰:"可以啊,邵总,连成岩你都联系到了。"

陈煜杰:"是不是本人?可以先爆个照。"

顾晓瑜:"一把年纪了还搁这儿爆照爆照的,你像个油腻大叔。"

陈煜杰:"本来就是大叔了。"还发了个"沧桑但不油腻"的表情包。

"还有很多人记得你。"江暮平对成岩说。

成岩笑了笑,发现邵远东带头在群里让他发照片。

成岩笑道:"这么多年过去了,邵远东怎么还是这么欠。"

江暮平伸手,问成岩要手机。

成岩笑着递过去:"干什么?"

"收拾他。"江暮平拿自己的手机给成岩私发了一张邵远东醉酒后的丑照,然后保存在成岩的手机里,发到了群里。

群里的人一阵爆笑。

邵远东一个电话打了过来。他知道这照片肯定是江暮平发的,所以直接给江暮平打的电话。

"你说你这人缺不缺德?你赶紧给我撤回啊,不然我告你侵犯我的肖像权。"

"告吧,"江暮平说,"我认识几个不错的律师。"

"要告你我找严青不就行了,还用得着你给我介绍律师。"邵远东不跟他贫了,笑呵呵地说,"你说这些人要是知道你跟成岩现在关系很好,会是什么反应啊?"

群里的人还在继续聊着。

周宇峰:"今年叶琳会来吗?我想看看大明星。"

林菱:"往年同学聚会她一次都没来过,估计这次也悬。"

顾晓瑜:"她不在群里吧。今年应该是不会来了。"

周宇峰:"明星的架子就是大啊。"

于菲菲:"据可靠消息,叶琳今年会来。"

顾晓瑜:"你怎么知道?"

于菲菲:"我私聊问的呀,只不过人家是公众人物,不能随随便便进群,要保护隐私。"

成岩看着群里的对话,抬头问江暮平:"叶琳是谁?我们班还有当明星的人?"

"你不记得了?"

"谁啊?这个名字我没什么印象。"

"那你还记得你高中的时候跟邵远东打过架吗?"

"记得。"

"就是为了这个叶琳。"

成岩愣了愣,脑子里闪过一些零碎的记忆片段。他有些惊讶:"她都当明星了?我怎么没听过她的名字?"

江暮平笑了起来:"她当了明星就改名了,现在叫叶莼。"

这个名字成岩倒有些印象,好像确实经常在网上看到。

叶琳是近几年才大火的。她刚进娱乐圈那会儿一直都不温不火,资源也不好,没什么人气。前年演了一部剧一炮走红,才够上了一线女演员的级别。

成岩喝了一口水，笑得眼睛微眯："你倒是很清楚她的情况。"

江暮平说："他们每年都在群里讨论。"

同班同学是明星，确实很有话题度。

"阿岩，当年你跟邵远东闹矛盾，到底是因为什么事？"

成岩笑了一下："都多少年前的事了，谁还记得。"

"当年叶琳喜欢你吧。"江暮平说。

成岩答非所问："她长得是挺漂亮的，就是人品不太行。"

江暮平说："不要顾左右而言他。"

成岩实话实说道："她当年是喜欢我，还跟我表白了。"

"那后来怎么变成你骚扰她了？"

"邵远东跟你说的？"

江暮平点头。

"可能是我拒绝得太直接了，伤到她的自尊了。我说我不喜欢她，她问我喜欢什么样的女生，我说反正不是她那样的。"

叶琳是挺骄傲的，说难听点儿就是傲慢，仗着邵远东对她有意思就一直吊着他。这些江暮平当年都看在眼里，所以他对叶琳的印象一直都不怎么好。

同学聚会那天，江暮平在学校加班，要晚一点儿才能走，成岩只好自己先去。

其实他本来想等江暮平一起的，因为他不想独自面对那些不太熟悉的老同学，但两个人万一一起迟到，总归不太妥。

包间里的圆桌只坐了一半的人，有的在闲聊，有的在玩手机。成岩进来的时候，所有人的目光齐刷刷地往门口看过来。

成岩点了一下头："你们好。"

有个男的站了起来："成岩？"

"嗯。"

"真的是你啊，我是陈煜杰，体育课代表，还记得我吗？"

成岩不好意思地笑了一下："不太记得了。"

"好家伙，这么直接，装一下也行啊，好歹当年体育课咱们还一起打过球呢。"

"成岩，你怎么这么多年一点儿都没变啊，长得也太年轻了吧？"

"真的一眼就认出来了。"

"还是那么帅。"

大家七嘴八舌的，成岩不知道该回应谁。

陈煜杰"啧"了一声："顾晓瑜，瞧瞧你这话说的，合着成岩不记得我是因为我变化太大，长太老了呗。"

"不老，不老，你那叫成熟。"

对成岩而言，在场的大部分人都是生面孔，有几个变化不大的，他依稀还有些印象。

成岩找了个位子坐了下来，听他们闲聊。人陆陆续续地来了，只差江暮平和叶琳。

"我们的老班长怎么还没到啊？"

"他刚才在群里发了消息，加班呢，现在刚出发，估计一会儿就到了。"

成岩正跟江暮平发消息，忽然听到陈煜杰问他："成岩，你不记得我，那还记不记得我们班班长？"

成岩说："记得。"

陈煜杰眯起眼睛笑："他叫什么名字？"

"江暮平。"

"还真记得啊，连名字都记得。成岩，你这样显得我在你眼里无足轻重啊。"

有人打趣道："这就是学霸加帅哥的优势啊。"

"学霸就算了，帅哥这一项我还是能搭到边的吧。"陈煜杰摸了摸下巴说。

"卫生间出门右拐，陈老板快去照照镜子。"

现场的氛围很欢快，邵远东在一旁笑而不语。

成岩当年突然离开学校，老同学们难免心存疑惑，有人问道："成岩，你当年怎么突然转学了？"

"我没转学，我……退学了。"

众人皆惊了。

"什么原因哪？"

"个人原因。"

"你后来没再上学了吗？"

"没有。"

"我还以为你转学了。"文燕坐在成岩的旁边，对他说，"很多人都以为你转学了，班长还去你家找过你。"

成岩看了她一眼："江暮平？"

"对，他还去问老师了，我当时就在办公室，记得挺清楚的。"

"后来呢？"

"后来啊，"文燕温柔地笑了一下，"就没有后来了。"

文燕当年是他们班的语文课代表，如今是一名高中语文老师。她说话温温柔柔的："你来去匆匆，什么都没留下，哪有什么后来啊。"

"成岩，你现在在做什么啊？"有人问。

成岩有些心不在焉地回答："画师。"

"这个工作厉害了，酷啊。"

"不好意思，来晚了。"

江暮平的声音在身后响起，成岩转过头，众人看向门口。

"哎哟，我们的老班长可算来了，迟到自罚一杯啊。"

"人家加班呢，有正当理由。"

"那就自罚半杯。"

江暮平将公文包放在置物柜上，笑道："不会喝酒。"

"那就果汁。来，来，来，给咱老班长把果汁呈上来。"

江暮平很自然地走到了成岩旁边的空座，陈煜杰见状立刻起身，走到成岩旁边,手搭在成岩的肩膀上。

"来,老班长,考验一下你的记忆力,"陈煜杰拍了拍成岩的肩膀,"还记得这位帅哥是谁吗?"

江暮平看了成岩一眼,没有立刻回答。

"不是吧,帅得这么有辨识度的一张脸,你都不记得了?"

顾晓瑜笑着说:"我猜他肯定记得。"

江暮平与成岩对视着,笑了笑:"我室友我怎么会不记得?"

众人愣了愣,有点儿没反应过来。

陈煜杰慢慢地把手从成岩身上收了回去:"什么意思?我怎么没听懂?"

文燕最先反应过来,陡然瞪大了眼睛:"班长,你和成岩……你们现在是室友啊?"

除了邵远东,所有人都惊呆了,屋里顷刻间安静下来,顾晓瑜刚喝了一口果汁,差点儿没喷出来。

陈煜杰有点儿吃惊:"真的假的?你俩什么时候关系这么好了?高中的时候完全没交集吧我记得。"

江暮平在成岩旁边坐了下来。

文燕轻声问道:"你们俩怎么会一起合租?"

江暮平说:"说来话长,先吃饭吧,我有点儿饿了。还有人没来吗?"

"还有叶琳,她让我们先吃,不用等她。"

"那就不等了,咱们开吃吧。"

成岩和江暮平的室友关系促使他们变成了这次同学聚会的焦点,无论大家聊什么,话题都围绕着他们进行。

2

门外有人走了进来,叶琳姗姗来迟。她戴着一副墨镜,衣着简单低调。

她摘下了墨镜，笑得风情万种："不好意思，我来迟了，活动刚结束。"

叶琳的变化挺大的，成岩看了好一会儿才从她脸上看到高中时的影子。她保养得很好，面相年轻，到底是明星，比起在场的众人，气质和身段出众得不是一星半点儿。

她跟同学们寒暄着，往成岩的方向看了一眼，有些惊讶："成岩？"

成岩礼貌地笑了笑："好久不见。"

叶琳的嘴角露出一点儿笑意："好久不见，感觉你都没怎么变。"

顾晓瑜笑道："他冻龄了。成岩，回头跟我讲讲你平时怎么保养的，一个大男人皮肤怎么这么好。"

聚完餐有人提议去 KTV 唱歌，一群人聚在酒店门口。

"我就不去了。"文燕说，"我明天还要早起去带学生们早读，而且我也不会唱歌，你们去吧。"

叶琳也不去。她正当红，多少双眼睛盯着，不敢在公众场合随意露脸，而且她的经纪人已经来酒店接她了。

"大家拍张照吧，留个念。"顾晓瑜提议说。

叶琳的经纪人礼貌地笑了笑："不好意思啊，大家也都知道叶琳身份特殊，这照片她就不拍了，各位谅解一下。"

"没关系，"叶琳对她的经纪人说，"我戴着口罩就行。万姐，你帮我们拍吧。"

经纪人有些无奈地叹了一口气，把叶琳的手机拿了过来，低声道："到时候有人把照片流出去了，你可别来找我。"

叶琳笑了笑："没关系，同学合照而已。"

在场二十来个同学，女士站在前排，男士站在后排。成岩本来不想拍，毕竟他只跟这些人做了不到一年的同学。江暮平转头，正好看到站在一边的成岩。

"到我旁边来。"江暮平说。

成岩盯着他看了会儿,朝他身边走去。

拍好照片,经纪人把手机还给叶琳。

成岩唱歌不好听,一到包间就自觉地找了个角落猫了起来。江暮平倒是唱了首粤语老歌。

江暮平的语言天赋很高,他唱歌很好听,粤语歌也唱得非常流畅。

大家都是打工人,明早都要早起上班,唱了没多久,他们就散了。

一回家成岩就倒在了沙发上,浑身上下散发着浓重的酒气。他们这几天正在准备搬家,屋里有些乱。

"江教授,我想喝水。"成岩懒懒地说。

江暮平给他倒了杯温水端来,递到他的手边。

成岩抬起眼皮:"你唱歌怎么这么好听呢,再给我来一首。"

"不会了,就会那一首。"

成岩的瞳孔很混浊,这是喝多了的典型表现。

江暮平坐在他身边忍俊不禁:"阿岩,你刚才在 KTV 到底喝了多少酒?"

成岩没回答,手机响了一声,叶琳在群里发了刚才的合照,紧接着又有人发了一张照片。成岩的注意力被照片吸引了,干脆不搭理江暮平了。

第二张照片是他们高三的毕业照,里面没有成岩。第一张照片是最新的合照,成岩站在江暮平的旁边。

成岩两眼发直地盯着照片,喃喃道:"要是当年可以跟你一起高考就好了,还能有一张学生时代的合照。"

江暮平低声喊道:"阿岩。"

成岩转头看了他一眼。

"我们的时光不用停留在过去。"

成岩笑了笑:"嗯。"

Extra 02
时光

1

成岩是那种很难让人忘记的长相,这是江暮平在年少时就知道的。他一直都记得和成岩初次见面时的情形。

窗外渐渐有了蝉鸣,春天要过去了。班上好像有新同学要来,旁边的女生说话声音不小,很难不传进我的耳朵。

"你听没听说啊,咱们班好像要来一个新同学。"

"真的假的?转学过来的?"

"是啊,他们说人就在孙老师的办公室,一会儿就过来了。"

"直接转咱们班来了?咱们这重点班居然能随随便便进来?这么大的背景啊?"

"不是,我听说那人在以前的学校成绩可好了,好像理科很厉害,破格招进来的,应该没什么背景。"

"哎,班长,这事你知道吗?"

她们忽然看向我。我摇头。

门口有人走了进来,是文燕——语文课代表。她满脸通红,微微喘着气。

立刻有人问道："文燕，文燕，你是不是去办公室了？看到新来的同学了吗？"文燕抿着嘴点头。

"男的女的？"

"男的。"

"长得怎么样？帅不帅？"

文燕的眼神飘忽了一下，脸更红了，她垂眸点了点头。

"砰——"旁边的女生拍了一下桌子，眼眸亮晶晶的："有多帅？"

"一会儿来了你就知道了。"

语文课上课之前，孙老师把转学的学生领进了教室，让他做自我介绍。

他的介绍很简单，他说他叫"成岩"，成为的"成"，岩石的"岩"。他穿了一件黑色T恤，头发理得短短的，不说话的时候嘴唇紧抿着，不太好接近的样子。

他的模样让我联想到海报上的五官精致又很青涩的明星。

我低着头，忽然听到孙老师喊我的名字。

"江暮平，一会儿中午休息的时候，你带成岩去参观一下我们学校吧，跟他介绍介绍学校的情况。"

我抬起头，成岩向我看来，我与他对视了一眼。

"好的。"我应道。

参观学校之前，我觉得还是要自我介绍一下。

走出教室后，我主动跟他说话："我叫江暮平。"

"成岩。"他很简短地说。现在他离我很近，我很清晰地听到了他粗哑的嗓音。

他话很少，全程跟我几乎没什么交流。操场上有人在打篮球，邵远东也在那群人里，他看到了我，把球扔给别人跑了过来。

"暮平，打球！"邵远东朝我吆喝。

"不打。"我说，"我要带新同学参观学校。"

邵远东打量了成岩一眼，露出友好的笑容："学校有什么好参观的，看来看去就那么几栋楼，跟我们一块儿打球呗？"

"不用了。"成岩拒绝了邵远东，并对我说："班长，你去打球吧，我可以自己看。"

他叫我"班长"，语气很疏离。我不清楚他怎么会知道我是班长，或许他是猜的吧。我也不知道他是不是因为没有记住我的名字，才会这么叫我。为此，我又强调了一遍："我叫江暮平。"

他愣了一下，看着我说："嗯，我知道。怎么了？"

邵远东一把揽住我的肩膀，满身的汗味，豪迈地笑了笑："他叫江暮平，我叫邵远东，你好啊，新同学。"

"你好。"

"真不跟我们一块儿打球？"

成岩摇头。

邵远东和成岩的初次交流是非常和谐的，我以为邵远东或许会交个新朋友，后来却发生了一些意料之外的事。

那天放学的时间，教室里没几个人了，我留在学校里写了会儿作业，等老妈。门忽然被人从外面很用力地推开，"砰"的一声撞在墙上。

"啊！班长！太好了，你还没走，邵远东和成岩打起来了，你快过去看看吧！"

我站了起来："在哪儿？"

"就在图书馆后门那里！"

我很快赶到了现场，来之前我没想到场面会这么混乱。成岩身材清瘦，个子也比人高马大的邵远东矮一截，他们在地上扭打成一团，邵远东压制着成岩，扬起拳头就要挥上去。

旁边的女同学下意识地捂住了眼睛，我走过去一把攥住了邵远东的手腕。

"疯了？"我钳制住邵远东。邵远东回过头来，眼睛有些发红。

我看了一眼被他压在身下的成岩，成岩用冷漠的眼神看向我。邵远东打了他,而邵远东又是我的朋友,他的眼神仿佛在告诉我,我被"连坐"了。

邵远东的手还绷着一股子劲,我用力地拽了一下,说:"起开。"

"我干吗要起开?!我今天就要打服他!"

我有点儿不快:"你起不起开?"

邵远东皱着眉看了我一眼,流露出不甘的神情,但最终还是松开了成岩。我把手伸向成岩,想拉他一把,他却躲开了。

成岩站起来后,抬起胳膊蹭了一下嘴角的血迹,从地上捡起书包就走了。

在场围观的人只有三两个,我劝住了打架的两个人,那几个看热闹的也就都散了。

我问邵远东:"怎么回事?"

"他骚扰叶琳,我不揍他揍谁?"

叶琳是我们年级很受欢迎的一个女同学,成绩平平,长得是漂亮。

我想,成岩长了那样一张脸,应该不至于去骚扰女生。

"你怎么知道他骚扰叶琳?"我发出了疑问。

"我还能怎么知道?当然是她本人告诉我的。"

"你求证过了吗?"

"这事还需要求证?叶琳吃饱了撑的冤枉他?"

或许她真是吃饱了撑的,我对这个女生的印象不太好,因为以前的一点儿破事。

"就算真的有这种事,你有必要动手吗?"

"是他先挑衅的。"邵远东拔高了嗓音,"你刚才是没在这儿,没看到他那个样子,他还说我的眼睛有问题。"

我笑了一声,邵远东立马黑了脸:"你笑什么?"

"没什么。"

邵远东脸上也挂了彩,成岩的战斗力还是挺强的,我竟生出几分幸灾乐祸的看客心理。

我说:"记得去医院处理一下伤口,我走了。"

"你不跟我一块儿走啊?"

"我上去拿书包,一会儿我妈来接我。你跟我一起回去?"

"啊,那我不要,我可不想给阿姨看到我现在这个鬼样子,回头跟我爸聊起来,肯定得提到这事。"

邵远东的父母经营一家公司,经常出差,很少回家。

今天老妈难得准点下班,我到校门口的时候,她的车已经停在路边了。我坐进了车里,老妈转头问我:"想吃什么?"

"没什么特别想吃的。"

"我们去菜市场看看。"

快到菜市场的时候,我在街道上看到了成岩的身影。他穿着夏季的白色校服,微风扬起了他的衣摆。

"看什么呢?"老妈问我。

"我同学。"

老妈顺着我的目光看了过去。

"他走路回家吗?"老妈放慢车速,跟上了成岩,"他住在哪儿?我们送他一程。"

"不知道。"

老妈笑了:"你这个班长当得真不称职。"

车子在成岩身边缓缓地停下,成岩的目光始终看着前方。我摇下车窗,喊他:"成岩。"

成岩停下脚步,回了一下头。

"哎哟。"老妈转头看了江暮平一眼,"他这脸怎么了?跟人打架了?"

成岩侧过身子,与我对视着,表情看上去有些惊讶。

"班长。"他哑着嗓子喊我,然后看了一眼我妈,微微点了一下头,礼貌道:"阿姨。"

"哎，你好。你住在哪儿？我们送你一程。"

"不用了，谢谢您。"

"没事，上车吧。"

"真的不用了。"

成岩微微欠了一下身子，意欲离开。

我叫住他："成岩。"成岩回头，沉默地看着我。

"虽然我跟邵远东是朋友，但他是他，我是我。"

他愣了好一会儿，似乎是没体会出我话里的意思。

过了半晌，成岩才抿了一下嘴唇，说："我知道。"

他的嘴角有微微勾起的弧度，我觉得他应该是笑了一下。

他又低声说："班长，你好搞笑。"

从来没人用"搞笑"这两个字评价我，我勉强将成岩口中的"搞笑"理解为"幽默"。

2

这个月的月考成绩被打印出来张贴在教室后墙上了，一共两张纸，一张是班级排名，一张是年级排名。

我坐在最后一排，下了课，大家都涌过来看成绩，难免把我这儿堵得水泄不通。我正拿着水杯喝水，被邵远东拍了一下胳膊。

"你又是年级第一，不是人……"

教室后面吵嚷一片，人声嘈杂，我听到了很多讨论成岩的声音。

"成岩数学满分？比江暮平的还高？"

"就是语文拖了后腿，不然肯定年级前三名。"

"妈呀，又转来一个魔鬼。"

我在人群后方驻足了一会儿，在成绩单上扫了一眼，很快找到了成岩的名字——班级第二名，年级第六名。

他的数学是满分，理综的分数也很高，只是语文有些差。

站在我面前的女生忽然转过头来，像是被我吓了一跳，飞快地往后退了一下。她红着耳朵恭喜我："恭喜你啊，又是年级第一名。"

"谢谢。"

我看到文燕抱着练习册朝我走了过来。

"班长，孙老师有事找你，她让你去一趟办公室。"

"知道了。"

我去了语文组办公室。孙老师是我们班的语文老师，也是班主任。

我在办公室里看到了成岩，他站在孙老师的办公桌旁，站姿乖巧，一副虚心受教的样子。

孙老师用红笔在试卷上圈圈点点，偶尔抬头看他："回头把字好好练练，字写好了，你这作文起码能再高五分。"

成岩点了点头。

孙老师抬了一下头，看了我一眼。

"你先回教室吧。"孙老师把试卷递给成岩，脸上有些许笑意，"数学和理综考得非常好，单科分数都是年级第一名，语文还可以再务把力，老师期待你下次收获更好的成绩。"

成岩接过卷子从我身边走了过去，他身上有一股淡淡的香皂味。

孙老师低头看着成绩单，问我："这次月考的各科成绩你都知道了吧？"

"知道了。"

她仍旧低着头："这次理综你好像没有发挥出正常水平。"

我"嗯"了一声。

"这一次的月考，数学和理综单科成绩排名第一的都是成岩，你是第二名。"孙老师抬起头来，笑盈盈的。

她有些委婉地问我："最近是不是想别的事情了？"

"您指的是什么？"

"你最近自习的时候好像经常发呆。"

这是事实，我无可辩解。

239

孙老师好像误会了什么:"你这个形象条件,有追求者很正常,但现阶段学业才是最重要的,我相信你心里也有数,多的话我就不说了。"

"孙老师,我没——"

她单刀直入地说:"我感觉你最近跟顾晓瑜走得有点儿近。"

不愧是班主任,果然洞悉班里的一切情况。

"我最近要和她一起参加数学竞赛,走得近……是在讨论题目。"

"数学竞赛?"

"嗯。"

孙老师恍然大悟地点了点头:"我想起来了,周老师跟我提过这事。"

虽然不是因为早恋,但发呆总有原因,略过顾晓瑜这茬,孙老师又问我:"最近是遇到了什么事吗?感觉你总是心不在焉的。"

我坦白道:"我爸的身体出了点儿问题,他这几天在住院。"

孙老师的眉头皱了起来:"情况严重吗?"

"工作的时候累倒了,不是很严重的病。"

当医生出现这种情况是难免的,但我也的确是第一次看到病倒的老爸,所以有些无所适从。

月考成绩出来的第二天,孙老师通知我们要换座位了。

"是这样的,这一次换座位,我们就不一列一列地轮过去了。这次按照月考名次,自己挑选座位。比如江暮平这次是咱们班的第一名,那他就第一个选位子,依次往后推。"孙老师笑了笑,"而且这次要把单人座变成双人座。"

教室里一下子热闹了起来。

"不过这只是我的一次尝试,我们先这么排,以后会视情况再变。"孙老师拍了一下手,"好了,大家把桌子两两靠在一起,然后去外面排队,按照月考成绩的名次排。"

我们班从来没排过双人座的座位,大家好像都很兴奋。我站在队伍的最前端,邵远东从我身边经过的时候撞了撞我的胳膊,笑得一脸不怀好意:"我看哪个妹子能拔得头筹。"

他讲话的时候我微微偏过头,余光正巧瞥到了站在我身后的成岩。成岩看了我一眼,很快移开目光。

过了一会儿,成岩的声音在我身后响起。

"你要跟女生坐吗?"

我一瞬间不确定他是不是在跟我说话。

他咳嗽了一声,接着我感觉到我的后腰被轻轻抵了一下。我转过头,看到他手里拿着一支圆珠笔。

"你要跟女生坐吗?"他又问了一遍。

其实我有点儿跟不上他的思路。"什么意思?"我问道。

他的眼睛看向别的地方,圆珠笔在手里按得"啪啪"响。

"应该有很多女生想跟你做同桌。"他停顿了一下,补充说,"邵远东是这个意思吧?"

我有点儿想笑:"跟男生坐跟女生坐,对我来说都一样。我无所谓。"

他"哦"了一声,侧眸看了我一眼,又移开目光,微微点了一下头。

我第一个进教室挑座位,直接走到了我以前的座位。

孙老师笑着看向门口:"下一个成岩,进来挑吧。"

虽然我猜到了成岩可能会选择我旁边的位子,毕竟他刚才问了我一些古怪的问题,但真的看到他朝我这边走来的时候,我还是有些恍惚。

他若无其事地在我旁边坐了下来。

我听到外面传来一阵不小的骚动。

没多久,成岩的焦灼就有些藏不住了,我发现他一直在不停地按圆珠笔,或许是受了外面同学的影响。

他干巴巴地咳嗽了一声,说:"我不想跟其他人坐。"

比起班里的其他同学,成岩跟我确实更熟一点儿。

我没说话,他好像是忍不住,忽然扭过头来看了我一眼。

"你自己说男生女生都无所谓的。"

他直视着我,我第一次近距离地观察他的眼睛。不知道是不是被我看得有点儿不好意思了,他很快移开了目光。

其他同学陆陆续续地进了教室,教室里渐渐地喧闹起来。

和成岩隔了条过道的女生生无可恋地趴在桌上,侧着脑袋眼巴巴地望着他:"成岩,我本来还打算坐你旁边呢。难得一次考进了班级前十名,还不知道下一次是什么时候呢,你俩太不给人活路了,好歹留一个给我们这些'难民',我真的太需要一个学霸来当榜样了。"

我安慰她:"隔着过道你也可以把他当榜样。"

耳边传来一声低笑,十分短促。我侧头看了一眼,成岩低头看着试卷,嘴角的笑意稍纵即逝。

下午我和顾晓瑜要去参加数学竞赛,中午休息时间,数学老师周老师走进了教室。

他走到我的桌前,四下看了一眼,问:"顾晓瑜呢?"

"应该是去上厕所了。"

周老师点了一下头:"那一会儿她回来了,你再跟她交代一声吧。我们今天下午一点半出发,在教学楼底下集合。对了,别忘了穿校服,还要带学生证。"

我们学校不强制要求穿校服,我平时是不穿校服的,今天也没穿。我愣住了:"您之前没说要穿校服啊,而且以前也从来没规定要穿校服。"

"我也是刚接到的通知,要求必须穿本校校服。"周老师看着我笑,一副幸灾乐祸的样子,"让你平时臭美,身为班长居然不规规矩矩地穿校服。"

班里没几个穿校服的男生。我正发愁,成岩忽然脱下自己的校服外套放在了我的桌上。

"这样不就行了。"周老师在我的背上拍了一巴掌,"拿他的套在外面意思意思得了。记得告诉顾晓瑜穿校服啊,下午一点半楼下集合,不要迟到。"

成岩的校服上有淡淡的香味,是香皂的味道。

一整套校服他都穿齐整了，还挺乖。

我把校服稍微叠了一下，放在桌角。成岩转过头来："你不试试大小？"

"咱俩身材差不多。"我说。

他有点儿丧气似的说："我比你矮。"

他总是能在不经意间让我发笑。我把他的外套穿了起来，袖子和衣身都有些短，不过无伤大雅。

"谢谢。"我把拉链拉了上去。

"不客气。"他盯着我看。

"怎么了？"

"这么看，感觉你挺壮的。"

"是你太瘦了，衣服小。"

他好像不高兴了，板着脸把头转了回去。

其实我有点儿奇怪，为什么这次数学竞赛，成岩没有参加。

"上次这家伙不是跟人打架了吗？他身上背着处分呢，"周老师拎着水壶走上了校车，"报不了名，你以为我没给他报啊？"

"那他下次能参加吗？"

"应该能参加，这一次就可惜了。"

校车里还有其他班参加竞赛的学生，我走到后排一个靠窗的位置，坐了下来。顾晓瑜没有跟我坐在一起，另找了个空位。

校车的引擎发动，我转头看了一眼窗外，下午第一节是体育课，操场上到处都是我们班同学的身影。

校车从操场旁边缓缓经过，成岩穿着白色的夏季校服，在人群中很显眼。他在篮球场上肆意奔跑着，向篮筐轻盈地投去篮球。

他好像看到了校车，目光往我这边看了过来。

他的领口被汗水沾湿了。他站在阳光下遥望着这边。

校服上的香皂味好像掺进了阳光的味道，他朝我微微笑了一下，让我觉得阳光更加热烈了。

Extra 03
经年

"下节体育课,体育老师有事来不了,大家上自习啊。"

孙老师的声音刚传进成岩的耳朵里,紧接着就听到了同学们的哀号声。

成岩写字的手停了停,抬了一下头。

孙老师很爱笑,连宣布这种"噩耗"都是笑盈盈的:"别'嗷'了,不骗你们,体育老师真有事,趁这节课把家庭作业写写不是挺好?不想上自习的人可以下楼活动,随便你们怎么支配这堂课,但有一点,在教室里的同学不许大吵大闹,安静自习,别影响其他班。"

哀号声立马变成了一阵欢呼声。

孙老师走下讲台,在体育课代表的座位旁边停了下来。

"运动会的名单怎么还没报上来?大后天可要截止啦,人员还没报满吗?"

朱英抽出报名单:"还有个男子5000米长跑……"

"没人报吗?"

"问了挺多人,都不太愿意……"

孙老师拿起单子看了一眼,皱眉道:"女子3000米长跑都有人报了,怎么男子5000米倒没人愿意报?这群小伙子怎么回事啊?真比不上咱班里的小丫头。"

"我再问问吧。"

"抓紧。"孙老师把单子放回桌上,"后天一定要交了。"

成岩在做卷子,余光瞥见一道身影。

"那个……成岩……"朱英有些犹豫地喊了一声。

成岩抬起了头。

朱英手里捏着报名单,纠结了片刻,硬着头皮问了一句:"你想报5000米吗?"

其实成岩已经报二个项目了。他体育很好,每次体测成绩都排在班里前几位。之前那三个项目是朱英主动去找他,他才报的。有能力跑5000米的男生朱英大都已经找过了,磨破嘴皮子也没人愿意去,现在只剩成岩了。

"没人报吗?"成岩问了一句。

朱英猛点头:"大家都不愿意去,马上就截止报名了,我实在找不着人了……你……还能再报一个吗?"

成岩低头静了片刻,叹了一口气,说:"行吧。"

朱英感激不已:"谢了,谢了,回头我请你吃冰啊。"

她把报名单放到成岩的桌上:"你在5000米这一栏填个名字。"

成岩扫了一眼单子,上面的笔迹一个赛一个的丑,一眼就能分辨出某个人不在其中——

江暮平一个项目都没有报。

成岩在报名单上写上自己的名字,朱英连声道谢,放了学就把名单给班主任送去了。

"这字怎么都写得这么寒碜……团在一起像个蚯蚓,看都看不清,到时候让人家怎么录到电脑里去?"孙老师嫌名单上的字难看,给朱英拿了张空白名单,"拿给江暮平,让他照着名单上的名字重新填一份,填好了拿来给我。"

"嗯，好的。"

朱英在回教室的路上碰到了江暮平，喊了一声："班长！"

江暮平站住脚，看向她。

朱英走了过来，递给他两张纸："这是咱们班的运动会参赛人员名单，孙老师让你照着名单上的名字重新抄一份。"

孙老师经常让江暮平干这种活，他已经见怪不怪。他接过名单扫了一眼，扫到了好几个"成岩"。他定睛看了看，有四个，跳远、800米赛跑、4×100米接力跑，还有一个是5000米长跑。

"成岩报了这么多项目？"

"唉，没办法，没人报名啊。你别说，我才发现成岩还蛮好说话的，我去找他之前还以为他肯定不会答应呢。"

江暮平抬头看了她一眼："你光逮着一只羊薅啊？"

别的也就算了，居然还有5000米长跑，运动会一共开两天，除了接力跑，其他项目都在第一天，这运动强度也太大了。

朱英讪笑了一声："我这不也是没法了嘛，我倒想薅你，你给薅吗？"

反观江暮平，那才是不好说话，不愿意报就是不愿意报，没有商量的余地。

不过也情有可原，江暮平在学校这知名度，如果真上场了，绝对有一大帮女生前来围观，现场引起混乱都有可能。

江暮平回教室把名单放到了桌上，教室里的人差不多走完了。

学校有晚自习，但不强制学生参加，放了学想留的人就留，想走的人就走。江暮平他们班是重点班，留下来上晚自习的人多。他吃完晚饭回来的时候，教室里已经坐了一大半的人，铃声还没响，大伙儿都还在闲聊。

成岩坐在座位上闷头做试卷。江暮平在他旁边坐了下来，成岩动作顿了顿，并没有抬头。

江暮平把压在报名单下的那张空白的报名单抽了出来，拿起笔开始抄名字。

成岩微微侧目，余光往旁边掠了一眼。

江暮平明明在抄名单，却捕捉到了他的目光。

"报了这么多项目，体力能跟得上吗？"江暮平忽然开口。

成岩侧过头来看他。

江暮平边抄边说："同一天又跑 800 米又跑 5000 米，能吃得消？"

"没人去了。"成岩说。

江暮平正好抄到成岩的名字，在框框里工工整整地写下"成岩"这两个字，说："5000 米这一栏改成我的名字吧。"

成岩愣了愣。

"我去跑。"江暮平说。

成岩往名单上瞥了一眼，江暮平的字太漂亮，生生把这些人名都写帅了。

5000 米真不是随便什么人都能跑的，先不论江暮平能不能跑，成岩可不想让他替自己遭这个罪。

"长跑我还是挺擅长的。"成岩说，"不用改成你。"

江暮平点头："行。"

江暮平体测成绩不差，又是班长，参加运动会什么的理应很积极，成岩有点儿好奇他怎么一个项目都没报。

"你……怎么一个项目都没报？"

江暮平低头抄着名字，说："我不喜欢出汗。"

成岩很轻地"啧"了一声，心道：你还挺娇贵。

江暮平无声地笑了笑："'啧'什么？"

成岩开玩笑道："班长的集体荣誉感有待加强。"

江暮平笑着"嗯"了一声："跟你比起来，我自愧不如。"

运动会前一天天气预报显示明日有雨，大半个学校的人都绝望了。

虽然学校还没宣布运动会取消或延后,但不论是什么结果,体验感肯定会很差。

众人郁闷地熬过了一晚上,好在苍天有眼,运动会当日万里无云,是个晴朗的好天。

"这天气预报可以再准一点儿。"邵远东头上顶了本练习册遮阳,跟江暮平并排坐。

学生的参观区被安排在操场的看台上,重点班的画风跟其他班的不太一样,人家都在看比赛,聊得热火朝天,重点班的学生在赶作业,一个个俯身弓背地做着卷子。

江暮平却在看杂志。

邵远东凑过来看了一眼:"你看的什么玩意儿?怎么都是英文?"

"杂志。"江暮平说着往后翻了一页。

放眼望去,他们班只有江暮平这么悠闲。

"老张昨天发了那么一堆卷子你都写完了啊?"

江暮平"嗯"了一声。

"你什么人哪……简直不是人。"

成岩今天要参加三个项目,早早地去检录了,一上午几乎没出现。

"我听到成岩的名字了,他要跑800米了!"有女生说,"走,走,走,去看看,去看看。"

邵远东把头上的练习本拿了下来,对江暮平说:"听说这家伙还报了5000米?"

江暮平头也不抬地说:"你称呼人家的时候就不能客气点儿?"

邵远东抬着下巴:"我跟他哪哪都不对付,客气不了。"

江暮平抬头往田径场上看了一眼,成岩是那种扔人堆里都能一眼注意到的长相,他胸前别了号码布,跟着队伍往跑道上走着。

场外围观的女生明显多了起来。

邵远东抬了抬眼皮,看着那边"啧"了一声。

成岩在最内圈一道跑，一开始落在最后，后来慢慢追上来了。他的耐力确实很好，800米对他来说不算什么，他轻轻松松就拿了第一。

旁边女生给江暮平递过来一根冰棍："班长，吃冰棍吗？"

"我不吃，谢谢。"

那女生抿了抿嘴，又把冰棍递给邵远东："你吃吗？"

"别人不要的给我啊？"

"你爱吃不吃。"

邵远东笑着站了起来："没这口福，我要去检录了。"

邵远东走后，女生撕开冰棍的包装袋，咬了一口问江暮平："班长，你报项目了吗？"

"没有。"

"我记得你跑步挺快的呀。"

"正式比赛我怯场。"

女生被他逗乐了："你还会怯场啊，骗谁呢？"

江暮平看着跑道终点的方向，成岩放慢步子往场外走去，有个女生给他递了瓶水，他摇了摇头，没接。不止一个女生，好几个女生送过来的水他都没要，他就这么干渴着。

旁边的女生也看着那边说："成岩这人是挺难相处的，我感觉他除了你好像谁都不愿意搭理。"

江暮平心想，他对我也不怎么搭理。

5000米长跑比赛在下午，这是个比较受关注的运动项目，因为成岩也参加了，班里的同学都放下卷子，站起来看比赛了。

"成岩上午刚跑了800米，还行不行啊？"

"他上午还跑了800米？牛啊……"

"他居然报了这么多项目？"

"人家是人狠话不多。"

"那倒是，平时一声不吭的，关键时刻闷声挑大梁。"

……………

成岩在场内做了一会儿热身运动,孙老师也进场了,手搭在成岩的肩膀上跟他说了会儿话。

枪声一响,看台上所有人的注意力都集中在操场上,成岩跑得很稳,但是速度不快,他一上来就被所有人拉开了距离。

江暮平并不担心,他知道成岩后期一定会赶上来。

班里的同学都在高声喊"加油",给场上的成岩鼓劲打气,有几个女生吼得嗓子都哑了。还剩最后两圈的时候,每个选手之间的距离越拉越大了,成岩位居第二名,跟第一名相距不远,五六米的距离。

江暮平站了起来,手里拿着一个保冷杯。邵远东转头问他:"你去哪儿啊?"

"去给成同学加油。"

"啊?"邵远东的声调都变了。

江暮平沿着跑道外圈走到终点的时候,场上的运动员也快接近终点了,成岩紧跟在第一名身后。

成岩忽然觉得自己的步伐变得很轻快,他看不见其他人,只看见了跑在自己前面的对手,只是心无旁骛地向前冲刺。

四周传来一阵喝彩声,伴随着喝彩声,成岩超过前面的选手率先跨过了终点线。

成岩往前冲了几米,脚步逐渐放缓。他满头是汗,被人簇拥着。

"成岩,毛巾!"一位女生递过去一块毛巾。成岩失神地接过,说了声"谢谢"。

江暮平穿过人群朝他走来。

成岩气喘吁吁地问了一句:"你……怎么过来了?"

江暮平把手里的杯子给他:"给你送水。"

成岩愣了愣,迟疑地接过他手里的杯子。

"柠檬盐水,我妈弄的,加了冰块。"

"为什么给我送水?"

"你比赛为班级争光了,我是班长,不应该过来慰问一下吗?"

也不全是这个理由。成岩不喝别人给的水,跑完5000米再不喝水,江暮平怕他晕过去。

"还以为你不会领我的情。"江暮平说。

成岩握着杯子问他:"孙老师让你来的吗?"

"不是。"江暮平回答了一句,"别跟这儿站着,走一会儿。"

成岩有些恍惚。

江暮平垂眸看了一眼他手里的保冷杯:"不喝吗?"

成岩打开盖子灌了一大口水。他刚跑完5000米,脑子有点儿混沌,喝下去才反应过来这是江暮平的杯子。

他瞪着眼睛看向江暮平:"你的杯子……"

"新的。"江暮平说,"我没用过。"

"谢谢……班长。"

他们不再说话,沉默地往前走去,渐渐远离喧嚣人声。

成岩抬头望了望太阳,阳光刺眼,他在一片耀眼的光晕中仿佛又看到了江暮平刚才在人群中等他的身影。

江暮平是一个好到不真实的人,很多往事在成岩的脑子里都已经模糊不清了,但高中时江暮平给予他的善意,永远印刻在他的心里,挥之不去。

光阴荏苒,一晃经年。幸而,时光如初,你我如故。

图书在版编目（CIP）数据

如初如故 / 几京著 . -- 郑州：中原农民出版社，2025.2. -- ISBN 978-7-5542-3095-4

Ⅰ . I247.5

中国国家版本馆 CIP 数据核字第 2024HT0192 号

如初如故
RUCHU RUGU

出 版 人：刘宏伟	责任印制：孙 瑞
责任编辑：张 淇	美术编辑：杨 柳
特约编辑：周 周	特约设计：玖 耀
责任校对：肖攀锋	

出版发行：中原农民出版社
　　　　　地址：河南自贸试验区郑州片区（郑东）祥盛街 27 号 7 层
　　　　　邮编：450016
　　　　　电话：0371-65788199（发行部）　0371-65788150（编辑部）
经　销：全国新华书店
印　刷：河南承创印务有限公司
开　本：880 mm×1230 mm　1/32
印　张：8
字　数：225 千字
版　次：2025 年 2 月第 1 版
印　次：2025 年 2 月第 1 次印刷
定　价：49.80 元

如发现印装质量问题，影响阅读，请与出版社联系调换。